KB173879

내가 대답하는 너의 수수께끼

아케가미 린네는 틀리지 않아

BOKUGA KOTAERU KIMI NO NAZOTOKI
AKEGAMI RINNE WA MACHIGAENAI

내가 대답하는 너의 수수께끼
아케가미 린네는 틀리지 않아
가미시로 교스케 장편소설
이연승 옮김
블루홀6

등장인물

① 이로하 토아

순수하게 남을 돕는 걸 좋아해 별명은 '엄마'. 변호사 지망생으로 '무죄 추정'을 금과옥조처럼 생각한다.

② 아케가미 린네

한순간에 진실을 꿰뚫어 보는 능력의 소유자. 다만 그 추리 속도가 너무 빠르고 무의식중에 이뤄지는 탓에 어떻게 진실에 도달했는지 본인은 설명하지 못한다. 교실에 가지 않고 상담실에 틀어박혀 있는 중.

③ 아케가미 후요

스쿨 카운슬러. 린네의 친언니. 내신 점수를 조건으로 린네를 교실에 복귀시키는 임무를 토아에게 맡긴다.

④ 코가미네 아이

린네와 토아의 같은 반 친구인 꼬마 날라리. 어떤 이유로 토아에게 관심을 가지는 듯한데……?

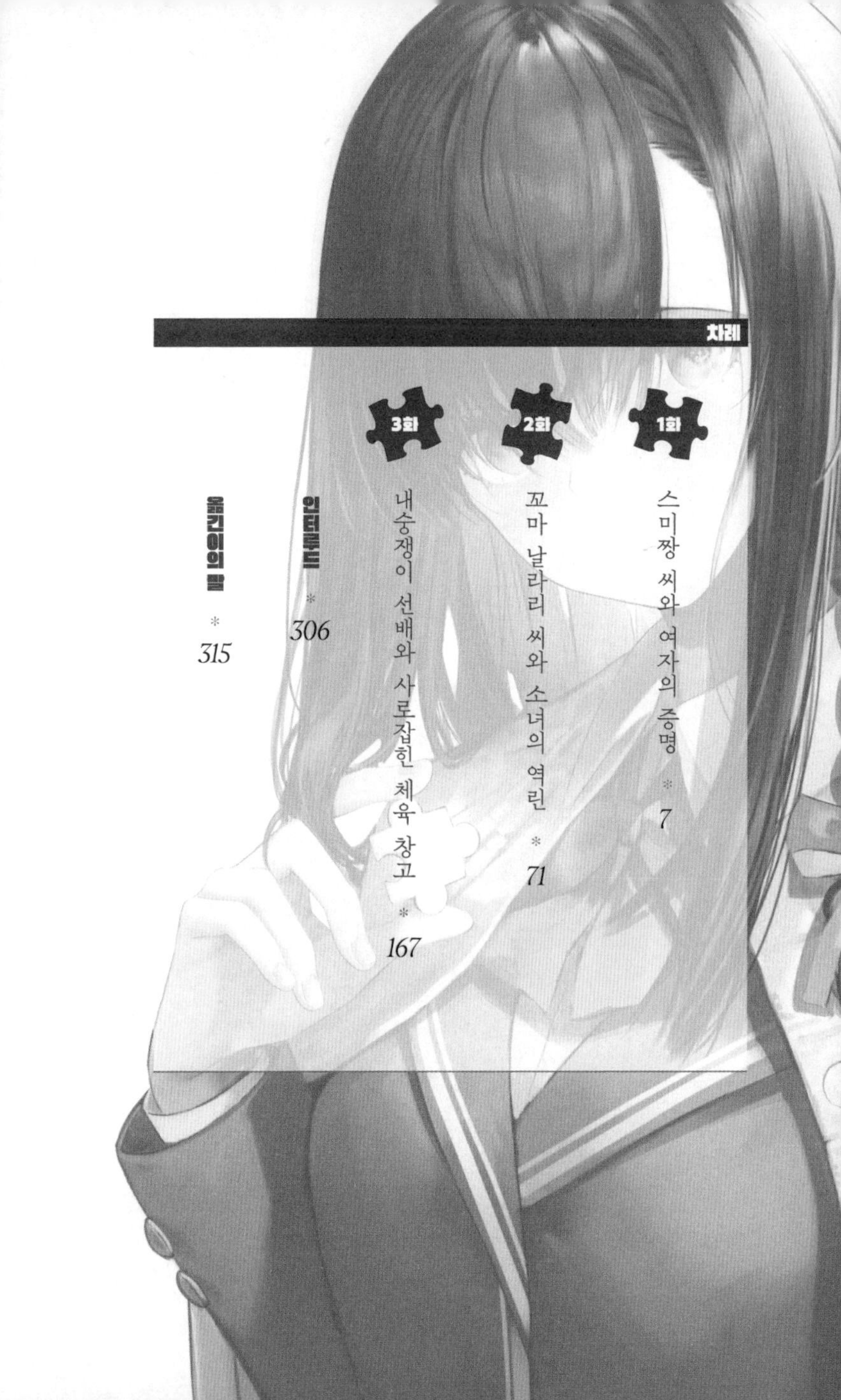

차례

일러두기

본문의 각주는 전부 독자의 이해를 돕기 위한 옮긴이 주입니다.

스미짱 씨와 여자의 증명

"범인을 찾았습니다."

아케가미 린네가 그 이름에 걸맞게 당당한 목소리[1]로 선언했을 때 나는 한숨을 꾹 참아야 했다.

조용히 있으라고 입에 침이 마르도록 주의했건만, 이 여자는 대체 이성이라는 게 없는 건가.

속에서 머리를 싸매고 고민에 빠진 내 옆에서 아케가미 린네가 새침한 얼굴로 소파에 앉아 있다. 귀염성이라곤 없지만 묘하게 이목구비가 뚜렷한 얼굴과 일본 인형을 연상케 하는 윤기 나는 검은 머리카락. 흔들리지 않는 눈동자에 지성의 빛이 반짝이고 온몸에서는 마치 아라히토가미[2]같은 카리스마를 발산하는 것처럼 보인다.

그렇다. 그렇게 보일 뿐이다.

1 린네(凛音)는 '당당할 늠(凛)', '소리 음(音)' 자를 쓴다.

2 사람 모습으로 이승에 나타난 신.

실제 이 여자의 눈동자에 깃든 것은 지성이 아닌 야성이고, 온몸에서 발산하는 기운은 고릴라 못지않은 폭력성이다. 그러나 안타깝게도 지금 이곳 상담실에서 그 진실을 아는 사람은 나밖에 없다.

그래서 맞은편에 앉아 있는 상담자 고라쿠 세라 선배(2학년 3반, 여자 배구부 소속)도 기대에 가득 찬 눈으로 실수로 인간계에 발을 잘못 디딘 야수, 즉 아케가미 린네를 바라보고 있는 것이다.

"저…… 정말이야……? 내 반지를 누가 훔쳐 갔는지 알아냈어……?"

"네. **자명한 이치**에요."

"도, 도대체 누가……?"

"범인은……."

"잠깐!"

함부로 범인의 이름을 말하려는 린네를 나는 아슬아슬하게 제지했다.

옆자리에 앉은 린네의 어깨를 붙들고 귀에 입을 갖다 대 속삭인다.

"이야기가 다 끝날 때까지 참겠다고 했잖아!"

"범인을 알아낸 마당이니 그냥 알려 주면 되지 않나요?"

"……그럼 묻겠는데, **설명할 수 있어**?"

"알아냈다는 게 그 말 아닌가요?"

그렇겠지. 그래, 그럴 것이다.

결론 앞에는 논리가 있다. 근거 없는 억측이 아닌, 의심의 여지 없는 진실이면 반드시 그래야 한다.

진실이 있는 곳에는 논리가 있다.

범인을 알아냈다고 선언했으니 아케가미 린네의 머릿속에는 설명할 수 있는 추리가 존재할 것이다. 하지만 **그것을 우리가 찾을 수 있는지는** 별개의 문제다.

"매번 느끼는 거지만 이로하 씨는 참 답답해요."

린네는 미간을 살짝 찌푸리며 말했다.

"고라쿠 선배님은 지금 진실을 원하고 계세요. 그러니 알려 드리려는 거예요. 그뿐이에요."

그것만으로는 부족하니까 이렇게 고생하는 거잖아.

내가 반박하려고 하자 상담자인 고라쿠 선배가 오른손 새끼손가락을 왼손으로 가리며 중얼거렸다.

"남자 친구에게 받은 소중한 반지였어. 비싼 건 아니지만…… 생일에 서프라이즈로 선물해 줘서……. 동아리 친구들과 절친인 스미짱도 예쁘다고 해 줬다고……. 나에게는 정말 소중한 물건이야……. 그러니!"

"네. 바로 그분이에요."

내가 말리기도 전에 린네는 대뜸 선언했다.

고라쿠 선배가 "어?" 하고 어리둥절한 표정을 짓는 반면 아케가미 린네는 전혀 다른 차원에서 온 사람처럼 당당하게 덧붙였다.

"선배님의 반지를 훔친 사람이 방금 말씀하신 그 절친이라는 스미짱 씨라는 분이에요."

오랜 침묵이 흐른 후.

노발대발 화를 내는 상담자를 나는 이런저런 방법을 총동원해서 달래야 했다.

나, 이로하 토야에게는 한 가지 신념이 있다.

무죄 추정, 즉 의심만으로는 벌할 수 없다는 것.

이는 법치국가에서 가장 먼저 지켜야 할 대원칙이다. TV에서 '용의자'로 보도되는 인물에게는 단지 혐의가 있을 뿐이지 그는 범인으로 확정된 게 아니고 범죄자도 아니다. 이 삐뚤어진 세상에서는 속담과 다르게 아니 땐 굴뚝에서도 연기가 피어오르는 법이니까.

그렇다면 '용의자'는 어떻게 '범인'으로 바뀔까.

그것은 바로 재판과 논의, 증거를 통해서다.

이것들을 거치지 않은 고발은 그저 음해 또는 심각한 명예훼손에 불과하다.

설령 그 고발이 결과적으로는 옳았다고 해도.

"……린네, 내 말이 무슨 뜻인지 알겠어?"

"죄송해요. 못 들었어요."

"제발 좀 들어! 선배가 너한테 왜 화를 냈는지 설명해 주고 있잖아!"

아케가미 린네는 무표정한 얼굴로 직소 퍼즐 조각을 달칵 맞췄다.

창밖에서 축구부의 구령이 울려 퍼지고 있지만 이곳 상담실은 조금 전의 소란이 무색할 만큼 조용했다.

상담실 창가 앞에는 흰색 칸막이가 설치돼 있다. 외부의 시선을 차단해 상담자의 프라이버시를 보호하기 위한 장치인데 그렇게 생긴 창가 공간을 린네는 마치 자기 방처럼 쓰고 있다.

린네는 지금 창가 앞 책상에 커다란 직소 퍼즐을 펼쳐 놓고 다음 퍼즐 조각을 맞출 자리를 찾고 있다. 퍼즐의 완성도는 아직 30퍼센트 남짓이다. 아마 다 맞추면 어떤 나라의 아름다운 풍경 같은 게 나타날 것이다.

나는 그런 린네의 맞은편에 앉아 있다.

말없이 퍼즐을 내려다보는 아케가미 린네의 모습은 겉으로만 보면 한 폭의 그림 같다.

윤기 나는 검고 긴 머리카락, 날씬한 몸, 긴 속눈썹과 오뚝한 콧날, 얇은 입술, 여름이 다가왔는데도 교복 위에 걸친 케이프[3]까지. 왠지 속세와 동떨어진 분위기를 풍긴다.

그럴 만도 하다. 아케가미 린네는 4월 말부터 지금껏 자신의 학급에 단 한 번도 발을 들이지 않은, 그야말로 명실상부한 무단결석자다. 그 대신 학교에서 상담 교사로 일하는 언니의 본거지인 이곳 상담실에 틀어박혀 있고 나는 린네를 교실로 데려가기 위해 설득하는 김에 이곳을 찾는 이들의 상담을 듣고 해결해 주고 있다.

물론 상담실에서 상담을 들어주는 건 엄연히 상담 교사의 고

3 어깨와 등, 팔을 덮는 소매가 없는 망토식 겉옷. 추위를 막거나 멋을 내기 위해 입는다.

유 업무다.

그런 일을 아마추어인 나와 린네가 대신하는 건 원래라면 이곳을 지켜야 할 상담 교사가 가끔만 모습을 드러낸다는 것이 이유 중 하나다. 또 하나는 이 무단결석자 아케가미 린네가 보유하고 있는 특별한 능력 때문이다.

"반지를 훔친 범인은 고라쿠 선배의 절친인 스미짱 씨라는 분이에요."

린네는 고집쟁이 어린아이처럼 같은 말을 반복했다.

"그 진실 외에 뭐가 더 필요한가요?"

"이미 여러 번 말했듯 그것만으로는 진실이라고 할 수 없어."

나도 끈기 있게 지금껏 수없이 했던 말을 반복했다.

"그게 옳다는 걸 아는 사람은 너뿐이잖아. 네가 아닌 다른 사람 귀에는 그저 억측과 추측으로만 들리는 거야. 증거를 제시하며 추리를 설명해 주지 않는 한."

"추리라니……. 휴우."

"한숨 쉬지 마! 너 혼자 범인을 밝혀내서 만족할 것이라면 추리 따위 없어도 돼. 하지만 누군가에게 그걸 전달하고 납득시키려면 그 결론에 도달하기까지의 추리 과정을 논리적으로 설명해야 하는 거야. 상담실에서 누군가의 상담을 들어주는 이상 이건 피치 못할 과정이야. 생략했다가는 조금 전처럼 상담자들을 화나게 하는데 너도 그러고 싶지는 않잖아?"

"……귀찮아요."

린네는 눈을 내리깔고 퍼즐 조각을 하나 더 맞췄다.

위치가 잘못됐다.

그러나 나는 굳이 지적하지 않고 린네가 스스로 알아차리도록 내버려뒀다. 사실 속으로는 고라쿠 선배를 화나게 한 걸 엄청 신경 쓰는 주제에……. 귀찮은 건 바로 너라고.

“앞으로도 하고 싶은 대로 하다가는 계속 귀찮을 거야. 지금 내가 이렇게 네 옆에 있어서 간신히 버티는 건데……. 나한테 조금은 감사하는 게 어떨까?”

“어차피 내신 점수가 목적 아닌가요?”

“나도 받을 건 확실히 받아야지. 추천으로 입시를 빠르게 해결하면 그만큼 내 공부에도 전념할 수 있으니까. 하지만 네 그 안일한 태도를 옆에서 지켜보는 건 내신 점수를 받는 것보다 더 힘들어.”

내 잔소리를 흘려들으며 린네는 등받이에 몸을 기댄 채 가볍게 한숨을 내쉬었다. 그러고 보니 컵 안이 비어 있다. 목이 마른 모양이다. 제기랄, 어쩔 수 없군.

나는 컵을 들고 흰색 칸막이 너머에 있는 응접실에 가서 주전자에 든 보리차를 따랐다. 창가 앞 책상으로 돌아가 “자” 하고 린네 앞에 컵을 내려놓는다.

린네는 당연한 것처럼 컵을 들며 말했다.

“이로하 씨는 정말 제 일거수일투족을 관찰하시는 것 같아요. 변태처럼.”

“이봐. 변태 같은 말보다 더 괜찮은 표현도 얼마든 있다고. 더 괜찮은 표현도."

린네의 뒤를 봐주기 시작한 지 벌써 한 달이 지났다. 이제는 린네라는 사람이 어떤 사람인지 어느 정도 감이 잡히는 것 같기도 하다.

린네는 장난스럽게 미소 지었다.

"늘 잘 챙겨 주셔서 감사해요."

"……정말 그렇게 생각해?"

"말하지 않아도 이렇게 알아서 차도 갖다주시니 이보다 더 편한 삶이 어딨겠어요. 제 집사로서 합격점이에요. 감사드려요."

"그래. 내가 봐도 넌 정말 날 집사 같은 사람으로 생각하는 것 같아."

특별히 돌보거나 보살펴 줄 마음으로 챙기는 건 아니다. 그냥 내가 하는 게 더 빠르니 그렇게 할 뿐이다. 알아서 하라는 말은 이제는 너무 많이 해서 입이 아플 지경이다. 차 끓이는 법도 정성껏 가르쳐 줬는데 벌써 몇 번을 잊어버렸는지 모른다.

"어쨌든 고라쿠 선배의 상담을 한 번 더 복습해 보자."

"복습해서 뭐 하시게요?"

"뭘 하긴."

나는 메모한 노트를 책상에 펼쳐 놓았다.

"네가 푼 수수께끼를 추리해야지."

상담자인 고라쿠 세라 선배는 주눅 든 얼굴로 처음 상담실에 들어왔다.

상담실에 접수되는 문제들은 심각한 것부터 단순 불평까지 다양하지만, 상담자가 문을 열고 들어올 때의 모습으로 그 심각성을 대략은 짐작할 수 있다.

고라쿠 선배처럼 고민스러운 얼굴로 들어오는 경우에는 그만큼 심각하고 친구나 지인에게도 털어놓기 힘든 문제인 경우가 많다.

여학생치고 덩치 큰 몸을 움츠린 모습에서 내성적인 성격을 엿볼 수 있었다. 상담실은 낯을 가리는 사람이 들어오기에는 문턱이 높은 곳이지만 그래도 일단 문을 열고 들어왔으니 단순 불만 때문에 왔을 가능성은 작았다.

"……반지를 잃어버렸어."

고라쿠 선배는 그렇게 운을 뗐다.

"남자 친구한테…… 아니, 그전에 이건 비밀이니 다른 사람에게는 말하지 말아 줘……. 남자 친구에게 받은 반지야. 별로 비싼 건 아니지만…… 생일에 깜짝 선물로 사 줬어. 커플링으로. 항상 끼고 다녔는데……. 동아리 활동을 할 때만 빼서 가방에 넣어 뒀고."

고라쿠 선배는 습관인지 오른손 새끼손가락을 왼손으로 살짝 쥐고 있었다.

배구부 소속이라고 들었는데 손이 깨끗했다. 가지런한 손톱이 눈에 띄고 손가락에도 상처 하나 없다. 배구는 섬세한 손 감각이 중요한 종목이라서인지 손가락 관리에 신경을 많이 쓰는 듯했다.

"……어제 있었던 일이야. 동아리 활동을 마치고 탈의실에 들어가 옷을 갈아입으려고 사물함 속 가방을 열었을 때만 해도 전혀 눈치 못 챘어. 그런데 집에 가서 유심히 보니 화장품 파우치에 넣어 둔 것들이 전부, 그러니까 파운데이션 같은 걸 포함해 전부 열려 있더라고. 그리고 가방 밑바닥에 있어야 할 필통이 맨 위에 있었어. 그제야 퍼뜩 정신이 들어서 확인해 보니, 반지가 사라진 상태였어……."

고라쿠 선배는 '사라진 상태'라고 했다.

그러나 누군가 짐을 뒤진 흔적이 있는 이상 명백하다. 이는 절도 사건이다.

나는 물었다. 지갑 같은 건 괜찮았는지. 반지의 존재를 아는 사람은 누구인지. 동아리 활동 중이나 탈의실 안에서 뭔가 수상한 걸 보거나 들은 적은 없는지.

"지갑은 괜찮았어. 돈도 다 들어 있었고……. 반지를 아는 사람은…… 남자 친구랑 여자 배구부 친구들, 그리고 절친인 스미짱뿐이야. 응. 스미짱이랑은 동아리는 다르지만 둘 다 키가 크다는 이유로 친해져서……. 응? 수상한 건…… 잘 모르겠어. 어떤 사소한 것도 괜찮다고? 흐음…… 굳이 꼽아 보자면 반지가 사라진 걸 모르는 상태에서 옷을 갈아입고 있을 때 뭔가 소리 같은 게 났던 것 같아. 나무 막대기끼리 부딪치는 듯한…… 아마 청소 도구함 안에 있던 빗자루가 쓰러지거나 하지 않았을까?"

"바로 이 부분이에요."

린네가 내 복습에 제동을 걸었다.

나는 추리 노트에서 고개를 들어 린네의 새침한 얼굴을 봤다.

"……이 부분이라니?"

"이 부분에서 범인을 찾았어요."

린네를 잘 모르는 사람이 들으면 망언이나 마찬가지일 것이다.

이렇다 할 질문 하나 하지 않고 내린 결론이기 때문이다.

상담 내용만 대충 들었을 뿐 따로 조사 같은 것도 하지 않았다.

심지어.

"일단 묻겠는데, 어떻게 찾았는지는 모르지?"

"네."

린네는 당당하게 대답했다.

그렇다. 이것이 바로 아케가미 린네가 가지고 있는 특별한 능력이다.

어떤 사건이건 마치 신의 계시를 받은 것처럼 범인을 순식간에 알아맞히는 능력.

철이 들 무렵부터 이런 능력이 생겼다고 했다. 유서 깊은 신관의 집안인 아케가미 가문은 린네의 이런 능력을 '천계天啓'라 칭하고, 린네를 '신의 아이', '신이 내린 무녀'라 부르며 칭송한다고 한다.

하지만 나는 알고 있다. 아케가미 린네는 신에게 범인을 점지받는 게 아니라는 사실을.

추리하는 것이다. 그 누구도 이해할 수 없을 만큼, 심지어 자기 자신도 인식할 수 없을 정도로 빠르게.

문제는 그 과정이 모두 무의식중에 이뤄지니 마치 '신의 계시' 처럼 느껴지지만, 실제 린네의 머릿속에는 지극히 합리적인 추리가 존재한다.

그리고 이 상담실에서의 내 역할은 바로 그 추리를 찾아서 끌어내는 것이다.

그대로 뒀다가는 망언에 불과한 린네의 추리를, 진짜 수수께끼 풀이로 만드는 것이다.

"……흐음……."

하지만 그런 나도 지금은 추리 노트를 뚫어져라 보면서 이맛살을 찌푸릴 수밖에 없었다.

"지금 날 농락하는 건 아니지?"

"그렇게 해서 제게 무슨 이득이 있겠어요?"

"정보가 너무 적잖아. 이것만으로 어떻게 범인이 특정된다는 거야……. 일단 '스미짱'이라는 이름이 나오기는 했지만."

나는 샤프펜슬 끝부분으로 이마를 톡톡 두드렸다.

지갑에는 손대지 않았다고 하니 금품을 노린 게 아닌 반지를 노린 범행이라는 건 알 수 있다. 그래서 나도 고라쿠 선배에게 반지에 대해 아는 사람이 있냐고 물었다. 그가 곧 사건의 용의자였다.

그런데 린네는 왜 하필 다른 사람도 아닌 그 스미짱이라는 고라쿠 선배의 절친이 반지를 훔쳤다는 걸까. 그리고 그 사람이 어째서 범인이라는 것인지도 전혀 알 수 없었다.

"모르겠어!"

"항복인가요?"

린네는 나를 얕잡아보듯 입가를 살짝 올리며 훗 하고 웃었다.

"아니야. 한 것도 아무것도 없는 주제에 잘난 척하지 마. …… 정보가 너무 부족해. 힌트를 찾으러 가야겠어."

"힌트요? 전 범인을 이미 알아냈는데요."

"어떻게 알아냈는지를 설명 못 하면 모르는 거나 마찬가지야! 일어나! 당장 가자!"

"어디로요? 어디든 거절할 테지만."

"현장이 전부라는 말 몰라?"

나는 의자에서 일어나 린네의 팔을 힘껏 잡아당겼다.

"여자 탈의실!"

마지못해 뒤따라오는 린네와 함께 상담실을 나가 체육관 쪽으로 향했다.

활짝 열린 체육관 입구로 농구부가 연습하는 모습이 보였다.

"그러고 보니 동아리 활동 시간이네요."

린네가 신기한 것처럼 체육관 문으로 다가가 안을 들여다보며 "우와, 여자인데 키가 엄청 커요, 저 사람" 같은 말을 떠들기 시작하자 나는 린네의 목을 잡아당겨서 뒤로 물러나게 했다.

린네는 개의치 않고 검은 머리카락을 가볍게 흔들더니 고개를 살짝 기울였다.

"그 주뼛거리던 멀대 같던 분 말인데요."

"고라쿠 선배잖아."

"아무튼 그 주뼛멀대 선배는 동아리 활동도 불참하고 상담하러 온 건가요?"

적어도 사람 이름을 외우는 노력 정도는 해 주면 좋을 텐데.

나는 체육관 안을 보면서 말했다.

"체육관은 공간이 부족해서 배구부와 농구부가 번갈아 가며 쓰고 있어. 오늘은 여배부가 쉬는 날이야."

"여배부요?"

"여자 배구부의 줄임말. 너 정말 학교생활에는 요만큼도 관심이 없구나."

"어차피 3년만 지나면 쓸모없는 지식이에요."

린네는 태연하게 말했다.

학교에 온 지 불과 한 달 만에 린네가 무단결석자가 되기는 했지만 이 학교는 중, 고등학교 일관교다. 중간에 전학 온 나와 달리 린네는 중학교 교육도 이곳에서 받았을 텐데, 아무래도 그때부터 교실에 가든 안 가든 별로 티 나지 않는 학생이었던 게 아닐까.

탈의실은 체육관 바로 옆에 있었다. 체육관 옆에 있는 좁은 길을 따라 들어가면 안쪽에 있는데 동아리 활동뿐 아니라 체육 수업 때도 쓰는 시설이라 가는 길은 나도 알고 있었다.

탈의실 문은 남녀 두 곳 다 공중화장실 입구처럼 벽 하나로 가려지는 형태다. 그 벽 안쪽을 보니 남녀 탈의실로 이어지는 문 두 개가 보였다. 지금은 두 곳 모두 사람이 없는 듯했다.

"이렇게 보니 구조가 별로네."

"……혹시 탈의실 앞에 진을 치고 있다가 사람이 드나드는 순간에 슬쩍 안을 보려는 수작인가요? 실망했어요. 안녕히 계세요."

"선불리 판단하지 마! 문이 열릴 때 안이 보이지 않는 구조인 건 알겠지만 그래도 남녀 탈의실 입구 사이를 벽으로 가리는 게 낫지. 이런 구조면 남자 탈의실에 들어가는 척하면서 여자 탈의실에도 들어갈 수 있잖아."

남자 탈의실이 왼쪽에 있으니 왼쪽에서 벽을 돌아 들어가면 밖에 있는 사람 눈에는 남자 탈의실에 들어간 것처럼 보일 것이다. 하지만 실제로는 남자 탈의실 문 앞을 지나 옆에 있는 여자 탈의실에도 들어갈 수 있다.

"미리 말씀드리지만 범인인 스미짱 씨는 여자예요."

"나도 알아."

고라쿠 선배에게 직접 전해 들었다. '친한 친구라고 해서 여자일 줄 알았지만 사실 남자였다' 같은 진부한 전개는 없다.

고라쿠 선배는 여자치고 큰 키가 콤플렉스라고 했다. 그래서 자신과 키가 비슷한 스미짱 씨를 만나 서로 고민을 털어놓으며 친해졌다고 했다.

"이런 구조면 남자가 여자 탈의실에도 몰래 들어갈 수 있다. 그런 사실을 확인했을 뿐이야."

"……절 못 믿으시는 건 아니죠?"

"당연히 안 믿지."

나는 고개를 돌리지 않고 또박또박 말했다.

"무죄 추정. 의심만으로는 벌할 수 없다. 네가 아무리 확신을 갖고 범인을 지목해도 난 그 말을 전적으로 믿지는 않아. 맹신과 과신은 진실과 가장 동떨어진 행위야."

"그런가요."

나는 불만스러운 것처럼 말하는 린네를 곁눈질하며 덧붙였다.

"난 그런 내 태도가 네가 옳다는 걸 증명해 줄 거라고도 믿어."

"……."

린네는 눈을 돌리고 따분한 것처럼 손으로 머리를 쓸었다.

정말 몇 번이나 같은 말을 하게 하는 거야.

나는 여자 탈의실 문 앞에 서서 스마트폰 화면을 켰다.

"왜 그러시죠? 혹시 무서우세요? 그럼 돌아가요."

"즐거워 보이는데 미안하지만 조금만 기다려 봐."

그때 띠링 하고 문자 알림이 왔다.

"좋아. 오케이 사인이 떨어졌어. 들어가자."

"굳이 불법 침입을 허락받으신 건가요?"

"지금부터는 합법, 아니 초법적 침입이 되는 거야."

"허가를 내주시는 분도 참 대단하네요……."

"네 친언니인데."

"그러니 말씀드리는 거예요."

상담실의 주인이자 린네의 친언니인 후요 선생님과 린네는 사이가 별로 좋지 않다고 한다. 린네가 상담실에 등교하는 것도 거의 언니의 반강제적인 지시 때문이라고 들었다. 자유분방해 보이는 린네도 언니의 말만큼은 완전히 무시하지 못하는 것이다.

나는 여자 탈의실 문 손잡이에 손을 갖다 댔다.

"응……?"

덜컥거리며 손잡이를 여러 번 비틀고 당기고 밀어도 귀에 거슬리는 소리만 날 뿐 문은 전혀 열리지 않았다.

"뭐 하세요?"

"아니, 문이 안 열려서."

체육관 쪽에서 농구화가 바닥에 마찰하는 소리가 들렸다. 너무 시끄럽게 굴다가는 동아리 활동 중인 여자 농구부원들에게 들킬 수도 있다.

"자물쇠를 채운 건가?"

여자 탈의실이면 평소에도 수상한 사람들이 노릴 법하니 문단속이 철저할 수도 있다.

"이런……."

슬슬 포기하고 싶어질 때쯤 린네가 그야말로 귀찮다는 듯이 한숨을 푹 내쉬었다. 뭐야, 이 자식.

"비켜 주세요. 방해되니까요."

"뭐?"

놀라는 나를 뒤로하고 린네는 문 앞에 서서 병적으로 보일 만큼 창백한 손으로 손잡이를 쥐었다.

"요령을 좀 써야 해요."

그러더니 다른 손으로 문을 받친 채 손잡이를 비틀며 문 전체를 힘껏 들어 올렸다.

끼익, 하는 귀에 거슬리는 소리를 내며 문이 열렸다.

"문 상태가 조금 안 좋을 뿐이지 자물쇠 같은 건 없답니다."

승리의 눈빛으로 나를 보는 린네.

나는 못마땅하게 중얼거렸다.

"……여자 탈의실 문이 부실한 걸 남자인 내가 알 리 없잖아."

"그런가요. 그럼 제가 함께 와서 다행이네요."

그래서 데려온 것이다. 예상대로다.

우리는 여자 탈의실에 들어가 문을 닫았다.

구조는 남자 탈의실과 다르지 않았다. 양옆 벽 앞을 가득 채운 사물함, 가운데에 있는 벤치 두 개. 다른 점이 있다면 데오드란트 스프레이인지 화장품인지 알 수 없는 향긋한 냄새가 가득하다는 점이었다.

"조사할 거면 빨리 하시는 게 좋을 거예요. 허락을 받았다고 해도 지금 한창 동아리 활동 중인 여자 농구부원들이 그런 사실을 알 리 없으니까요."

"나도 알아. 이 조사 행위는 비밀리에 진행될 예정이야."

"'몰래 숨어서 여자 탈의실을 뒤질 것이다'라는 말을 그럴싸하게 포장하시네요."

뭐라고 하든 상관없다. 고라쿠 선배라는 엄연한 의뢰인이 있는 이상 이것도 일종의 선행이다.

하지만 여자 농구부원들이 동아리 활동을 마치고 돌아오기 전까지 마무리해야 하는 것도 맞다. 또 설령 조사라고 해도 손대지 말아야 할 사적 공간도 있다.

그렇다. 특히 사물함 안 같은 곳은 무리다. 다른 곳을 먼저 뒤져 보고 그래도 단서가 나오지 않으면…….

그때 린네가 망설임 없이 가까운 곳에 있는 사물함 문을 벌컥 열었다.

그러고는 태연하게 안을 둘러봤다.

"어이. 너한테는 배려라는 개념이 없어?"

"이로하 씨가 범죄자가 되기 전에 조사를 끝내 주려는 배려예요."

"모르는 것 같아서 알려 주는데 남의 사물함을 함부로 뒤지는 것도 좋지 않은 행동이야."

"여자 탈의실에 무단 침입하신 분이 그런 말씀을 하셔 봐야."

크윽. 정곡을 찌르다니.

이렇게 된 이상 어쩔 수 없다. 사물함을 쓰는 여학생들에게 미안한 일이지만 사물함 내부도 가볍게 조사해야겠다. 나는 추리 노트를 꺼내 들었다.

주목할 만한 점은 남자 탈의실과의 차이. 린네 뒤에서 사물함 내부를 들여다보니 즉시 눈에 띄었다.

"거울이 붙어 있네."

세면대에 달린 것과 비슷한 모양의 직사각형 거울이 사물함 안에 붙어 있었다. 이상하리만치 이목구비가 뚜렷한 린네의 얼굴

위로 안경을 낀 내 얼굴이 비치고 있다.

"이건 어느 사물함에나 있어요."

"사물함에 원래 설치돼 있는 건 아니지? 여자들은 다 이런 걸 가져와서 붙여 쓰는 건가?"

"아뇨. 원래부터 있었을 거예요. 아마 졸업생들이 남기고 간 게 아닐까 싶어요."

흐음. 쓸데없이 화장실에 오래 있는 것도 그렇지만 여자들은 정말 거울을 좋아하는 듯하다.

거울이 꽤 큰 편이어서인지 가방은 사물함 위쪽 선반에 있었다. 남자 사물함에는 이런 거울이 없어서 보통 중간에 있는 선반에 가방을 두는데.

내가 노트에 이것저것 메모하는 동안 린네는 다른 사물함 문들도 차례차례 열었다. 린네의 말대로 모든 사물함에 거울이 붙어 있고 짐은 위쪽 선반에 있었다.

"뭔가 알아내셨어요?"

"알 것 같기도, 모를 것 같기도……."

"모르겠다는 말이네요."

린네가 만족스러운 것처럼 단언했다. 설명도 못 하는 주제에 자신이 떠올린 추리에 내가 도달하지 못하는 상황이 기쁜 듯했다.

사물함은 일단 제쳐놓고 나는 탈의실 중앙에 있는 벤치로 시선을 향했다.

절도가 일어난 건 어제 동아리 활동 시간 중이었다. '이 벤치 밑에 범인이 두고 간 물건이라도 있으면 좋을 텐데' 하고 기대하며 벤치 아래를 들여다봤지만 아무것도 없었다. 먼지와 약간의 모래가 있을 뿐. 이곳은 청소를 대충 하는 듯하다.

"응?"

그 대신 벤치 자체에서 약간 이상한 부분을 발견했다.

사고 방지용인지 모서리 부분이 둥글게 깎여 있는데, 그중 일부에서 뭔가 단단한 것에 부딪히기라도 했는지 살짝 팬 부분이 보였다.

"이 팬 부분, 전에도 있었나?"

"글쎄요……. 기억이 안 나네요."

린네는 벤치에 앉아 물병에 담아 온 차를 마시며 말했다.

린네가 이 탈의실에 마지막으로 온 건 4월 말쯤일 것이다. 과연 믿어도 될까.

"슬슬 갈까요?"

"가기는 뭘 벌써 가."

"여기는 냄새가 좀 독한 것 같아요. 전 향수 같은 걸 별로 좋아하지 않아서요."

"참아. 조금만 더 볼게."

속으로 '아직 확인하지 않은 곳이 어디일까' 하고 생각하며 여자 탈의실을 둘러봤다.

"……힘들어.", "얼른 샤워하고 싶어."

"앗."

"벌써 오는 거야?"

갑자기 탈의실 밖에서 왁자지껄한 대화 소리가 들렸다.

동아리 활동이 끝난 걸까. 시간이 언제 이렇게 됐나. 아니, 지금 이렇게 느긋하게 있을 때가 아니다. 빨리 이곳을 떠나야 한다. 아니, 이미 늦었나?

"뭐 하는 거예요! 숨으세요!"

린네는 평소와 달리 날카롭게 소리치고 내 손을 확 잡아끌었다.

"숨다니, 어디로?"

"어디긴요!"

린네는 날 끌고 가면서 탈의실 구석에 있는 사물함을 열었다.

구석에 있는 그 사물함은 개인용이 아닌 청소 도구함이었다. 안에는 거울이 없는 대신 빗자루와 먼지떨이 세트가 들어 있었다.

"얼른 들어가세요!"

린네는 그 안으로 나를 밀어 넣었다.

"아, 아야! 최소한 이 빗자루라도 치워 줘!"

"정말 귀찮게 하시네요!"

린네는 빗자루를 꺼내더니 잠시 망설이는 모습을 보였다. 빗자루를 도구함 밖에 대충 놓아두면 의심을 살 게 뻔했다.

"청소 도구함이 하나 더 있어! 거기 넣어!"

"아, 그러네요."

린네가 맞은편에 있는 사물함 문을 열었다. 그 안에는 대걸레와 양동이가 하나씩 들어 있다. 린네는 그곳에 빗자루를 넣고 다시 문을 닫았다.

어라?

이 탈의실 안에 청소 도구함은 두 개뿐이다. 그럼 린네는 어디 숨으려는 걸까?

"옆으로 좀 가세요."

린네는 그렇게 속삭이며 내가 있는 청소 도구함 안으로 들어왔다.

턱 아래 부근에 닿은 머리카락에서 달콤한 향기가 은은하게 풍겼다. 린네는 내 가슴에 왼손을 얹은 채로 몸을 지탱했다. 흑수정처럼 반짝이는 눈동자로 내 얼굴을 힐끗 한 번 올려다보더니 곧 다시 시선을 돌렸다.

코로 내쉬는 숨소리도 들리는 거리. 이렇게 가까운 곳에 있으면 평소 눈치채지 못한 것들도 발견하게 된다. 윤기 나는 검은 머리카락은 말끔하게 빗질이 돼 있어 잔머리가 한 올도 없다. 속눈썹이 바짝 올라가 있고 입술에는 립밤을 얇게 발랐다. 평소에는 인형처럼 보이는 린네도 인간 여자인 이상 화장이라는 걸 조금은 하는 듯했다.

린네가 손을 뒤로 돌려 문을 닫자 사물함 안이 순식간에 암흑에 휩싸였다.

그러고서야 나는 깨달았다.

"어이……."

"네? 숨결이 닿으니 입을 열지 말아 주세요."

"두 사람이 들어올 넓이면 빗자루를 치우지 않고 나만 숨는 편이 더 낫지 않았을까……?"

"네? 그럼 전 어디로……."

"대걸레가 있는 도구함에 들어가면 됐잖아."

"아."

얼빠진 얼굴로 입을 살짝 벌린다.

"그건 이로하 씨가 빗자루를 치워 달라고 해서……."

"네가 날 자꾸 미니까……!"

이미 늦었다.

좁고 어두운 도구함 안에서 조용히 언쟁하고 있을 때 탈의실 안으로 우르르 들어오는 여학생들의 목소리가 들렸다.

"오늘 힘들었지?", "대회가 가까워서 그래.", "아, 긴장된다!", "난 어차피 벤치니까 부담 없어."

사물함 문 위쪽 틈새로 여자 농구부원들의 머리가 여럿 보였다.

그 직후 차갑게 식은 손이 내 눈을 가렸다.

"범죄예요."

옆에서 린네가 나직이 속삭였다.

나도 알아. 훔쳐볼 생각은 없다고.

이렇게 시야를 봉쇄당하니 또 다른 감각이 예민해졌다. 린네의 희미한 숨소리, 머리에서 전해져 오는 샴푸 냄새. 내 다리에 맞닿은 날씬한 다리와 가슴에서 느껴지는 가냘픈 손가락의 감촉, 어렴풋한 무게감. 손을 조금만 움직여도 린네의 몸이나 머리카락에 닿을 거리라 나는 그저 가만히 굳어 있을 수밖에 없었다.

청각은 사물함 바깥 상황도 포착했다. 쉬익 하고 스프레이 같은 걸 뿌리는 듯한 소리. 옷이 버스럭거리는 소리. 뻥 하는 소리는 무슨 소리일까. 그리고.

"그거 알아? 오키토 선배, 2학년 고라쿠 선배랑 사귄대.", "알아, 알아.", "이런 말 하기 미안하지만 고라쿠 선배가 그렇게 예쁘지는 않은 것 같은데", "그건 그래. 오키토 선배라면 얼마든 다른 선택지도 있지 않았을까?", "우와, 카에데 선배, 너무 솔직하신 거 아니에요?", "이 안에서만 하는 이야기야, 이 안에서만.", "역시 키 때문에 골랐을까?", "고라쿠 선배 키가 몇이었지?", "170은 되지 않나요?", "오키토 선배는 180이 넘지?", "둘이 잘 어울리기는 해요.", "그런데 두 사람이 같이 침대에 누웠다가는 침대가 부서질 것 같은데. 헤헤.", "러브호텔에 가도 고등학생으로는 안 볼 것 같아요.", "와, 부럽다. 전 지난번에 갔을 때 결국 못 들어갔는데.", "뭐? 벌써 걔랑 잤어?", "아니, 그게, 분위기가 좀 잡히니까 갑자기 저더러 몸을 핥아 달라고 하지 뭐예요?" "으악, 징그러워! 처음부터 그러는 게 어딨어!"

흐음, 잠자코 듣고 있기가 쉽지 않다. 여자들의 이런 비밀 토크.

여자들이어서 그런지 남자들이 나누는 야한 이야기보다 더 생생하게 들린다. 이런 이야기를 어떻게 이토록 솔직하게 할 수 있는 걸까. 여자들은 다 이럴까.

"으으……!"

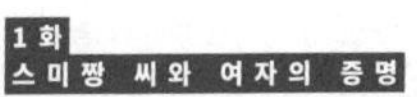

하지만 내 바로 옆에 그 예외가 있었다.

눈이 가려진 상태에서도 알 수 있다. 린네는 내 교복을 꼭 움켜쥔 채 몸을 부르르 떨고 있다. 아무래도 이런 종류의 이야기에 약한 타입 같다. 조금 안심이 됐다. 린네가 저 아이들처럼 뒤에서 아무렇지 않게 저속한 수다를 즐기는 모습이 상상되지 않았다. 애초에 린네는 뒤에서 수다를 떨 만한 친구도 없겠지만.

그건 그렇고 나는 방금 들은 이야기를 되짚어봤다.

고라쿠 선배에게 남자 친구가 있다는 소문은 의외로 널리 퍼진 듯하다. 고라쿠 선배는 조용하고 차분한 분위기(화를 낼 때는 무섭지만)치고는 덩치가 큰 편이다. 남학생들과도 정면으로 맞붙을 수 있을 정도다. 배구부답다고 해야 할까.

본인 입으로도 큰 키가 콤플렉스라고 했다. 그런 고라쿠 선배의 남자 친구 역시 키가 180센티미터가 넘는 사람. 고라쿠 선배가 사람을 보는 조건 중에 키를 얼마나 중요하게 보는지는 알 수 없지만, 오키토 선배를 대체할 만한 후보는 그리 없을 것이다. 상담실에 달려와서 반지를 필사적으로 찾는 심정을 왠지 이해할 수 있었다.

여자 농구부원들은 끝까지 생생한 비밀 토크를 잔뜩 펼치다가 잠시 후 탈의실을 나갔다.

우리는 마침내 비좁은 청소 도구함에서 탈출했다.

"믿을 수 없어요. 믿을 수 없어요……!"

긴 머리카락 사이로 보이는 귀를 붉게 물들이며 린네는 허공에 대고 항의하기 시작했다.

"하, 핥는다느니…… 그, 그런 건…… 범죄잖아요! 범죄……!"

"뭐 상대가 성인이라면 범죄가 될 수 있겠지만."

상대가 같은 미성년자이고 합의하에 이뤄진 행위라면 불법일 리 없다.

린네는 비난 섞인 눈빛으로 말없이 나를 쳐다봤다.

"……이로하 씨도 그런 걸 요구하신 적 있나요?"

"있을 리 없잖아."

대체 이게 무슨 질문이고 나는 무슨 대답을 하는 걸까.

"그렇군요……. 다행이네요. 자칫하면 이로하 씨를 제 반경 5킬로미터 안에서 강제 퇴거시킬 뻔했어요."

"너한테 그럴 권한이라도 있어?"

나는 이 이상의 대화는 위험하다고 판단하고 우리가 숨어 있던 청소 도구함 쪽으로 시선을 돌렸다.

"……응?"

그 순간, 발견했다.

청소 도구함 앞에 쪼그려 앉아 사물함 안쪽 구석에 세워진 먼지떨이를 들어 올린다.

그 뒤에 있었다.

한 권의 학생 수첩이.

"그건……."

뒤에서 린네도 수첩을 들여다봤다.

나는 수첩을 집어 들고 표지에 적힌 이름을 읽었다.

3학년 4반 소라시나 오키토.

"오키토?"

"……고라쿠 선배의 남자 친구 이름이잖아."

조금 전 여자 농구부원들의 수다에서도 언급된 이름이다.

고라쿠 선배에게 반지를 선물한 사람.

또한 분명한 남자이며 여자 탈의실, 더군다나 청소 도구함 같은 곳에는 절대 들어갈 일이 없는 인물.

쉽게 상상이 됐다.

바로 조금 전 우리처럼 고라쿠 선배의 가방에서 반지를 꺼낸 오키토 선배가 황급히 청소 도구함 안으로 숨는 모습이.

"……어이."

조용히 입을 열면서 돌아보니 아케가미 린네는 온 힘을 다해 내 시선을 회피하고 있었다.

"한 번만 더 물을게. 범인이 누구라고?"

"……이, 이럴 리 없는데……."

수수께끼는 아직 남았다.

백발백중이어야 할 린네의 추리가 어째서 빗나갔을까.

그러나 어쨌든 이것으로 반지를 되찾을 테니 고라쿠 선배의 고민은 해결됐다.

아니, 해결될 터였다.

다음 날.

나는 나름의 정보망을 활용해 소라시나 오키토 선배의 행방을 좇았다. 그가 지금 도망자 신세인 것도 아니니 점심시간에 홀로 교내 식당에 자주 출몰한다는 말을 듣고 점심도 먹을 겸 그곳을 찾았을 뿐이지만.

"어이, 린네. 식권은 샀어?"

"식권요?"

식권 발매기 앞을 그대로 지나쳐 카운터로 향하는 린네의 옷깃을 잡아당겼다.

린네는 의아한 얼굴로 식권 발매기를 쳐다봤다.

"이게 뭐예요?"

"설마 지금껏 교내 식당에 와 본 적이 없는 거야?"

"이렇게 사람 많은 곳에서 밥을 먹는 취미는 없어요."

내 조사 과정을 린네가 알지 못하면 의미가 없다. 그래서 상담실에서 끌고 나왔지만 린네는 내 예상보다 더 은둔형 외톨이의 면모를 한껏 뽐냈다.

"대체 평소에 밥은 어떻게 먹는 거야?"

"어머님이나 신사 총무님께서 차려 주세요."

그야말로 온실 속 화초로군.

"젠장, 어쩔 수 없네. 잘 들어. 방법을 알려 줄 테니 한 번에 외워야 해. 딱 한 번만 설명할 거야!"

결국 세 번이나 설명해야 했다.

아케가미 린네는 명실상부한 기계치다. 이번에도 역시 개선에 실패했다.

간신히 카운터에 가서 점심을 받았다. 나는 닭튀김 정식, 린네는 고기 우동을 시켰다.

“맑은 우동 국물에 기름투성이 고기를 집어넣다니, 정말 품위 없는 요리네요.”

“그럼 왜 시켰어?”

“궁금하잖아요.”

린네는 테이블 앞에 앉아 예의 바르게 손을 맞대고 “잘 먹겠습니다”라고 했다. 집 안에서 예절 교육은 잘 받은 듯하다. 잘 받았지만…….

“어이, 어이, 이봐! 머리카락이 우동에 들어간다고! 머리카락이!”

“앗.”

근본적으로 주의력이 부족하다. 어떤 상주 소프트웨어 같은 게 뇌의 몇 퍼센트를 차지하고 있다고 볼 수밖에 없다.

어쩔 수 없이 린네용으로 일부러 가지고 다니는 머리핀으로 긴 머리카락을 묶어 주고 점심을 먹었다. 그리고 몇 분 후.

식당 입구를 지켜보던 나는 소문 속 정보와 일치하는 사람을 발견했다.

나와 린네를 합쳐야 겨우 맞먹을 정도로 키가 큰 남학생. 3학년 4반 소라시나 오키토 선배였다.

“거인…….”

린네가 우동 면발을 꿀꺽 삼키고 중얼거렸다. 실례되는 말이지만 그 마음은 공감됐다.

180센티미터가 넘는 거구라 시야에서 놓치기도 어려웠다. 우리는 빈 식기를 반납구에 놓고 식권을 산 오키토 선배가 카운터에서 카레라이스를 받아 들고 자리에 앉는 모습을 지켜봤다.

그가 앉은 테이블에는 다른 학생이 없었다. 좋은 기회다. 나는 린네와 함께 오키토 선배에게 다가갔다.

"안녕하세요. 3학년 소라시나 오키토 선배님이시죠?"

오키토 선배는 숟가락을 입에 물고 의아한 얼굴로 나와 린네를 봤다.

남자 농구부원이라고 들었는데 온몸이 근육 덩어리 같은 느낌이라 굳이 꼽자면 럭비 선수 같은 분위기다. 포지션은 아마 센터 아닐까. 이런 사람과 공중에서 맞붙어야 하는 상대 학교 선수들이 왠지 짠했다.

가까이서 보니 얼굴도 잘생겨서 여학생들의 입소문에 오르내리는 것도 이해가 됐다. 고라쿠 선배는 3학년 여자 선배들에게 상당한 하극상을 저지른 게 아닐까.

나는 오키토 선배가 입을 열기도 전에 맞은편 자리에 앉았다. 린네도 옆에 앉아 조금 전 자판기에서 산 탄산음료 페트병 뚜껑을 땄다. 얘가 탄산음료도 마셨나?

오키토 선배는 입에 문 숟가락을 다시 그릇에 내려놓으며 수상쩍어하는 얼굴로 우리를 봤다.

나는 숟가락을 들었던 선배의 오른손 약지에 소박한 반지가 끼워져 있는 걸 확인했다.

"누구야, 너흰?"

"전 1학년 7반 이로하 토야라고 합니다. 얘는 아케가미 린네고요. 상담실의 아케가미 후요 선생님 일을 돕고 있습니다."

오키토 선배의 눈에 물음표 마크가 떠올랐다. '아케가미'라는 이름이 두 번이나 나와서 혼란스러운 걸까. '상담실 선생님 일을 돕고 있다'라는 말이 잘 와닿지 않는 걸까. 아니면 그저 내 옆에서 "으으읏!" 하고 괴로워하는 여자가 수상한 걸까. 야, 너 역시 탄산음료를 못 마시잖아.

나는 린네에게 페트병에 든 차를 건네며 평소처럼 자기소개를 포기했다.

한시라도 빨리 본론으로 들어가는 게 효과적이다.

"이 학생 수첩, 선배님 거죠?"

그렇게 물으며 오키토 선배의 학생 수첩을 테이블에 올려놓았다.

오키토 선배가 눈을 부릅떴다.

"앗, 이걸 어디서? 그러지 않아도 잃어버려서 곤란하던 참이었는데."

"그저께 방과 후에 잃어버리신 게 맞나요?"

"응? 아…… 생각해 보니 그때쯤부터 없었던 것 같네. 그런데 그게 왜?"

"이게 여자 탈의실 청소 도구함에서 나왔거든요."

오키토 선배의 눈은 큰 편은 아니었다. 오히려 덩치가 커서 그런지 다른 사람보다 작아 보였다.

그러나 지금은 그 눈이 홍채가 보일 정도로 부릅떠져 있었다.

"뭐? 자…… 잠깐만, 난."

"공개할 생각은 없습니다. 오늘은 협상을 하러 온 거예요."

나는 테이블에 둔 학생 수첩에 손을 얹었다.

"이 수첩을 드릴 테니 대신 훔쳐 가신 반지를 돌려주실 수 있을까요? 저희는 지금 고라쿠 세라 선배님의 의뢰를 받고 움직이는 중이에요."

오키토 선배가 직접 선물했다는 반지를 왜 다시 훔쳐 갔는지는 알 수 없는 일이다.

하지만 고라쿠 선배가 찾는다는 말을 들으면 돌려줄 것이다. 아니, 돌려주지 않아도 이유쯤은 알려 줄 것이다.

그렇게 예상했지만.

"훔쳤다고? ……내가 그 반지를?"

오키토 선배가 눈을 휘둥그레 뜨고 중얼거렸다.

"사라졌어? 내가 선물한 반지가……?"

"……모르셨나요?"

"아니, 잠깐만."

오키토 선배는 급격히 말수가 줄어들더니 갑자기 뭔가를 고민하기 시작했다.

어떻게 된 일일까.

반지가 사라진 걸 모르고 있다?

연기처럼 보이지는 않는다. 정말로 모르는 듯하다. 설마.

"아무래도 이 거인분은 범인이 아닌 것 같네요."

옆에 있던 린네가 내 어깨를 끌어당기며 기쁜 듯이 속삭였다. 사람 이름 정도는 외우라고 했지. 그리고 남긴 탄산음료를 옆자리에 둬서 남이 두고 간 것처럼 굴지 마. 아까워.

시간이 갈수록 오키토 선배의 미간 주름이 깊어졌다. 무슨 생각을 하는 걸까.

"……미안하지만 이 수첩, 너희가 조금만 더 가지고 있어 줄래?"

잠시 후 낮고 중후한 목소리로 오키토 선배가 입을 열었다.

"반지는 내가 꼭 다시 찾아올게. 그때 수첩을 돌려줄 수 있어?"

다시 찾아온다고?

이 사람도 아는 걸까. 반지를 훔친 범인이 스미짱인지 뭔지 하는 그 사람이라는 것을.

오키토 선배는 약간 남은 카레라이스 접시를 들고 몸을 일으키려고 했다.

"잠깐만요!"

나는 황급히 선배를 멈춰 세우고 재빨리 질문을 던졌다.

"'스미짱'이라고 하는 분을…… 아시죠?"

"……당연하지."

사귀는 사람의 절친이다. 당연히 알 것이다.

그렇게 생각한 내게 오키토 선배는 예상치 못한 말을 꺼냈다.

"카에데 스미노는 나와 같은 반 친구야."

……응?

같은 반 친구?

"'스미짱' 씨가…… 3학년인가요?"

"그래. 동아리도 같은 농구부야. 고라쿠한테 못 들었어?"

"절친이라고 하셔서 같은 2학년인 줄……."

"걔네는 학년과 동아리는 다르지만 친자매처럼 사이가 좋았어. 내성적인 고라쿠를 카에데가 옆에서 잘 돌봐줬지."

사이가 좋았다…….

왜 과거형으로 말하는 걸까.

그리고 ……카에데.

카에데?

—우와, 카에데 선배, 너무 솔직하신 거 아니에요?

그런 건가!

나는 가방에서 추리 노트를 꺼냈다.

"응? 갑자기 뭐야?"

"잠깐만 기다려 주세요."

옆에서 린네가 페트병에 든 차를 마시며 태연하게 오키토 선배에게 지시했다.

"이분은 일일이 노트에 메모하지 않으면 자기 생각을 정리 못

하는 사람이거든요. 성가시죠."

지금까지 메모한 내용을 되짚어보면서 그것들을 꺾은선 그래프처럼 연결해 간다. 그렇게 생긴 하나의 선이 바로 진실이라는 이름의 스토리다. 하지만 이대로면 그저 상상일 뿐이다. 논리란 진실이 아닌 가능성들을 최대한 제거하는 작업을 뜻한다.

이 진실을 부정할 수 있는 가설은 총 열한 가지다.

그러나 열 가지 증거가 그것들을 모두 없애 버렸다.

남은 건 단 하나.

나는 그 둘레에 동그라미를 그렸다.

이것은 이미 아케가미 린네가 제시한 결론이다.

"……선배님."

멍한 얼굴로 나를 쳐다보는 오키토 선배를 향해 입을 열었다.

"설령 선배의 계획이 성공한다고 해도 그건 표면적인 해결에 불과할 거예요."

"……뭐?"

"고라쿠 선배 앞에서 직접 진실을 털어놓을 생각은 없으신가요?"

오키토 선배의 미간 주름이 더 깊어졌다.

"……그게 무슨 소용 있겠어. 그냥 내가 잘 처리해서 반지를 돌려줄게. 그럼 다 해결될 거야."

"그렇게 혼자서 모든 걸 해결하려다 보니 그 소중한 선물로 실수를 저지른 게 아닐까요?"

"뭐?"

내가 도발적으로 묻자 오키토 선배는 당황한 표정을 지었다. 효과가 있다.

나는 어렴풋이 미소 지으며 덧붙였다.

"제안을 하나 하겠습니다."

내가 꺼낸 이야기를 오키토 선배는 진지한 얼굴로 들어줬다.

몇 분 후 오키토 선배의 커다란 뒷모습을 바라보며 나는 나직이 중얼거렸다.

"……미안."

"네?"

린네가 의아한 것처럼 고개를 갸웃거렸다.

정말 희한한 일이다.

가장 먼저 진실에 도달한 사람이 가장 마지막에 가서 고개를 갸웃거릴 줄이야.

"네 추리가 옳았어."

나는 린네가 마시다 만 탄산음료 병을 들고 뚜껑을 열었다.

"고마워!"

다음 날 방과 후. 고라쿠 선배는 후련한 얼굴로 그렇게 외치고 상담실을 떠났다.

선배의 오른손 새끼손가락에는 반지가 아닌 붉은 자국이 남아 있을 뿐이다. 그 대신 목에서 은빛 목걸이가 은은하게 빛났다.

잘 된 건지 안 된 건지 알 수 없지만 아무래도 상황이 괜찮은 쪽으로 굴러간 것 같았다.

"휴우……."

소파 등받이에 몸을 기댄 채 무사히 일을 끝마쳤다는 만족감에 젖어 있을 때 아케가미 린네가 싸늘한 목소리로 입을 열었다.

"이제는 슬슬 설명이라는 걸 해 주실 때가 된 것 같은데요."

"설명은 이미 했잖아. 경솔한 널 대신해서."

"네. 분명 듣기는 했죠. 반지를 훔쳐 간 사람은 남자 친구인 그 거인 씨지만 실제로 반지를 가져간 사람은 그 자리에 함께 있었던 고라쿠 선배의 절친 스미짱 씨였다. 그게 진실이라고요."

"그래. 그나저나 이제는 정말 이름을 외울 때도 되지 않았어?"

"분명히 말씀드리자면 제게 이름 같은 건 중요하지 않아요."

정말 입만 살아가지고.

진실을 깨닫고 스미짱 씨와 직접 이야기하겠다고 마음을 굳힌 고라쿠 선배의 모습은 꽤나 가슴 뭉클했다.

"이로하 씨가, 아니 제가 어떻게 그 진실을 알아냈는가. 제가 궁금한 건 그뿐이에요."

그렇게 말하고 린네는 흰색 칸막이 너머에 있는 창가 책상으로 자리를 옮겼다.

조금이나마 고등학생의 청춘 같은 것에도 관심을 가져 주면 좋을 텐데. 아니, 내가 이런 말 할 입장은 아니지만.

나도 소파에서 일어나 칸막이 너머로 돌아갔다.

린네는 이미 책상 위에 직소 퍼즐을 펼쳐 놓고 있었다.

퍼즐은 아직도 메울 곳이 많다. 완성된 그림은 얼추 상상이 되지만 전체상이 나타나기까지는 아직 조각이 부족하다. 그 모든 게 완성됐을 때 퍼즐은 비로소 상상에서 현실이 된다.

린네는 여전히 자신만 아는 상상을 들여다보고 있다.

그래서 나는 그 맞은편 의자에 앉아 린네의 얼굴을 똑바로 보며 입을 열었다.

"린네. 네가 확실히 수수께끼를 풀었다는 걸 지금부터 내가 증명할게."

"우선 내가 어떻게 진실에 도달하게 됐는지 조사 과정을 되짚어보면서 정리하려고 해.

린네. 네가 범인을 찾았다고 선언했을 때 난 아직 진실의 실마리조차 잡지 못한 상태였어. 정보가 너무 부족했거든. 하지만 말이야. 그때 네가 가지고 있던 사건에 대한 정보는 나와 비슷한 수준이었을 거야. 그럼 넌 원래 알고 있고 난 모르는 어떤 지식이 추리와 관련돼 있을 거라는 생각이 들더라.

"넌 알고 난 모르는 지식. 학교 식당에서 식권 사는 법도 모르는 너한테 과연 그런 게 있을까?"

"당연히 있죠. 실례되는 말이네요. 에티켓 벨 사용법이라도 알려 드릴까요?"

"바로 그거야."

"네?"

"난 남자고 넌 여자야. 그래서 혹시 성별과 관련된 게 아닐까 하는 의심이 먼저 들었어."

"성별?"

린네가 고개를 갸웃거렸다.

나는 고개를 끄덕였다,

"에티켓 벨은 여자 화장실에만 있는, 누르면 음악 같은 걸 내보내서 용변 소리를 지워 주는 도구지?"

"어떻게 그렇게 잘 알아요? 기분 나쁘게."

"그 정도는 요즘 상식이잖아. 아무튼 핵심은 그것과 똑같아. 이번 현장인 여자 탈의실에도 여자들만 아는 어떤 사정 같은 게 있을 수 있겠다고 추측한 거지."

"……그래서 현장을 조사하려고 하신 건가요?"

"그래. 너와 함께. 네가 없으면 어떤 정보가 부족한지 명확하게 깨닫지 못할 수도 있으니까. 다행히 성과는 있었어. 내가 예상한 대로 여자 탈의실에는 남자인 내가 알 수 없는 어떤 사정이 있었지."

린네는 가는 엄지를 턱에 가볍게 붙인 채 생각에 잠겼다.

기다리는 동안 나는 퍼즐 조각을 집어서 쥐었다.

"……문…… 말인가요?"

"정답."

린네가 입을 열자마자 나는 퍼즐 조각을 끼워 넣었다.

"잘못 달린 탓에 요령이 없으면 열기 힘든 탈의실 출입문. 이건 평소 여자 탈의실을 쓰는 여학생들만 알 수 있는 정보였어."

"거기에 무슨 문제라도 있나요?"

"아니, 아직 문제 수준은 아니야. 내가 본격적으로 이상하다고 느낀 건 오키토 선배의 학생 수첩을 발견했을 때였어."

"……별로 기억하고 싶지 않아요. 이로하 씨가 꾸물거린 탓에 그런 상황이……."

"미안하지만 기억해 뒀으면 해. 나중에 다시 언급할 거니까. 아무튼, 오키토 선배가 여자 탈의실에 몰래 들어간 것만은 확실해. 그러지 않았다면 학생 수첩이 그런 곳에서 나올 리도 없으니까."

"누군가가 그 거인 씨의 학생 수첩을 훔쳐서 사물함에 넣었을 가능성은요?"

"무슨 목적으로?"

"여자 탈의실에 몰래 들어갔다는 누명을 씌우려고……?"

"그럼 조금 더 눈에 잘 보이는 곳에 뒀겠지. 청소 도구함처럼 발견될지 안 될지 불확실한 곳 말고."

"그런가요? 그런데 청소 도구함이 의외로 발견되기 쉬운 장소일 수도 있어요. 예를 들어 동아리 활동 후에 탈의실을 청소하는 규칙 같은 게 있다면……."

"그럴 리 없어. 탈의실에 있는 벤치 아래에는 먼지와 흙 같은 게 그대로 있었거든. 그걸 보면 청소를 주기적으로 하는 곳이 아니야. 청소 도구함이 열릴 일 또한 그리 많지 않았을 거야."

"……흐음……."

린네가 아쉬워하는 얼굴로 입을 다물었다. 원래는 자기 추리인데도 나에게 이기고 싶어 하다니.

"오키토 선배는 자기 의지로 직접 여자 탈의실에 들어갔어. 그때 조금 전에 말한 그 문이 문제가 된 거고."

"아."

린네가 입을 살짝 벌렸다.

"……남자인 거인 씨가 여자 탈의실 문을 못 열었던 건가요?"

"그랬을 가능성이 크지. 내가 그랬던 것처럼 남학생들은 여자 탈의실 문을 여는 법을 모를 테니까. 그럼 오키토 선배는 어떻게 그 안에 들어갔을까?"

"이것저것 시도하다 보니 열리지 않았을까요?"

"글쎄. 탈의실 앞에서는 체육관에서 나는 소리가 훤히 들렸어. 그럼 반대의 경우도 마찬가지 아닐까? 문을 계속 덜컹거리면서 열려고 시도하다가는 체육관에서 동아리 활동 중인 학생들에게 들킬 위험이 커지는 거야. 그러니 오키토 선배는 초조해했고, 결국 포기했어."

"탈의실에 몰래 들어가는 걸 한 번은 포기한 건가요?"

"그래. 오키토 선배도 아마 나처럼 문이 잠겨 있다고 착각했을 거야. 그래서 다음번에는 확실히 들어갈 수 있는 방법을 궁리했겠지. 자, 그럼 여기서 한 가지 분명히 해 둘 게 있어. 오키토 선배는 왜 여자 탈의실에 몰래 들어가야 했을까?"

"반지를 훔칠 목적 아닌가요?"

"그러니까 반지를 왜 훔치려고 했냐는 거야. 애초에 오키토 선배가 고라쿠 선배에게 직접 선물한 반지잖아. 보통 자기가 선물한 물건을 다시 훔치는 건 이상해."

"갑자기 아까워져서?"

"고라쿠 선배는 반지를 두고 '별로 비싼 건 아니다'라고 했어. 그 말을 듣고 그 가능성은 배제했어."

"……그럼……."

"나 역시 여자 탈의실을 처음 조사했을 때만 해도 알지 못했어. 그런데 반지를 도난당한 사실을 모르는 듯한 오키토 선배의 모습을 보며 깨달았지. '애초에 훔칠 마음이 없었구나'라고."

고개를 숙인 린네는 눈빛에 물음표 마크를 마구 띄웠다.

"단서는 고라쿠 선배의 모습에도 있었어."

"모습?"

"기억 안 나? 선배가 틈날 때마다 왼손으로 오른손 새끼손가락을 가리던 모습이."

"아, 기억나요……. 전 그냥 습관인 줄……."

"고라쿠 선배는 반지를 항상 끼고 다녔다고 해. 그럼 손가락에도 흔적이 남아 있어야겠지. 그런데 내 눈에 들어온 당시 선배의 손가락은 깨끗했어. 내가 보지 못한 곳은 선배가 스스로 숨긴 그 오른손 새끼손가락뿐이야."

"고라쿠 선배가 오른손 새끼손가락에 반지를 끼고 있었다는 말인가요?"

"그래. 이상하지?"

"뭐가요?"

"남자 친구가 선물한 반지라면 보통 약지에 끼잖아. 결혼반지가 아니니 꼭 왼손은 아니어도 오른손 약지가 1순위일 거야. 실제로 오키토 선배도 오른손 약지에 반지를 끼고 있었어."

린네는 미간을 살짝 찌푸리며 불만스러운 듯 받아쳤다.

"반지를 새끼손가락에 끼는 사람일 수도 있죠. 별로 이상한 것 같지 않은데요."

"그럼 왜 숨겼을까?"

"……그건……."

"자기 의지로 새끼손가락에 반지를 꼈다면 다른 손으로 가릴 이유가 없잖아. 반지가 사라졌다는 이야기를 하는데 반지를 끼웠던 자국을 숨기는 것도 이상한 일이야. 그러니 난, 그리고 넌 떠올렸어. 새끼손가락에 반지를 끼고 있었던 건 사실 고라쿠 선배에게 부끄러운 일 아니었을까 하고."

"부끄러운 일……? 반지를 새끼손가락에 끼는 게요?"

"오키토 선배가 반지를 약지에 꼈던 것과 비교하면 금방 느낌이 올 거야."

그렇게 말하고 나는 퍼즐 조각을 만지작거리며 조금 기다렸다.

린네는 자신이 완성하다가 만 퍼즐을 내려다보며 잠시 침묵을 지켰다,

"……반지 크기가……."

"그래."

"처음에는 약지에 끼려고 했는데…… 사이즈가 작았을까요?"

"바로 그거야."

나는 달칵하고 퍼즐 조각을 맞췄다.

"고라쿠 선배는 여자치고는 덩치가 큰 편이야. 키가 170센티미터가 넘어서 남학생들에 비해서도 큰 편이지. 그럼 손가락도 그에 걸맞게 굵었을 테고."

"그런데도 그 거인 씨는 평범한 여자아이들 사이즈의 반지를 선물했다?"

"고라쿠 선배가 반지를 '생일에 서프라이즈로 받았다'라고 했지? 그 말은 곧 오키토 선배는 사전에 고라쿠 선배에게 반지 사이즈를 물어보지 않았다는 뜻이 되기도 해."

그리고 내가 그걸 지적하기 전까지 모르고 있었다. 그야말로 둔감한 사람이라고 할 수 있다.

"고라쿠 선배는 내성적인 성격이라 당연히 그 말을 쉽게 꺼내지 못했겠지. 그래서 어쩔 수 없이 새끼손가락에 반지를 끼고 다녔는데…… 혹시라도 오키토 선배가 그걸 보면 들키게 되잖아."

"그 거인 씨가 실수한 걸 말인가요?"

"공들여서 준비한 깜짝 선물인데 그런 실수를 저지른 게 밝혀지면 모든 노력이 물거품이 될 수도 있으니까."

"그러니…… 숨겼던 거군요."

"그래. 반지가 없어진 이후에도 손가락을 가리는 습관이 생길 정도로."

"……잠깐만요. 그렇다면."

드디어 린네의 사고 회로에도 기어가 들어가기 시작한 듯했다.

가끔 무의식이 아닌 다른 부분도 사용하는 편이 좋다.

"반지를 낀 새끼손가락을 숨겼다는 건 곧 그 거인 씨가 자신이 선물한 반지를 여자 친구가 끼고 있는 모습을 보지도 못했다는 말 아닌가요?"

"그래. 맞아. 잘하네."

"……갑자기 칭찬해 봐야 별로 와닿지 않아요."

"성과를 올리면 칭찬하는 게 당연하지 않겠어? 그래. 오키토 선배는 여자 친구가 반지를 낀 모습을 보지 못했어. 그럼 당연히 불안해지겠지? '내가 준 선물을 좋아하는 걸까', '날 정말 좋아하는 걸까' 하고……."

"그 덩치 큰 거인 씨가 그렇게 섬세한 생각을 한다고요?"

"겉모습만으로 판단하지 마. 인간은 누구나 섬세한 존재야."

"이로하 씨도?"

"그래. 그러니 조금은 생각하고 행동해 줘."

"노력해 볼게요."

감정 없이 대답하는 걸 보니 완전히 거짓말이다.

"그렇군요……. 그래서 확인하려고 한 거네요."

린네는 다시 본론으로 돌아갔다.

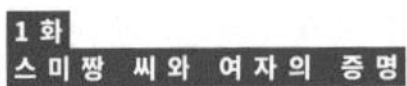

"자신이 선물한 반지를 여자 친구가 잘 끼고 다니는지, 그걸 확인하고 싶어서……."

"그래. 그저 확인하고 싶었을 뿐이지 훔치려 한 건 아니었어."

그러니 여자 탈의실에 몰래 들어가야 했다.

고라쿠 선배는 여자 배구부 소속이다. 섬세한 손 감각이 필요한 종목이라 반지를 끼고 운동할 수는 없다. 따라서 동아리 활동 중에는 탈의실에 둔 짐 속에 반지가 있을 거라고 오키토 선배는 추측했다.

"직접 물어보면 될 일을……."

"그게 안 되니까 어려운 거겠지."

나도 여자 친구를 사귀어 본 적이 없어서 그저 상상할 수밖에 없지만.

"아무튼 그렇게 오키토 선배는 여자 탈의실에 들어가 보기로 결심했지만, 안타깝게도 탈의실 문은 열리지 않았어. 그때 여자 탈의실 문에 자물쇠가 채워져 있다고 착각한 거고. 그럼 그 뒤로 어떻게 했을까?"

"어떻게든 열쇠를 구하려고 했겠죠?"

"누가 여자 탈의실 열쇠를 가지고 있을까?"

"여자 탈의실이니…… 여학생들 중 누군가가."

"그래. 그러니 여학생에게 협조를 구했겠지."

린네는 고개를 한 번 끄덕였다.

"그 사람이 바로 그 고라쿠 선배의 절친이자 거인 씨의 같은 반 친구인 스미짱 씨였다?"

"카에데 스미노 선배."

"성이 꼭 이름 같네요."

"맞아. 그래서 처음 들었을 때만 해도 몰랐는데……. 우리가 청소 도구함에 숨어 있을 때 여자 탈의실에서 '카에데 선배'라고 부르는 소리가 들렸지?"

"그때 탈의실에 들어온 건 여자 농구부원들. 그리고 그 거인 씨는 카에데 씨를 두고 '동아리가 같은 농구부'라고 하셨죠."

"그래. 농구부야. 배구부가 아니고. 그러니 카에데 선배는 오키토 선배가 여자 탈의실에 들어가는 걸 도와줄 수 있는 적임자였어."

"……그런데 그게 동아리와 무슨 상관이죠? 그 주뼛멀대 선배의 절친이자 반지의 존재를 알고 있어서 적합했다면 이해가 되지만."

"탈의실에 몰래 들어갈 타이밍은 배구부가 동아리 활동 중인 시간이어야 해. 그럼 그동안 자유롭게 움직일 수 있는 사람이 적임자 아닐까?"

"아…… 그러고 보니 체육관은 농구부와 배구부가 번갈아 쓴다고 하셨죠."

기억력이 좋다. 그렇다. 그래서 배구부 동아리 활동 중에 탈의실에 몰래 들어가려면 농구부원이 적합했던 것이다. 설령 들키더라도 깜빡한 물건을 찾으러 온 거라고 둘러댈 수도 있다.

"오키토 선배는 카에데 선배를 찾아가 상의했겠지. 이런저런 이유로 반지가 있는지 확인하고 싶으니 여자 탈의실에 들어갈 수 있게 도와 달라고.”

“그 부탁을 받아들인 건가요. 스미짱 씨는 친절한 분이네요.”

“뒷거래가 없었을 리 없지.”

“네?”

“알다시피 여자 탈의실 문에는 자물쇠 같은 게 없어. 그냥 문이 조금 잘못 달려 있을 뿐이라는 걸 카에데 선배가 몰랐을 리도 없고. 그러니 카에데 선배는 오키토 선배에게 문 여는 요령만 가르쳐 주면 됐던 거야. 원래는.”

“……하지만 실제로는 함께 탈의실에 몰래 들어간 건가요?”

“그래. 거기에는 어떤 명확한 의도가 있었어. 정확히 알 수는 없지만 실제 일어난 일들을 통해서 미루어 짐작해 보면 아마 이런 것 같아. 카에데 선배는 오키토 선배를 좋아했다.”

“네? 좋아했다고요?”

“이성으로서의 LOVE 말이야. LIKE가 아니라.”

“제가 그런 것도 모를 것 같아요?”

그렇게 물으면 당연히 모를 것 같다고 해야겠지만 지금은 일단 넘어가기로 했다.

“오키토 선배의 하소연을 들은 카에데 선배는 분명 이렇게 생각했겠지. ‘한번 해 볼 만하지 않을까?’라고.”

“해 본다고요? 뭘?”

“기회 말이야, 기회. 만약 탈의실 짐에서 반지가 나오지 않아서 오키토 선배가 충격을 받으면 그 자리에서 오키토 선배를 고라쿠 선배에게서 약탈할 기회가 생기는 거지."

"약탈……."

낯선 단어에 린네는 마치 유아 퇴행을 일으킨 것처럼 중얼거렸다.

"약탈이라니…… 절친이라면서요?"

"……그 이상은 단순한 험담이 될 수 있으니 여기까지만 할게."

고라쿠 선배가 말하기로는 카에데도 자신만큼 키가 크다고 했다.

두 사람은 큰 키 때문에 서로 친해지기도 했다.

그런데도 오키토 선배는 같은 동아리에서 자주 만나는 카에데 선배가 아닌 고라쿠 선배와 사귀게 되었다.

그것들을 제외한 내가 아는 정보는 탈의실에서 엿들은 대화뿐이다.

—이런 말 하기 미안하지만 고라쿠 선배가 그렇게 예쁘지는 않은 것 같은데.

—그건 그래. 오키토라면 얼마든 다른 선택지도 있지 않았을까?

—우와, 카에데 선배, 너무 솔직하신 거 아니에요?

—이 안에서만 하는 이야기야, 이 안에서만.

고라쿠 선배를 조롱하는 말에 망설임 없이 동의를 표시한 그 목소리. 그 사람이 절친인 카에데 선배였다면…….

아니, 이건 이미 끝난 일이다. 두 사람이 서로 잘 이야기해서 오해를 풀 테니까.

"카에데 선배는 반지가 나오지 않을 것을 기대하며 오키토 선배와 함께 여자 탈의실에 들어갔어. 하지만 결과는…….”

“……반지가 나왔군요.”

“카에데 선배는 어떤 생각을 했을까. 반지를 발견하고 기쁜 듯이 미소 짓는 오키토 선배를 보면서.”

“……그건…….”

왠지 고통을 참는 듯한 린네의 모습을 보며 나는 코웃음을 쳤다.

“뭐야, 너도 아는 거야? 소녀의 마음을?”

“당연히 알죠. 제가 이로하 씨를 보며 언제나 품는 마음과 똑같을 테니까요.”

“그게 뭔데?”

“엄청 화가 나는, 그런 마음 아니에요?”

그거였나. 괜히 사람 놀라게 하지 마.

“……그래. 화가 났겠지. 순정을 농락당한 듯한 기분에 순간 격분했을지도.”

“슬픈 사건이었네요.”

“아니, 그렇다고 사건이라고 부를 만큼 심하게 때리거나 죽인 건 아니야. 오키토 선배는 멀쩡히 살아 있었잖아. 뭐, 그래도 가볍게 손 정도는 뻗었을지 모르지. 너도 기억하지? 탈의실 벤치 모퉁이에 있던 움푹 팬 부분.”

“설마 그게…….”

“확증은 없지만, 아마 카에데 선배가 뒤에서 오키토 선배를 살짝 발로 차거나 밀치지 않았을까? 그런데 그 바람에 오키토 선배가 넘어져 위험하게도 벤치에 머리를 찧고 말았어. 벤치에 생긴 함몰 부분도 바로 그때 생겼고. 오키토 선배는 아마 잠깐 정신을 잃었을 테고, 카에데 선배는 당황했어. 오키토 선배가 넘어져서 정신을 잃은 것도 그렇지만 쓰러질 때 난 소리를 배구부원들이 들었을 수도 있으니까. 하지만 오키토 선배를 이대로 두고 갔다가는 여자 탈의실에 무단 침입한 변태라는 딱지가 붙을 수 있는 상황……. 덩치 큰 오키토 선배를 질질 끌고 갈 여유도 없었으니 결국 카에데 선배는 고육지책을 택했어. 청소 도구함 안에 오키토 선배를 집어넣은 거지. 카에데 선배는 고라쿠 선배만큼 덩치가 크고 평소 농구부에서 체력을 단련하기도 했으니 그 정도는 할 수 있었을 거야."

"거인 씨가 스스로 도망친 게 아니었군요."

"그래. 그다음은 이제 카에데 선배가 도망칠 차례. 그리고 그때 카에데 선배의 손에는 자신의 순정을 농락한 증오의 물건, 즉 오키토 선배가 찾은 반지가 들려 있었겠지."

순간 달칵하고 또 하나의 퍼즐 조각이 맞춰졌다.

이 모든 것이 바로 진실이다.

그러나 풀어야 할 수수께끼는 아직 남았다.

"하나만 여쭤도 될까요?"

"그래."

"전 지금 이로하 씨가 설명한 그걸 그 쭈뼛멀대 선배의 이야기를 조금 듣자마자 바로 눈치챘겠죠?"

"그랬겠지."

"그렇다면 이상하지 않나요?"

이번에는 린네가 퍼즐 조각을 쥐었다.

"범인을 찾아냈을 때만 해도 전 청소 도구함에 학생 수첩 같은 게 떨어져 있다는 걸 전혀 몰랐어요. 즉, 그 거인 씨가 청소 도구함에 갇히는 상황을 상상할 수 없었던 거예요. 더군다나 기절했다는 걸 알았을 리 없죠. 벤치의 그렇게 팬 부분이 있는 것도 몰랐으니."

린네는 퍼즐 조각의 모서리로 자신의 뺨을 툭툭 두드리며 비스듬히 위를 쳐다봤다.

"제 생각에 그때 거인 씨를 만났을 때 그는 반지가 사라진 사실 자체를 모르는 듯했으니 이로하 씨도 반지를 도난당했을 때 그 거인 씨가 의식을 잃은 상태였다고 추측한 것 같아요. 하지만 그것 역시 범인을 특정할 당시 제가 알 수 없었던 일이에요."

"그래. 그 말이 맞아."

"이로하 씨는 선언했어요. 제 추리를 찾아내겠다고요. 하지만 이런 상태로는 그저 이로하 씨의 사후 추론 아닌가요?"

"걱정 마. 물론 그것도 이미 다 생각해 뒀으니까. 처음 고라쿠 선배가 들려준 이야기에는 오키토 선배가 청소 도구함 안에 있었다는 걸 추측할 만한 단서가 있었어."

"그 주뼛멀대 선배의 이야기에요?"

"그래. 네가 사건 해결을 선언하기 직전. 고라쿠 선배는 그때 옷을 갈아입고 있을 때 뭔가 소리 같은 게 났다고 했지?"

"네. 나무 막대기끼리 부딪치는 소리였다고 했나요? 아마 청소 도구함에 있던 빗자루가 쓰러지는 소리 같았다고…….”

린네는 말을 하다가 말고 입을 반쯤 벌린 채 굳어 버렸다.

“아…….”

“기억해 두고 있으라고 했지?”

나는 빙긋 웃었다.

“너와 함께 여자 탈의실 청소 도구함에 숨었을 때 우린 그 안에 있던 빗자루를 다른 청소 도구함으로 옮겼어. 그쪽 사물함에는 대걸레가 들어 있었지. 자, 빗자루와 대걸레는 각각 몇 개씩 있었을까?”

“……한 개씩…….”

“맞아. 각 사물함에 한 개씩. 하지만 **나무 막대기끼리 부딪히는 소리가 나려면 최소 두 개가 필요하지.**”

“그 주뼛멀대 선배가 탈의실에서 옷을 갈아입을 때 빗자루나 대걸레가 다른 쪽 청소 도구함으로 옮겨진 상태였다는 말인가요…….”

“넌 체육 시간에 탈의실을 쓴 적이 있으니 그 소리 이야기를 들었을 때 한쪽 청소 도구함에 오키토 선배가 숨어 있었다는 걸 바로 알아챈 거야.”

“그 거인 씨가요? 그 시점에 거기까지 특정할 수 있나요?”

눈살을 찌푸리는 린네.

“탈의실에 숨은 사람에 대해 그 시점에는 두 가지 가능성이 있었을 거예요. 이로하 씨는 제가 억지로 도구함에 밀어 넣었으니 빗자루를 치워 달라고 했지만, 원래 사람 한 명이 들어갈 정도면 굳이 그렇게 하지 않아도 공간이 충분했겠죠. 그럼에도 불구하고 빗자루나 대걸레가 다른 도구함으로 옮겨졌다면 그곳에 숨은 사람의 체격이 상당히 컸거나 아니면 저희처럼 둘이 숨었거나, 그 둘 중 하나 아닐까요?"

"오늘따라 예리하네."

물론 둘이 숨을 때도 청소 도구함 두 곳에 한 명씩 숨으면 되겠지만 인간은 마음은 원체 충동적이다. 실제 상황에서 우리도 그런 선택을 한 이상 그 가능성을 배제할 수는 없다.

"하지만 어느 쪽 도구함이든 오키토 선배가 숨어 있었다는 사실에는 변함이 없지."

"왜죠?"

"탈의실에 침입한 게 남녀 2인조라는 걸 네가 알고 있었기 때문이야."

"침입자가 남녀 2인조……. 기본적으로 남자가 덩치가 클 테니 남자 혼자 숨었거나 남녀 둘이 숨었거나……. 하지만 어느 쪽이든 남자는 숨어 있었다는 말이 된다. 그건가요?"

"그래. 그리고 반지의 존재를 아는 사람은 고라쿠 선배가 말하기로 여자 배구부 친구, 카에데 선배, 그리고 오키토 선배. 용의자 중에 남자는 오키토 선배밖에 없지."

"어떻게 침입자를 남녀 2인조라고 추측하셨나요? 탈의실 문 때문에?"

"아니. 단지 그뿐이라면 여자 단독범의 가능성도 배제할 수 없었어. 하지만 그 단서도 고라쿠 선배의 짧은 이야기 속에 있었지. 넌 그때 고라쿠 선배가 들려준 이야기 속 어떤 부분에서 이상하다고 느꼈을 거야. 자각은 못 했겠지만."

"그분 설명에 뭐 잘못된 부분이라도 있었나요?"

"고라쿠 선배는 이렇게 말했어. 집에 가기 전까지는 이상한 걸 눈치채지 못했다고. 화장품 파우치와 그 안에 있는 파운데이션 뚜껑까지 열려 있는 걸 보고서야 이상하다고 느꼈다고."

"네. 누군가가 가방을 뒤진 이후였으니."

"범인은 그 안에서 오직 싸구려 반지만 훔쳐 갔어. 그 시점에 범인은 금품을 노리고 범행한 게 아닌 명확하게 반지 하나만을 노리고 고라쿠 선배의 가방을 뒤졌다는 걸 알 수 있는데, 그렇다면 이상해. 만약 그게 사실이라면 파운데이션 뚜껑은 왜 열어 봤을까?"

"아……."

린네는 가볍게 입을 벌리고 시선을 내리깔았다.

"맞아요……. 파운데이션 통 같은 곳에 반지를 넣을 리는 없죠. 더러워질 테니."

"그래. 넣을 리 없지. 범인도 그렇게 생각했을 거야. **그게 파운데이션이라는 것만 알고 있었다면.**"

"네에?"

어안이 벙벙해진 린네를 보며 나는 조금 겸연쩍었다.

"……이것도 성별 차이겠지. 남학생들은 대부분 화장을 하지 않아. 물론 화장품 파우치 같은 것도 들고 다니지 않고. 남학생들에게 여학생들의 가방 속은 그야말로 미지의 영역인 거야. 만약 화장품 파우치 안에서 둥글둥글한 작은 상자를 발견하더라도 그게 파운데이션이라고는 곧장 알아챌 수 없겠지. 아니, 오히려 '반지를 넣어두기에 딱 좋은 상자네'라고 생각할 수도 있어."

"아아, 그렇구나. 하지만 여학생이면 알았을 텐데……."

"물론 범인이 특별히 화장 같은 데 관심이 없는 여학생이었을 수도 있어. 하지만 그렇다고 해도 범인은 고라쿠 선배가 바로는 알아차릴 수 없을 정도로 가방을 거의 원래대로 정리해 놨어. 심지어 파운데이션 뚜껑을 닫지 못할 만큼 시간이 촉박했는데도 말이야. 범인에게는 정리가 익숙했던 거지. 이런 상황이라면 **가방을 뒤진 사람과 정리한 사람의 인물상이 맞물리지 않아.**"

"그러니…… 범인이 2인조였다?"

"그것도 남녀 조합이었을 가능성이 큰 거야. 전자가 남자고 후자가 여자. 그리고 가방을 정리할 때는 남자 쪽이 움직이지 못하는 상태였으리라 추측할 수 있지."

"……남자는 반지를 찾고, 여자는 뒤진 물건들을 정리하는 것으로 역할을 분담했을 가능성도 있지 않나요?"

"아니. 조금 전에도 말했지만 화장품 파우치 속 물건의 뚜껑이 그대로 열려 있었다고 하니 정리는 시간적 여유가 거의 없을 때 한 거야. 반면 뒤지는 건 철저하게, 그러니까 가방 맨 밑에 있던 필통까지 뒤졌지. 그러려면 이건 어느 정도 시간적 여유가 있어야겠지? 고로 반지 찾기와 가방 뒷정리는 각각 다른 타이밍에 이뤄졌다고 봐야 해. 즉, 남자가 가방을 뒤진 이후 가방을 다시 정리할 수 없는 상황이 됐고, 어쩔 수 없이 그때 함께 있던 여자가 가방의 뒷정리를 했다고 보는 해석이 가장 합리적이야."

"……거인 씨는 기절한 상태로 청소 도구함 안에 있었다. 전 나무 막대기 소리와 화장품 파우치 이야기로 그런 스토리를 추측할 수 있었겠네요."

"오키토 선배에게는 반지를 훔칠 동기가 없어. 단지 확인하려고 했다는 건 고라쿠 선배의 새끼손가락에 반지 자국이 있다는 점으로 추리를 마쳤지. 그러니 범인은 필연적으로 그곳에 함께 있었던 여학생이 될 수밖에 없는 거야. 그리고 그 여학생은 반지에 대해서 아는 사람. 즉 여자 배구부원 중 누군가, 또는 카에데 선배 중 한 명. 하지만 그때 여자 배구부원들은 체육관에서 열심히 동아리 활동을 하고 있었어. 따라서 넌 범인을 카에데 스미노 선배로 결론 내린 거야."

나는 새 퍼즐 조각을 손에 들고 제자리에 달칵 끼워 맞췄다.

지난 며칠간 맞춰 온 직소 퍼즐이 마침내 완성된 모습을 드러냈다. 역시 외국, 즉 독일인가 어딘가에 있는 성의 풍경이다.

그러나 진정한 완성까지 아직 한 개가 부족하다.

그 마지막 퍼즐 조각은 린네가 쥐고 있다.

"이것이 바로 네 수수께끼의 올바른 해답이야. 아직 더 신경 쓰이는 게 있어?"

"네……. 별거 아니라면 별거 아닐 수 있지만……."

린네는 퍼즐 조각으로 책상을 툭툭 두드리며 나를 직시했다.

"조금 전 그 파운데이션과 관련된 추리 말인데요."

"여학생이라면 그런 곳에 반지가 들어 있다고 생각하지는 않았을 거라는 추리?"

"네, 맞아요. ……그걸 어떻게 아셨어요?"

윽.

린네는 내 마음을 꿰뚫어 보려는 것처럼 눈을 가늘게 떴다.

"주뼛멀대 선배의 이야기에서 이상한 부분을 바로 알아차리지 못했다는 건 이로하 씨에게도 그게 예상 밖이었다는 의미겠죠? 여학생이면 파운데이션 통 같은 곳은 뒤지지 않았을 거라는 그 부분이요. 어떻게 갑자기 그런 생각을 하셨나요? 뭔가 계기 같은 게 없었다면 앞뒤가 맞지 않아요."

정작 자기 추리에는 무관심하면서 내 추리에 자꾸 쓸데없이 말꼬리 잡지 마.

하지만 괜찮다. 거기에 대해서도 확실한 대답을 준비해 뒀으니까.

"사물함 거울. 여자 탈의실 사물함에 거울이 달려 있는 걸 보고 화장을 떠올렸어."

"정말인가요?"

"……무슨 근거로 내 말을 의심하지?"

"모르겠어요. 그냥 왠지."

제기랄. 둔감한 녀석.

"그럼 추정 무죄네."

"앗."

나는 재빨리 손을 뻗어 린네의 손에서 퍼즐 조각을 빼앗아 마지막 자리에 끼워 넣었다.

거대한 외국의 성이 마침내 완성됐다.

린네는 말없이 나를 째려봤다.

"……뭔가 숨기는 게 있죠?"

"무슨 말인지 모르겠는데."

"거짓말!"

"그렇게 생각한다면 너도 추리해 봐. 내 추리를."

그때 마침 상담실 스피커에서 하교를 재촉하는 방송이 흐르기 시작했다. 시간이 벌써 이렇게 됐나.

나는 가방을 들고 일어서서 여전히 불만스러운 듯한 린네를 내려다봤다.

"의심만으로는 벌할 수 없다. 입증 책임은 검찰에 있다. 그리고 정당한 추론 없는 고발은 그저 명예훼손일 뿐이야."

"……."

린네는 한동안 뭔가를 호소하듯 나를 뚫어지게 봤다.

그러더니 완성된 퍼즐에 커버를 씌우고 마침내 몸을 일으켰다.

"……감사해요."

"응?"

"제 추리를…… 떠올려 주셔서."

창문으로 들어온 서쪽 햇빛이 린네를 물들이고 있다. 옆으로 고개를 돌린 채 도도한 표정을 짓고 있는 린네는 무심코 사진을 찍고 싶어질 만큼(그 정도는 나도 인정한다) 아름다웠다.

그러나 이내 다시 린네는 어리광을 부리다가 제지당한 어린아이처럼 나를 째려봤다.

"……그래도 언젠가 반드시 이로하 씨의 그 능글맞은 가면을 벗기고 말 거예요."

"가면을 쓴 기억은 없지만 그렇게 된다면야 나도 뭐 어쩔 수 없지."

어차피 알 수 없을 것이다.

그때 린네, 넌 눈을 돌리고 있었으니까.

그러니 내가 바로 옆에서 네 속눈썹과 입술을 관찰하고 있었다는 걸 알 리 없다.

나는 결국 증거 불충분으로 불기소 처분이 될 것이다.

꼬마 날라리 씨와 소녀의 역린

오래전 우리 반에서는 집단 괴롭힘이 있었다.

단 하루, 아니 단 1분.

그렇게 찰나 같은 시간이었지만 그것은 틀림없는 사실이다.

그날 아침의 일을 나는 지금도 생생하게 기억한다. 교무실 옆 계단을 서둘러 올라갔던 것과 교실 앞 복도에서 화장실에 가는 여학생들과 마주친 것, 그리고 교실 뒷문을 여는 순간 느껴진 묘한 분위기도.

그날은 이른 아침부터 갑자기 퍼붓기 시작한 비가 교실 창문을 세차게 때리고 있었다.

그리고 그런 배경을 등지고 선 소녀, 아케가미 린네의 모습은 마치 한 폭의 그림처럼 보였다. 멀리서 지켜보는 반 친구들이 곧장 캔버스와 붓을 꺼내도 이상하지 않을 정도였다.

그런 린네가 낙서투성이가 된 자기 책상을 내려다보는 풍경만 아니었다면.

"……누구야……."

누군가가 중얼거렸다.

누가 들어도 비난 섞인 중얼거림은 아니었다. 그것은 마치 한 차원 다른 곳에 있어 손댈 수 없는 신성한 여자에게 손을 갖다 댄 겁 없는 인간이 누구냐는 식의, 일종의 경외감을 담은 중얼거림이었다. 그런 무시무시한 신성모독자의 정체를 찾기 위해 교실 안에서 이리저리 시선이 오갔다. 그러나 알 수 없었다. 그 안에 있을 단 한 명의 범인을 제외하고는.

아케가미 린네는 긴 머리카락을 늘어뜨린 채 바닥에 떨어진 마른 나뭇잎을 보고 있었다. 그러다가 고개를 들어 맨 앞줄 자리를 봤다. 옆에 있는 창문만 커튼으로 반쯤 가려진 탓에 **그 녀석**의 모습은 옅은 어둠 속에 있었다.

여기까지가, 그렇다. 1분 남짓이다.

실제로는 더 오래 걸렸을지 모른다. 그러나 우리에게는 지극히 짧은 순간이었다. 아케가미 린네가 낙서로 가득한 자기 책상을 본 후 그 녀석의 모습을 발견하기까지 찰나의 순간. 그것이 바로 우리 반에서 일어난 집단 괴롭힘의 모든 시간이다.

"……**자명한 이치**예요."

나직한 중얼거림이 들렸다.

그러나 그 말은 성당에서 울리는 종소리처럼 장엄하게 교실 전체에 울려 퍼졌다.

너무도 맑고 아름다워 마치 하늘에서 들리는 듯한 목소리. 우리는 잠시 거기에 정신을 빼앗겼다. 그래서 바로 알아차리지 못했다.

—……누구야…….

그것이 조금 전에 나온 그 질문에 대한 답이라는 것도 미처 깨닫지 못했다.

아케가미 린네의 긴 머리카락이 공중에서 하늘거렸다.

그렇게 생각했을 때 그녀는 빠르게 교실을 가로지르고 있었다.

목표로 삼은 곳은 **그 녀석**의 자리, 즉 창가에서 두 번째 맨 앞줄 자리.

무표정한 얼굴로 의자에 앉아 있던 그 녀석은 바로 옆으로 아케가미 린네가 다가오자 무의식적으로 고개를 돌렸다. 싸늘한 얼굴. 약간의 적대감이 묻어나는 얼어붙은 무표정으로 녀석은 린네의 얼굴을 올려다보며 입을 열었다.

아마 '뭐야?'라고 물으려 하지 않았을까.

그러나 그전에 굳게 쥔 아케가미 린네의 주먹이 날카롭게 정수리에 꽂히자 녀석은 내밀려던 혀를 그만 콱 깨물고 말았다.

"느아앗!"

그 녀석 아니, 그 여학생은 얼빠진 비명을 지르며 의자에서 떨어져 머리와 입을 감싼 채 괴로워하기 시작했다.

그런 그녀 옆에서 아케가미 린네는 치마를 톡톡 털고 쪼그려 앉아 이렇게 말했다.

"당신이 범인이에요."

그것은 질문도, 확인도 아니었다.

사실을 있는 그대로 전달하는, 마치 신의 계시 같았다.

"뭐야……. 증거라도 있어?"

여학생이 눈물을 흘리며 던진 말은 이미 혐의를 인정하는 것과 다름없었지만 반론으로는 적확했다.

어떻게 알아냈지?

그 녀석이 특별히 수상한 낌새를 보인 것도 아니다. 오히려 다른 방관자들 속에 완벽하게 섞여 있었다. 그런데 린네는 어떻게 한 순간에 그녀가 범인이라고 단정 지을 수 있었을까.

납득할 수 없었다.

그렇다. 나는 납득할 수 없었다. 마치 교실에 있는 모든 것이 지금 아케가미 린네의 지배하에 있고, 그녀가 하는 말과 행동이 신의 기적이라도 되는 양 방관하는 듯한 그 분위기가 마음에 들지 않았다.

어떻게 알아낸 거야?

내 머릿속을 계속 맴도는 질문에 아케가미 린네는 대답하지 않았다.

잠시 후 린네는 범인으로 지목된 여자아이를 향해 말없이 오른쪽 다리를 들어 올렸다.

"아앗……."

만약 아케가미 린네의 말이 사실이라면 주먹 한 대, 발차기 한 대 정도는 날릴 권리가 있을지 모른다.

그녀는 그 정도 일을 당했다. 만약 그 일을 형사 고발하면 모욕죄는 물론 재물 손괴죄로 3년 이하 징역 또는 3백만 원 이하의 벌금이 부과될 수 있었다. 범죄 행위가 소녀의 가녀린 주먹과 발길질 한 대로 사라진다면 오히려 온정적 판결이라고 할 수 있었다.

그러나 증거가 없다.

그 사실은 나를 방관자의 입장에서 한 발짝 나아가게 하기 충분했다.

"……?……!"

특별히 단련하지도 않은 배에서 둔탁한 충격이 느껴졌다.

눈앞에서 내 배를 걷어찬 아케가미 린네가 눈을 살짝 부릅떴다.

그것은 내가 처음 목격한 아케가미 린네의 무표정이 아닌 다른 표정이었을 것이다.

"……왜……."

왜 감싸느냐고?

누가 봐도 범행을 지적당해서 허를 찔린, 범인이 확실하고도 용서할 수 없는 '용의자'를 어째서 비호하느냐고?

대답은 정해져 있다.

"……'무죄 추정'."

뒤따라오는 고통을 참으며 나는 입을 열었다.

"……의심만으로 벌할 수 없다. 이건 법치국가의 기본이야."

나는 가슴을 펴고 약자의 편에 설 수 있는 그 한마디를 던졌다.

"……증거를, 제시해……!"

"……."

아케가미 린네는 눈을 가늘게 뜨고 나를 쏘아봤다.

법치국가에서는 용서받지 못할 만행을 저지르는 그녀를 나도 노려봤다.

아케가미 린네는 분명 피해자다.

따뜻하게 감싸 줘야 할 것이다. 어깨에 팔을 둘러 위로의 말을 건네야 할 것이다.

그러나 증거도 없이 죄를 심판할 권리는 누구에게도 없다.

잠시 후 아케가미 린네는 나에게서 시선을 떼고 한숨을 내쉬더니 중얼거렸다.

"……말이 통하지 않는 분이네요."

그러고는 낙서투성이가 된 자기 책상이 아닌 반 친구들 사이를 마치 모세처럼 지나 교실을 빠져나갔다.

내 말이 너무 심했을까.

나는 아케가미 린네가 나간 문을 보며 늦게나마 죄책감을 느꼈다.

딱히 잘못한 것 같지는 않지만 교실을 떠나는 그녀의 뒷모습이 쓸쓸해 보인 것 또한 사실이었다.

이것이 바로 나, 즉 이로하 토야와 아케가미 린네의 실질적인 첫 만남이었다.

그리고 두 번째 만남은 그로부터 약 한 달 후 이뤄졌다.

"우와! ……어라? 이로하, 아직도 밥 먹고 있어?"

점심시간이 끝날 때쯤 참고서를 읽으며 입에 빵을 넣고 있자 오늘도 코가미네 아이가 다가와 물었다.

코가미네는 망설임 없이 내 앞에 앉더니 한쪽 무릎을 가슴 앞까지 끌어당기고 실내화를 신은 뒤꿈치를 의자 가장자리에 올려놓았다. 그렇게 하면 짧은 치마 사이로 속옷이 보일 것 같지만 어떻게든 잘 숨기는 듯했다. "난 그렇게 싸구려가 아니야!"라고 호언장담한 게 언제였을까.

"너무 늦는 거 아니야? 지금까지 뭐 하다가 이제야 밥을 먹는 거야."

"니시다 녀석이 선생님께 부탁받은 자료를 깜빡했다잖아. 니시다한테 넌 자주 깜빡하니 선생님이 시키면 바로 하라고 그렇게 주의를 줬건만. 어쩔 수 없이 도와주느라 늦었어."

"정말? 역시 꼼꼼히도 챙겨 준다니까. 우리의 엄마!"

"엄마라고 부르지 마. 너희가 너무 유치한 거야."

애초에 남자에게 붙일 별명도 아니다. 다른 아이들 또한 엄마에게 의지할 나이는 지났다.

코가미네는 "냐하핫" 하고 장난스럽게 웃었다.

"옹알옹알, 이로하 엄마. 우유 쥬떼요오."

"……뭐 하는 거야."

"뭐긴, 아기 흉내지."

"그게 아니라 왜 그런 행동을 하느냐 물었어."

"그야 이로하의 우유를 먹고 싶다는 목적으로……. 앗, 이러면 뭔가 이상하게 들리네."

"훗. 색녀답군."

"색녀라니!"

코가미네는 매니큐어를 바른 손톱으로 날 할퀴려고 했다. 나는 도망치며 입안에 있던 빵을 삼켰다. 그런 말과 행동을 색녀라 부르지 않으면 뭐라고 해야 할까.

이 경박한 여자, 즉 코가미네 아이와는 유감스럽게도 알고 지낸 지 벌써 한 달이 지났다. 알고 지낸다고 해 봐야 상대가 일방적으로 나에게 접근해 올 뿐이지 나는 전혀 다가가지 않지만. 계기는 한 달 전 있었던 그 사건이다.

어느새 반에서 점점 금기시돼 가는 듯한, 아케가미 린네의 책상 낙서 사건…….

그 범인이자 그날 아케가미 린네의 펀치를 맞았던 사람이 바로 이 코가미네 아이다.

꼭 그럴 의도가 아니었다고 해도 나는 그날 코가미네를 감싸는 모습을 연출해 버렸다. 그때부터 코가미네는 내게 관심을 보이며 나에게 공부를 가르쳐 달라고 하거나 걸핏하면 날 찾아와 불만을 털어놓으면서 지금과 같은 관계가 형성돼 버렸다.

"이미 몇 번이나 말했지만 그날 난 널 감싸려고 한 게 아니야. 무죄 추정의 원칙에 따랐을 뿐."

"몇 번이나 들은 말이지만 잘 모르겠어. 그건 곧 내가 범인이라고 하는 거나 마찬가지잖아. 자백이라고, 자백. 무죄 추정이니 뭐니 하는 것에 속하는 게 정말 맞아?"

"아무리 진범이어도 변호 받을 권리는 있어. 충분한 논의가 이뤄지기 전까지는."

"흐음. 역시 변호사 지망생답네. 난 들어도 무슨 말인지 잘 모르겠지만."

"툭하면 금방 모른다고 하니 더 모르는 거야."

뭐가 우스운지 코가미네는 빙긋 웃었다. 이 여자에게 법치국가의 기본을 이해시키는 것이 당면한 내 과제지만 목표 달성은 그야말로 요원해 보였다.

코가미네는 셔츠의 두 번째 단추까지 풀고 가슴골을 뽐내듯 등받이에 몸을 기댄 채 말했다.

"이로하. 학교 끝나고 놀러 갈래?"

"내가 갈 것 같아?"

"맛있는 디저트를 파는 카페가 있는데, 너 생크림 좋아하지 않아?"

"좋아하지만 방과 후에는 바빠. 아까도 선생님에게 불려 갔고."

"또? 누구? 유즈 선생님?"

"유즈시마 선생님 말고 아케가미 선생님. 우리 학교의 스쿨 카운슬러."

"뭐? 정말?"

늘 생글생글 웃는 코가미네의 얼굴에 단숨에 적개심이 떠올랐다. 그럴 만하다. 학교에서 상담 교사로 일하는 아케가미 후요 선생님은 아케가미 린네의 친언니이기 때문이다.

"……걔 언니답게 후요 선생님도 정말 예쁜 분이기는 해. 평판도 좋고. 내 친구 중에도 거기 가서 연애 상담을 했다는 애도 있어."

"칭찬하는 것치고는 표정이 구겨져 있는데."

"당연하지! 그날 내 머리에 혹이 생겼다고!"

언니인 아케가미 후요 선생님의 이야기를 하는데도 자연스럽게 동생 이야기로 넘어갔다.

"걔는 혹을 넘어 입학한 지 한 달 만에 무단결석자가 돼 버렸지."

"……그건 뭐……."

"솔직히 사과해. 미안하다고."

"시끄러워! 사과하고 싶어도 교실에 오지 않으니 할 수도 없잖아!"

코가미네가 짜증스러운 듯이 내 책상을 쳤다. 그러자 블레이저 소매에 달린 커프스단추[1]가 책상에 부딪히며 딱딱 소리를 냈다. "책상에 흠집 생기니 그만해" 하고 말리자 코가미네는 블레이저 소매만 걷어 올려 다시 책상을 쳤다. 그 아래에 입은 블라우스에는 커프스단추가 없지만, 애초에 책상에 화풀이하는 것부터 문제다.

코가미네는 입술을 쭉 내밀며 시무룩하게 말했다.

"……린네한테도 원인은 있어. 내 친구가 좋아하는 남자애가

1 블레이저나 셔츠 소맷부리에 장식용으로 다는 금속 재질의 단추.

걔한테 고백했는데, 걔가 뭐라고 했다는지 알아?"

이미 여러 번 들어서 알지만 그냥 내버려뒀다.

코가미네는 무표정한 린네를 흉내 내면서 말했다.

"'말이 안 돼요'라고 했대. 꼭 그렇게 말해야 해? 더 괜찮은 표현이 정말 없어?"

고백을 거절하는 방식 중 최악인 건 맞는 것 같지만.

—말이 통하지 않는 분이네요.

린네는 그때도 나를 향해 그렇게 말했다. 제대로 말을 섞어 보지도 않은 주제에.

"애초에 같은 반 친구한테 경어라니. 그게 뭐야! 진짜 꼴 보기 싫어!"

"그래서 그런 감정들을 그대로 책상에 남긴 건가? '꺼져', '꼴 보기 싫어', '재수 없어', '화냥년' 등등. 이것도 이미 여러 번 말했지만 언어폭력도 엄연한 범죄야."

"이로하, 넌 내 편 아니니?"

"난 약자의 편이야."

도대체 몇 번을 말해야 알아들을까.

점심시간이 끝났음을 알리는 종소리가 울렸다. 점심용 빵도 이미 다 먹었다.

"자, 수업 시작됐어. 이제 네 자리로 돌아가."

"또 그렇게 귀찮아한다! 그럼 내일! 오늘 안 되면 내일 가! 디저트 카페!"

코가미네는 일방적으로 선언하고 긴 트윈테일 머리를 꼬리처럼 흔들며 창가에서 두 번째 맨 앞줄에 있는 자기 자리로 돌아갔다.

왼쪽 옆에 앉은 단발머리 여자아이와 수다를 떠는 코가미네를 보며 나는 팔짱을 끼고 생각에 잠겼다.

내가 비록 생크림을 좋아하기는 하지만 그냥 다른 여자애들과 같이 가면 될 텐데. 왜 그렇게 나와 함께 가려는 걸까.

"실례합니다."

방과 후 나는 남관 1층 구석에 있는 상담실 문을 열고 들어갔다.

남관은 이른바 특별 교실이 많아서 방과 후에는 학생들의 발길이 거의 끊긴다. 위층에 있는 음악실에서 취주악부의 연습 소리와 바로 옆 운동장에서 운동부의 구령 소리가 들리는 정도일까. 그 소리들도 왠지 아득히 먼 세상에서 들리는 것처럼 느껴져 이 무인 상담실이 마치 속세와 격리된 비경 같기도 했다.

무인.

그렇다. 나는 분명 상담 교사인 후요 선생님의 부름을 받아서 왔는데 문고본 소설이 꽂힌 서가와 6인용 소파가 놓인 간소한 상담실에는 아무도 없었다.

조금 늦을 수 있다는 말을 듣기는 했다. 애초에 무슨 일로 부른 건지도 잘 모르겠지만 후요 선생님은 선생님들 사이에서 꽤 영향력이 있는 분이라고 들었다. 변호사가 되기 위해 명문 대학 법학부를 목표하는 나로서는 알고 지내면 좋을 사람이기는 했다.

상담실을 대충 둘러봤다. 서가에 진열된 문고본은 상담 관련 서적들일 줄 알았는데 절반 이상이 소위 캐릭터 소설, 즉 일러스트 표지가 들어간 오락 소설이었다. 요즘은 라이트노벨이라고 불리기도 한다는데 나는 그 차이를 잘 모른다. 나머지는 서점 서가에서 흔히 볼 수 있는 베스트셀러 대중 소설들이었다.

상담하러 오는 학생들의 긴장을 풀어 주려는 걸까. 상상했던 것보다는 아늑한 공간이다. 나는 책장 아래 선반에 있는 트럼프 카드와 UNO 카드 상자를 보며 그렇게 생각했다.

달칵.

"응?"

그때 악기 소리와 운동부 구령 소리에 섞여서 귀에 들어온, 뭔가를 두드리는 듯한 소리에 나는 고개를 들었다.

학교 운동장? 아니다.

운동장과 가까운 창문이 흰색 칸막이로 가려져 있다. 상담 학생의 프라이버시를 보호하려고 외부의 시선을 차단할 목적인가 싶었는데 그런 것치고 창문과 너무 멀리 떨어져 있다. 창문과 칸막이 사이에는 충분한 공간이 있었다.

달칵하는 소리는 방금 저곳에서 들렸다.

후요 선생님이 칸막이 뒤에 있는 걸까. 내가 들어온 걸 아직 모르는 걸까.

나는 칸막이 너머를 슬쩍 들여다봤다.

"선생님. 저 왔는데……."

순간, 나는 굳어 버렸다.

한 폭의 그림 같은 공간이 그곳에 펼쳐져 있었다.

창밖에 있는 나무들이 바스락거리는 소리를 냈다.

그리고 창문으로 들어온 바람이 그녀의 머리카락을 부드럽게 흔들었다.

계절과 어울리지 않는 케이프를 어깨에 걸친 채 머리카락을 손으로 누르며 그녀가 바라보고 있는 것은 책상에 놓인 커다란 직소 퍼즐이었다. 그것은 퍼즐 조각이 정중앙 부근에 약간 모여 있을 뿐이라 어떤 그림이 완성될지 아직 도무지 예상할 수 없는 상태였다.

그러나 눈앞에 펼쳐진 풍경 자체는 너무도 완성된 풍경이어서 그녀의 눈이 나를 처음 향했을 때 나는 지금 꿈을 꾸고 있는 건가 싶었다.

"……당신은……."

그녀가 이맛살을 살짝 찌푸렸다.

그리고 그제야 나는 정신을 차렸다.

아케가미 린네.

한 달 전 사건 이후 교실에 발길을 끊어 버린 무단결석자가 창가의 의자에 앉아 있었다.

믿을 수 없는 광경을 목도했다는 충격(물론 감탄하거나 홀려 있었던 건 아니다)에서 벗어난 나는 안경을 고쳐 쓰며 질문을 던졌다.

"린네…… 네가 왜 여기에?"

린네는 한동안 나를 뚫어져라 쳐다봤지만 결국 대답 없이 다시 직소 퍼즐로 시선을 향했다.

무시?

아무래도 날 싫어하는 듯한데 그 이유가 꼭 감이 안 오는 것은 아니다. 그날, 모두가 동정해야 마땅한 상황에서 나는 그녀에게 적대적이었다.

지금 돌이켜보면 조금 더 다른 표현이 있었을 수도 있다. 그때 내가 했던 말이 결코 틀리지는 않았다고 생각하지만 그것을 알기 쉽게 전달하는 것 또한 변호사에게 필요한 자질이다. 나는 내 미래를 위해 지금 이 자리에서 바로 한 달 전의 복수전에 나서기로 했다.

"……지난번에는 미안했어."

린네가 다시 고개를 들어서 나를 힐끔거리며 곁눈질했다. 반응 있음.

"그때는 나도 순간 화가 많이 났었던 것 같아. 무례한 말을 해서 미안해. 그 후 코가미네한테는 제대로 반성하라고 했어. 널 직접 만나서 사과하고 싶대."

물론 그럴 때마다 이런저런 불평을 늘어놓고 있지만 적어도 사과하겠다는 마음은 거짓이 아니다.

린네가 눈을 살짝 가늘게 떴다. 내 말을 확실히 듣고 있다. 역시 표현만 잘 고르면 대화는 통하기 마련이다. 좋은 기회다.

나는 달가운 마음에 한 발짝 더 나아가기로 했다.

"그런데 너한테도 문제는 있어. 제대로 확인하지 않고 손찌검부터 했으니까. 화난 심정은 이해하지만 감정에 휩쓸려서 행동하는 건 애들이나 할 짓이야. 너도 고등학생이니…….”

“……휴우…….”

린네는 한숨을 푹 내쉬며 책상에 놓인 직소 퍼즐로 시선을 되돌렸다.

어라? 뭐야.

급속도로 내게 흥미를 잃는 모습에 아연실색하자 불현듯 등 뒤에서 목소리가 들렸다.

“벌써부터 열심히 일하고 있잖아, 이로하.”

돌아보니 어느새 상담실 문 앞에 후요 선생님이 서 있었다.

옷깃이 트인 셔츠에 몸에 꼭 맞는 스키니 청바지를 입었고 위에는 하얀 가운을 두른 키가 큰 여성이다. 키가 아마 170센티미터는 되지 않을까. 쇼트커트 스타일까지 더해져 마치 다카라즈카[2] 배우 같다고 할까. 여자들에게 인기가 많다는 걸 납득할 수 있는 멋진 스타일이었다.

“후요 선생님……. 일을 열심히 한다는 게 무슨 말인가요?”

“내가 용건을 알려 주기도 전에 솔선수범하고 있는 걸 보니.”

후요 선생님은 벽 앞에 있는 커피 드리퍼로 다가가 병에 든 커피 가루를 대충 드리퍼에 넣었다.

“이로하. 오늘 널 이곳에 부른 게 바로 거기 있는 내 사고뭉치 여동생 때문이거든.”

2 여성으로만 구성되어 남성 역할도 여성이 맡는 일본의 인기 가극단.

물을 미리 끓여 놓았는지 선생님은 무심하게 드리퍼에 물을 부었다.

"벌써 한 달이 됐네. 억지로 교실에 보내는 것도 좋지 않을 것 같아서 일단 여기로 오라고 했는데, 이대로 가다가는 교실에 돌아가기 더 힘들어질 거야. 게다가 이제 곧 여름방학이니 치명적이지."

"그건 저도 이해가 되지만……."

결석 기간이 길어질수록 다시 반으로 돌아가기도 어려워진다. 여름방학이 끝나고 돌아오는 방법도 있지만 그만큼 심적 부담이 크다. 개학 즈음인 9월 1일에 미성년자 자살률이 최고조에 이른다는 건 너무나 유명한 이야기다.

"이로하. 그래서 네게 상담하려고 했어."

"상담요? 상담 선생님께서 학생인 저에게요?"

"그래. 내 동생이 교실로 돌아가게 네가 설득해 줄래?"

그렇게 말하고 후요 선생님은 머그잔에 따른 커피를 한 모금 마시더니 "……가루를 너무 많이 탔나" 하고 중얼거렸다.

그때 그전까지 침묵하고 있던 린네가 칸막이 너머에서 입을 열었다.

"언니…… 지금 제정신이세요?"

"아쉽게도."

"제 말을 제대로 들은 거 맞아요?"

"다 너를 위해서 내린 결정이야. 이 정도도 극복 못 하면 이 사회에서 살아갈 수 없어."

"……."

린네는 말없이 선생님을 노려봤다. 칸막이 옆에 서 있는 내 눈에는 두 사람이 모두 보이지만, 린네에게는 선생님이 보이지 않을 것이다. 그런데도 린네는 선반에 몸을 기댄 채 맛없어 보이는 커피를 홀짝이는 선생님 쪽을 정확히 노려보고 있었다.

왠지 소외된 기분이 들어 일단 질문을 던져 보기로 했다.

"무슨 말씀인지는 알겠는데, 왜 저인가요?"

"적임자니까."

"네?"

"이로하. 넌 린네가 지금 교실에 안 가는 게 코가미네 때문이라고 생각하지?"

나는 린네를 힐끗 봤다. 당사자를 눈앞에 두고 이런 말 하기 조심스럽지만, 린네는 마치 세상과 단절을 선언한 사람처럼 직소 퍼즐에서 눈을 떼지 않고 있었다.

"네. 그건 맞아요. 그렇게 비겁한 괴롭힘을 당한 이후부터 교실에 오고 있지 않으니까요."

"아니야. 린네는 네가 코가미네를 감쌌기 때문에 교실에 안 가는 거야."

"네?"

후요 선생님은 소파에 앉더니 손에 든 머그잔을 탁자에 내려놨다. 앉으라는 뜻일까. 나는 덩달아 선생님의 맞은편에 앉았다.

선생님은 긴 다리를 포개며 다시 입을 열었다.

"이로하 토야. 단도직입적으로 말하면, 넌 내 여동생인 아케가미 린네에게 미움받고 있어. 그것도 아주 많이."

"……좋아하지 않을 거라고는 생각했어요. 그런데 제가 딱히 잘못한 것도 없는 것 같은데요."

"고집이 세네. 린네처럼."

"그야 물론 재 입장에서는 범인에게 주먹 한 방이라도 날려 주고 싶은 심정이었겠죠. 저도 확실한 증거만 있었다면 아무 말 안 했을 텐데……."

"린네에게 증거 같은 건 필요 없어."

"네?"

나는 앵무새처럼 되물었다. 선생님은 태연한 얼굴로 커피를 한 모금 마셨다.

"내 동생은 조금 기이한 능력을 가지고 있거든. 하늘의 계시라고 해야 하나……."

"하늘의 계시요?"

"불분명한 것, 그러니까 수수께끼와 직면했을 때 그 즉시 해답을 **알게 되는** 능력이야."

"잠깐만요. 무슨 말씀이신지 잘……."

"예를 들자면 우리 집안은 유서 깊은 신관 집안인데, 오래전 신사 새전함을 훔치는 도둑에게 시달린 적이 있어."

"……."

신관 집안이라는 말은 그리 놀랍지 않았다. 아케가미明神라는 성을 들었을 때부터 왠지 그런 느낌이 들었다.

"평소 참배객들이 거의 안 왔으니 용의자는 쉽게 좁힐 수 있었어. 그리고 경찰에 신고를 할지 말지 망설이고 있을 때 린네가 말했지. 범인은 그 사람이라고."

"……어림짐작 아닌가요?"

"아니. 정말 정답이었어."

선생님은 내 눈을 똑바로 쳐다보며 선언했다.

나는 무심코 떠올렸다. 코가미네가 범인인 걸 깨달은 순간, 그러니까 사건 발생 이후 채 1분도 흐르지 않은 상태에서 이뤄진 고발. 그렇다. 그때 아케가미 린네는 마치 신의 계시를 받은 사람처럼…….

"한 번뿐이면 우연의 일치라고 할 수 있겠지만 그 뒤로도 같은 일이 여러 번 반복됐어. 신앙심이 깊은 아버지께서는 몹시 흥분하셨지. 이 아이는 타고난 무녀다. 신의 자식이다, 라고 하시면서."

"어떻게 그런 일이……. 우연이 아니면 다른 뭔가가 있었겠죠. 예를 들자면……."

"이런저런 단서들을 바탕으로 논리적으로 추리했다?"

내가 입을 열기도 전에 선생님이 먼저 물었다.

"……그렇게 해석하는 게 맞지 않나요? 무녀가 명탐정이 된다는 것도 황당무계하긴 하지만……."

"흐음. 그래. 이성적인 해석이네. 그런데 이로하. 만약 내 동생이 정말 타고난 명탐정이라면 범인을 어떻게 알아냈는지도 이성적으로 설명하지 않을까?"

"네. 그렇겠죠."

추리소설을 그리 많이 읽어 본 건 아니지만 목차 속 해결 편을 소화 못 하는 명탐정이 있다면 엄청난 결함품이라고 느낄 것이다.

"……네? 설마……?"

"그래. 그 설마가 맞아. 린네도 자신이 어떻게 진실을 알아냈는지 알지 못하는 거야."

나는 잠시 숨을 죽인 채 선생님을 관찰했다.

그러나 아무렇지 않게 커피를 마시는 선생님에게서 농담하는 기색은 없었다.

자신이 어떻게 진실을 알아냈는지 모른다?

그건 마치.

"그래서 우리 아버지께서는 '신탁神託'이라 하셨어. 신께서 린네에게 계시를 내려 주신 것이라고."

"……어떻게 그런 말도 안 되는 일이……."

"못 믿겠다면 린네가 중학생 때 풀었던 수학 시험을 보여 줄게."

"모든 문항이 백 점 만점이라면 꼭 타고난 명탐정이나 무녀가 아니어도 받을 수는 있어요."

"모든 문항이 정답인 건 맞지만 백 점은 아니야. **중간식이 없었거든.**"

……그렇다면 모든 문제를 암산으로?

아아, 그렇다. 암산이면 어떻게 계산했는지 설명하기도 어려울 것이다.

"그 정도면 커닝으로 의심할 수도 있겠네요."

"실제로도 여러 번 의심받았어. 린네가 이 학교에 온 것도 내가 선생님들을 열심히 설득한 덕분이었고."

어떻게 설득했는지는 도무지 알 수 없다.

"……어떤 문제건 풀 수 있는 건가요? 예를 들어 학회 같은 데서도 답을 구하지 못한 난문 같은 것도?"

"결론부터 말하자면 아니야. 전에 시험 삼아 밀레니엄 문제[3]를 보여 준 적이 있는데 그때는 하늘의 계시가 내려오지 않았어."

밀레니엄 문제. 푸는 자에게 백만 달러가 주어진다고 하는 수학계의 난제.

"애초에 문제를 풀기 위한 지식이 부족해서겠지. 그래서 어려운 지식이 별로 없어도 되는 페르마의 최종 정리 같은 걸 보여 주기도 했지만……."

"못 푼 건가요?"

"응. 해답이 될 증명이 너무 길었다고 해. 설령 답을 맞히는 린네의 능력이 무한하다고 해도 그걸 언어로 표현하는 능력에는 한계가 있는 거야. 그게 바로 린네의 힘이 초자연적인 것이 아니라는 증거 아닐까."

정말로 신의 계시라면 지식 같은 건 애당초 필요 없을 것이다.

3 하버드대 수학자들이 제시한 21세기 수학계에 기여할 수 있는 일곱 가지 문제.

또 나오는 답이 린네의 언어 능력에 좌우된다는 것도 희한한 이야기다.

"뛰어난 예술가들이 멋진 작품을 내놓고 가끔씩 '신이 내려왔다'라고 하는 경우가 있지? 선생님은 그런 것도 초자연적인 현상 같은 게 아니라 그들이 잠재의식에 있는 고속의 사고를 언어화할 방법을 알지 못하니 그렇게 표현하는 거라고 생각해. 린네의 능력도 그것과 같아. 자, 어떠니? 이로하. 선생님이 하는 이야기가 그렇게 터무니없지만은 않다는 걸 이제는 좀 알겠어?"

"네, 뭐 그럭저럭. 하지만……."

뭔가 교묘하게 설득당하는 것 같기도 하지만 후요 선생님이 이토록 치밀하게 나에게 거짓말을 할 이유도 없을 것이다. 무엇보다 나는 내 두 눈으로 목격했다. 아케가미 린네에게 '신이 내려온' 순간을.

"……그럼 문제도 있지 않나요?"

"무슨 문제?"

"수학 문제에 중간식이 필요한 것과 같은 문제요. 아무리 명쾌한 추리여도 그 과정을 설명할 수 없다면 억측에 불과하죠. 무죄 추정의 원칙, 즉 입증 책임은 문제를 고발한 쪽에 있으니까요."

"바로 그거야. 이로하."

"네?"

"네 지적이 전적으로 옳아. 정말 훌륭해. 정곡을 찔렀어. 그러니 린네가 널 싫어하는 거야."

"아니에요."

칸막이 너머에서 대번에 차갑게 부인하는 짧은 말이 날아왔다.

후요 선생님은 반응하지 않고 담담히 말을 이어 갔다.

"그래서 널 불렀단다. 교실에 가지 않을 이유가 너에게 있다면 일단 너와 속을 터놓는 게 우선일 테니까. 그렇지 않니?"

"……그렇겠네요. 저와 린네의 정신 건강을 고려하지 않는다면요."

"성장에는 항상 고통이 따른단다."

선생님은 격언 같은 말을 하고 빈 머그잔을 탁자에 올려놓았다.

"물론 네 스트레스에 상응하는 보상을 약속할게. 네가 만약 린네를 교실에 다시 데려가는 데 성공한다면 우리 학교 역사상 가장 높은 내신 점수를 받을 수 있도록 다른 선생님들에게 건의하려고 해."

"정말요?"

"그래. 3년 뒤에 넌 원하는 모든 대학의 추천을 받을 수 있을 거야."

"아니, 잠깐만요. 선생님은 대체 이 학교에서 얼마나 힘이 세신 건가요?"

"네가 상상하는 것보다 어른들은 더 교활하단다."

농담으로 그냥 하는 말은 아닌 듯했다. 아니, 그걸 떠나 후요 선생님이 농담하는 모습 자체가 상상되지 않는다.

나는 일단 입을 다물고 고민했다.

이 제안을 받아들여야 할까.

내신 점수는 필요하다. 추천서를 받아 입시에서 해방되면 그만큼 사법시험 공부에 집중할 수 있다. 문제는 그 성과를 아케가미 린네라는 강적을 상대하는 것과 맞바꿀 수 있냐는 것이다.

"……쓸데없는 짓 하지 마세요."

칸막이 너머에서 분위기를 깨는 목소리가 들렸다.

"전 이제 지긋지긋해요. 당신들이 납득할, 당신들이 원하는 해답 같은 건 몰라요. 제가 아는 건 오직 진실이에요."

지금까지 내가 들어본 린네의 말 중에서 가장 긴 말이었다.

평탄하면서도 냉담한, 하지만 기운이 빠진 듯한 목소리.

"어차피 제가 무슨 말을 해도…… 안 믿으실 거잖아요."

그 안에서는 깊은 실망감도 느껴졌다.

기대라는 기대, 희망이라는 희망을 모조리 포기한 듯한 공허감.

납득할 해답. 원하는 해답. '당신들', 인간들이 늘 추구하는 것.

비약적으로 들릴 수도 있는 말이지만 내 가슴에는 깊숙이 와 닿았다.

인간이 진실을 추구하는 게 결코 본능이 아니라는 것을 나는 알고 있기 때문이다.

그러니.

—말이 통하지 않는 분이네요.

격렬한 분노가 배 밑바닥에서부터 차올랐다.

"날 우습게 보지 마, 린네."

나는 몸을 일으켰다.

"내 목표는 변호사야. 어떤 의뢰인이건 성실히 상대하고, 안이하게 결론을 내리지 않고, 사실관계를 면밀히 조사해 최선의 결론을 찾는 것. 그게 바로 내가 목표로 하는 변호사의 모습이라고."

아케가미 린네. 난 너라는 사람에 대해 지금은 잘 모를 수 있다.

하지만 이것만큼은 단언할 수 있다. 지금 네가 느끼는 실망감은 전에 나도 느낀 것이다. 누구나 자신에게 유리한 스토리만을 원하며 진실을 진지하게 마주하려 하지 않는다. 그때 느낀 분노, 슬픔, 무기력감. 제대로 된 조언을 해 줄 사람이 옆에 있었으면 좋겠다고 그때 나는 얼마나 바랐던가.

나에게는 그런 사람이 있었다.

그러니 지금 여기서 일어나야 한다.

"변호사란……."

그를 목표하기 때문에.

네 실망감을 깨뜨려 없애야만 한다.

"세상에서 가장 **말이 잘 통하는** 사람을 뜻해."

나는 돌아서서 창가를 가리는 칸막이 너머로 걸어갔다.

린네는 나를 보고 있었다.

자신의 영역을 침범한 적을 보는 듯한 눈빛이다.

상관없다. 오히려 바라는 바다.

법정에는 늘 두 명의 변론자가 있어야 하기 때문에.

"……어떡하실 건가요?"

"어떡하긴."

네가 신뢰받지 못하는 이유. 사람들이 네 이야기에 귀 기울여 주지 않는 이유.

그것은 네 생각을 네가 네 입으로 설명하지 못하기 때문이다.

설령 그것이 결과적으로 옳았다고 해도 근거 없는 주장에는 힘이 없다. 인간이 그런 걸 용납하는 존재는 오직 신뿐이다.

"한번 확인해 보지 않을래? 내가 정말 말이 통하지 않는 사람인지."

린네 앞에 있는 테이블에는 가운데 부근에 몇 개의 군집을 이룬 미완의 직소 퍼즐이 놓여 있다.

나는 책상 가장자리에 있는 퍼즐 조각 하나를 집어 달칵 소리를 내며 구석에 내려놓았다.

"한 달 전 네가 어떻게 코가미네가 범인으로 추리했는지 내가 추리해 줄게."

다음 날. 수업을 마치고 청소 준비를 시작할 때쯤 나는 누군가의 자리로 향했다.

창가에서 두 번째 맨 앞줄 자리. 한 달 전 저 여자가 고등학생 시절 최대의 실수를 선보였던 그 자리도 이제 곧 자리 이동으로 작별을 고하게 될 것이다.

다소 불편한 법도 한데 여자는 그야말로 편하게 쿨쿨 자고 있었다.

"이야앗! 동아리 활동 가 볼까!", "다지마! 시끄러워!"

오른쪽 옆에 앉은 야구부의 까까머리 다지마가 시끄럽게 소리치고, 왼쪽 옆에 앉은 단발머리 여학생 아이우라가 큰 소리로 주의를 줘도 여자는 일어날 기미를 보이지 않았다. 어떻게 이런 시끄러운 환경에서 잠을 잘 수 있을까.

나는 여자의 등을 흔들며 이름을 불렀다.

“어이, 코가미네.”

“……응? ……아아, 이로하구나. 좋은 아치임.”

“수업 중에 자지 마.”

간신히 고개를 들어 입가를 닦는 코가미네를 보며 나는 한숨을 푹 쉬었다. 어떻게 맨 앞줄에서 이렇게 곤히 잘 수 있단 말인가. 그 배짱만큼은 칭찬해 주고 싶었다.

코가미네가 앉은 자리 앞에는 작은 게시판이 있는데 이미 끝난 행사 안내문 한 장이 그대로 붙어 있었다.

봄 수예 마켓!

날짜: 4월 29일

(우천 시에도 진행)

개최 장소: 다목적실

화창한 봄날에 열리는 특급 이벤트!

그냥 지나칠 수 없는 서비스! 셔츠, 바지 간단 수선까지!

1, 2년 입고 버리기는 아깝잖아요! 다가올 연휴를 미리미리 준비합시다!

칠판과 노트가 아닌, 이제는 아무 의미도 없는 이 포스터를 우두커니 보고 있으면 당연히 졸음이 쏟아질 것이다. 코가미네야말로 중, 고교 일관 교육의 희생자라 해야 하지 않을까.

"뭐야? 모닝콜해 주러 온 거야? 고마워."

"얼른 일어나. 가자."

"응?"

나는 잠에서 덜 깬 듯한 코가미네의 목덜미를 고양이처럼 붙들고 단숨에 들어 올렸다. 코가미네는 두둑한 배짱치고는 체구가 작아서 나와 키가 30센티미터 정도 차이 난다. 아마 150센티미터도 안 되지 않을까.

"응? 뭐야! 뭐야, 뭐야. 무슨 일이야?"

"아무 일 아니야. 어제 예고했잖아. 내일 갈 거라고."

"어제? 내일? 뭘?"

"디저트."

"앗! 기억하고 있었어? 으아앗!"

나는 코가미네를 옆구리에 끼고 오늘 학교에 온 이후 거의 열린 적이 없어 보이는 그녀의 책가방을 다른 손에 들었다. 이것으로 충분하다.

그대로 교실 출구를 향해 발걸음을 옮겼다.

"어머, 코가미네. 드디어 엄마랑 데이트 가는 거야?"

"화이팅!"

"아, 아니야! 그런 거 아니야! 나 좀 도와줘!"

린네의 추리를 추리하다니, 그보다 더 쉬운 일도 없다.

어차피 나에게는 범인이라는 이름의 가장 강력한 증인이 있으니까.

만약 이 세상에 신이 존재한다면 그의 주식은 분명 생크림일 것이다.

천상의 직물 같은 질감과 여신의 품에 안기는 듯한 이 감촉……. 그리고 이 달콤함은 그야말로 신의 축복 같은 쾌락이라 도무지 인간의 손에 의해 만들어진 것이라고는 생각되지 않았다.

"정말 맛있게 잘 먹네. 얼굴만 봐도 가게를 온 보람이 느껴지는 것 같아."

부드러운 스펀지 빵과 생크림이 어우러진 롤케이크의 극락에서 현실 세계로 돌아오니 코가미네가 맞은편 자리에 앉아 "히힛" 하고 놀리듯 웃고 있었다.

그러다 코가미네는 곧 다시 입술을 쭉 내밀었다.

"그래도 함께 오는 방식을 조금만 고민해 줬으면 좋았을 텐데."

"미안. 마음이 급해서. 사과할 겸 여기는 내가 살게."

"우와, 좋아! 주인아저씨! 전 디럭스 파르페로 할게요!"

코가미네는 고풍스러운 목조 인테리어와 어울리지 않는 고함으로 카페에서 가장 비싼 메뉴를 외쳤다. 이 녀석의 사전에는 사양이라는 단어가 없는 걸까. 불평 한마디 하고 싶지만 그러다 토라지기라도 하면 곤란하다.

"그래서?"

코가미네는 장난스럽게 턱을 괴고 속을 떠보듯 싱글거리며 물었다.

"오늘은 웬일로 이렇게 급하게 날 데려온 거야?"

"이야기가 빨라서 좋네."

"아니, 별일도 없는데 날 여기까지 납치할 리 없잖아. 네가 날 너무 좋아한 나머지 오늘 약속이 기대돼서 잠이라도 못 이뤘던 게 아니면 나한테 뭔가 부탁할 게 있다는 뜻 아닐까?"

"그래. 네 말대로 부탁할 게 있다는 걸 얼른 증명하는 게 좋겠네."

나는 아니 땐 굴뚝에 연기가 나기 전에 곧장 본론에 들어가기로 했다.

"사실 너한테 자세히 듣고 싶은 이야기가 있어."

"브래지어 사이즈라면 F컵이야."

"그런 거 말고!"

"얼굴 빨개진 것 좀 봐. 참 순수하고 귀엽구나. 우리 이로하 엄마는♪."

"큭. 이 닳을 대로 닳은 색녀가……!"

"색녀 아니라고 했지!"

늘 그러듯 화를 내는 순간의 빈틈을 노려 말했다.

"내가 궁금한 건 한 달 전 일이야."

"응?"

“네가 린네 책상에 낙서를 했을 당시 상황을 자세히 들려줬으면 해.”

범행 당사자라는 이름의 가장 강력한 증인.

코가미네라면 그날 아침에 일어난 일들을 모두 알고 있다. 당사자에게 직접 물으면 추리 소설처럼 까다롭게 논리를 꿰맞추지 않아도 손쉽게 해답에 도달할 수 있다.

코가미네는 나를 보며 눈을 가늘게 떴다.

“오래 기다리셨습니다. 디럭스 파르페입니다.”

그때 카페 여직원이 다가와 코가미네 앞에 거대한 파르페를 내려놓았다. 엄청난 크기다. 저 소나기구름처럼 소용돌이치는 생크림은 대체 몇 그램이나 될까.

코가미네는 로봇이라도 된 것처럼 숟가락을 들어 크림을 떠서 입안에 넣었다.

“흐으음.”

숟가락을 입에 머금은 채 미간에 주름을 잡으며 심각한 목소리로 입을 연다.

“그런데 이제 와서 그런 걸 왜 물어?”

“네가 이미 오래전에 반성했다는 건 나도 알아. 떠올리기 싫은 과거인 것도 이해하고. 뒤늦게 또다시 언급해서 미안하지만 그래도 필요한 일이야.”

“……안다느니 이해한다느니 말은 쉽지. 난 지금 ‘왜’를 물었어. 이유를 설명해 주지 않을 거면 파르페 하나 더 시킨다?”

"윽."

그것만큼은 막아야 한다.

나는 파산을 면하기 위해 마지못해 손에 든 패를 보였다.

"……사실 린네를 만났어."

"뭐?"

"학교에 오라고 설득했지만 들은 척도 안 하더라. 그런데 그 뒤로 이런저런 일이 있었고, 한 달 전에는 린네가 그날 낙서범을 어떻게 찾았는지만 알아내면 내 이야기를 들어줄 것처럼 상황이 흘러가서 말이야."

"잠깐, 잠깐. 그게 대체 무슨 말이야? 린네를 만났다고? 어디서?"

"그건…… 당사자의 허락을 받지 않았으니 말할 수 없어."

린네는 상담실에 등교 중이라는 사실을 지금껏 주위에 숨기고 있다. 아무리 코가미네와 린네가 서로 대치 중이라고 해도 타인이 숨기는 비밀을 함부로 발설할 수는 없다.

코가미네는 불만스러운 듯이 얼굴을 찌푸렸다.

"그럼 낙서범을 어떻게 찾았는지를 알아낸다는 건 또 무슨 소리야? 그런 건 걔한테 직접 물으면 되잖아."

"그것도 자세히 설명할 수는 없는데……. 아니, 어차피 설명해 봐야 너도 못 믿을 거야. 나도 아직 완전히 믿지는 못하고 있으니까."

"그게 뭐야. 아무 말도 안 하는 거나 마찬가지네."

코가미네에게는 미안하지만 '아케가미 린네에게는 수수께끼의 정답을 무의식중에 깨닫는 능력이 있고, 그때 자신이 한 추리를 기억하지 못한다'라고 해 봐야 어차피 비슷한 반응을 보일 것이다.

코가미네는 파르페에 꽂힌 웨이퍼를 아작아작 먹었다.

"그걸 떠나 본인이 학교에 오기 싫다는데 억지로 오게 할 필요가 있을까? 고등학교가 의무 교육 과정도 아닌데."

"그 말도 일리는 있지만 내 입시 문제가 걸려 있거든. 린네의 무단결석 문제만 해결하면 내신 점수를 딸 수 있게 됐어."

"우와, 암거래라니. 대단해."

"암거래가 아닌 정당한 거래야. 그건 그렇고 난 지고 싶지 않아."

"뭐?"

"아케가미 린네는 그날 아무 설명도 없이 일방적으로 널 범인으로 지목하고 사적 제재를 가했어. 그건 역시 부당한 행위였다고 생각해."

"……그런데 뭐, 내가 한 게 맞긴 하니까."

"그건 결과론이야. 결과적으로 맞았다고 해도 충분한 논증이나 증거가 없는 고발은 용납할 수 없는 인신공격에 불과해. 즉, 무죄추정의 원칙에 위배된다는 말이야. 아케가미 린네는 하루라도 빨리 학교에 나와서 너한테 사과해야 하고, 너도 걔한테 사과해야 해. 난 그게 올바른 매듭이라고 믿어."

"……그건 뭐, 그렇지."

코가미네는 입술을 쭉 내밀더니 다시 입을 다물었다.

역시 이 정도로는 설득되지 않는 걸까. 그렇다면 이제 남은 건 린네의 능력을 공개해서 설득하는 방법뿐이지만 과연 나도 믿지 못하는 걸 남이 믿게 할 수 있을까. 최악의 경우에는 돈으로 매수하는 수밖에.

그렇게 고민하고 있을 때 코가미네가 숟가락으로 파르페 위 생크림을 슬그머니 떠서 나에게 건넸다.

"아앙."

"……? 뭐야?"

"입 벌려. 앙."

"아, 아앙……."

영문도 모른 채 입을 벌리자 입안에 숟가락이 들어왔고 순식간에 생크림의 농후한 단맛이 혀 위에 퍼졌다. 맛있다.

코가미네는 내 입에서 다시 숟가락을 빼더니 장난 섞인 미소를 지으며 몸을 옆으로 기울였다.

"간접 키스네?"

눈을 위로 뜨고 나를 보며 그렇게 선언하는 코가미네.

간, 접, 키스……?

나는 코가미네의 입술과 내 침이 묻은 숟가락을 번갈아 봤다.

물론 굳이 따지자면 틀릴 게 없는 말이지만, 음식을 나눠 먹는 행위는 남녀 불문하고 보편적이니 도덕적으로 문제가 없고, 애초에 간접 키스라는 것 또한 뭔가가 닿은 곳에 닿은 사람의 속성이

옮겨간다는 식의 일본 특유의 케가레 사상[4]과 관련된 것으로 요즘 시대에는 어울리지 않는…….

"헤헷! 우리 이로하는 정말 순진하다니까! 그렇게 어리숙하게 굴다가는 언젠가 못된 여자한테 속아 넘어갈 거라고. 오, 타, 쿠, 군♪."

"안경 쓴 남자를 전부 오타쿠 취급하지 마!"

억울한 누명이다.

코가미네는 배를 움켜쥐고 한바탕 더 웃더니 아무 망설임 없이 내 입에 들어왔던 숟가락으로 파르페를 먹기 시작했다.

산더미처럼 쌓인 생크림이 거의 사라질 무렵에 코가미네는 다시 입을 열었다.

"괜찮아."

"……응?"

"괜찮다고. 자세히 이야기해 줄게. 한 달 전에 있었던 일. 아, 근데 너무 기대하지는 마. 보통 한 달 전 일을 그렇게 고스란히 기억하지는 못하잖아."

"갑자기 왜……?"

"방금 날 웃게 해 준 보답. 헤헤. 정말 웃겼어."

여전히 이해가 잘 안 되지만 코가미네의 마음이 열렸다면 그

4 케가레는 '부정한 것', '불순물' 등을 뜻하며 일본의 전통 신앙에서는 이를 털어내고 없애기 위해 여러 정화 의식을 한다.

걸로 충분하다.

나는 기분 좋은 듯이 파르페를 먹는 코가미네에게 말했다.

"그럼 처음부터 설명해 줘. 그날 아침에 네가 했던 행동을."

"처음부터? 흐음, 그날은 너무 더워서 가슴 아래가 찜통처럼 뜨거웠어. 결국 간지러워서 잠에서 깨서……."

"그런 건 생략해도 돼!"

"히힛. 그래. 너무 자세히 들려줬다가 우리 이로하의 망상만 더 부풀 테니까. 학교에 도착한 이후부터 이야기하면 돼?"

"그래. 그쯤부터."

내가 메모용 노트를 펼치자 드디어 그날 범행의 당사자였던 코가미네 아이의 증언이 시작됐다.

"그런데 거창하게 시작한 것치고 별거 없어. 아까도 말했지만 그날은 이상하게 눈이 좀 일찍 떠진 것 같아. 하지만 딱히 할 일이 없어서 엄청 일찍 학교에 갔어. 이른 아침 학교는 밝은데도 인기척이 없어서 그런지 분위기가 좀 신기하더라. 밝다고 해도 날씨가 흐려서 살짝 어두침침했지만."

"아무도 없었어?"

"응. 아무도 없었어. 교실에도 내가 제일 먼저 도착했고. 그래서 갑자기 의욕이 샘솟았던 것 같아."

"그 부분을 조금 더 자세히 듣고 싶은데……. '가장 먼저 도착했다'라는 건 네가 도착했을 때 교실에 아무도 없었다는 말이야? 혹시 다른 사람 자리에 가방이나 짐 같은 게 놓여 있지는 않았어?"

"아, 그건 확실히 기억해. 짐 같은 건 없었어. 아니, 그걸 넘어 교실 문 자체가 잠겨 있었어. '우와, 아침에는 교실 문이 잠겨 있구나'라고 생각하면서 교무실에 열쇠를 받으러 갔거든."

문이 잠겨 있었다. 즉, 그날 가장 먼저 교실에 들어간 사람은 코가미네였다는 뜻이다.

"교실 문을 열었고, 그다음에는?"

"내 자리에 가서 가방을 내려놓고…… 잠시 땀을 식혔던 것 같아. 그러다가 교실 안을 둘러보면서 걔 자리가 눈에 들어왔을 때 문득 기억이 났어. 케이가, 아, 그러니까 내 친구 케이가 했던 말이. 중학교 때부터 줄곧 좋아하던 선배가 아케가미 린네에게 차였다고. 그것도 아주 비참하게. 케이가 너무 분하고 화가 난다면서 울음을 터뜨려서 내가 엄청 위로해 줬거든. 그 일이 떠오르니까 갑자기 화가 나서."

"낙서를 했다?"

"지금 너, 꼭 취조 중인 형사 같아. 웃기다."

"시끄럽고 대답이나 해."

"미안. 그래, 맞아. 복수해 주자고 생각했어. 조금 예쁘다고, 아니 조금이 아니라 엄청 예쁘다고 해서 너무 우쭐하지 말라고."

"낙서하기 전에 궁리 같은 건 안 했어? 예컨대, 그러니까…… '내가 범인인 걸 들키지 않기 위해 뭔가를 해야겠다' 같은."

"했어. 만약 교실에 다른 사람이 있었으면 애초에 낙서 같은 걸 하지도 않았을 거야. 우선 내 펜으로 하면 들킬 것 같아서 칠판에 있던 분필을 썼고…… 낙서 내용도 최대한 나인 걸 들키지 않을 만한 걸 쓰려고 했어. 의미가 있었는지는 잘 모르겠지만……. 아무튼 다른 애들이 오기 전에 낙서를 끝내고 짐을 들고 교실 밖에 나갔다가 모두들 온 다음 돌아가면 절대 들키지 않을 것 같아서 그렇게 했어. 근데 갠 정말 어떻게 알아낸 걸까?"

"일단 교실 밖에 나갔다고? 어디로 갔어?"

"아예 학교 건물 밖으로 나가려고 했는데 비가 와서…… 그래서 남관 현관에 앉아서 폰을 봤어. 너도 알지? 아침에는 주로 북관에만 사람이 있잖아. 안뜰도 한산하고."

"교실에는 언제 다시 돌아갔어?"

"걔가 오기 5분 전쯤에? 다들 책상 위 낙서를 발견했는지 교실이 소란스러워서 속으로 조마조마하면서도 최대한 티를 안 내며 자리에 앉았어. 습도가 높고 교실에 열기도 그대로 남아 있어서 얼마나 더웠는지 몰라. 꼭 한여름이 아니더라도 에어컨을 자유롭게 틀게 해 줬으면 좋겠어."

나는 코가미네의 이야기를 빠짐없이 노트에 적었다.

코가미네는 최대한 자신의 범행을 숨기고자 이런저런 궁리를 했다. 그러나 린네는 대번에 코가미네의 범행을 알아맞혔다.

코가미네는 어디서 실수를 저질렀을까.

어딘가에서 분명 실수를 범했을 것이다. 치명적인 실수를. 린네가 범행을 추리해낸 이상 실수는 반드시 존재한다. 린네의 능력이 진정 신의 계시가 아니라면.

나는 기록을 마친 코가미네의 증언을 다시 읽으며 샤프 끝으로 노트를 콕콕 두드렸다.

"지문 검사 같은 과학 수사가 가능했다면 낙서할 때 쓴 분필을 조사해서 금세 알아냈겠지만 아케가미 린네는 그런 것과도 무관했지."

"맞아. 꼭 책상을 보자마자 알아차린 느낌이었어."

"혹시 그 밖에 더 신경 쓰인 건?"

"응? 이것도 별거 아닌데, 남관으로 갈 때 연결 통로를 지났는데 뭐였더라, 그 안뜰에 있는 엄청 큰 나무."

"해외에서 들여왔다는 그 나무? 희귀한 종류였던 것 같은데 이름까지는 나도 기억이 안 나네."

"그래, 그거. 그 나무가 바람 때문에 흔들렸는지 연결 통로가 나뭇잎으로 뒤덮여 있었어. 그런 풍경은 태어나 처음 봤어. 그날 바람이 강하기는 했지. 전날은 괜찮았는데. 꽃샘추위라는 걸까?"

"꽃샘추위가 오는 건 2월에서 3월경이야."

"흐음. 그럼 꽃샘추위도 아니잖아."

코가미네 앞에 있던 파르페가 어느새 자취를 감췄다. 정말 잘 먹는 아이다.

코가미네는 파르페 대신 다음으로 내 노트를 들여다봤다.

"뭘 이렇게 자세히 적었어? 대단해."

"뭐든 자세히 기록하지 않으면 마음이 편치 않거든. 일기도 매일 쓰고 있고."

"일기? 와. 내용이 궁금해."

"절대 보여 줄 일 없으니 안심해."

"치사해."

……일기. 일기라.

그러고 보니 한 달 전 그날도 일기에 썼을 것이다. 그토록 기억에 남은 사건을 기록하지 않았을 리 없다.

코가미네의 증언을 들으면 조금이라도 정리가 될 줄 알았지만 린네가 그날 했던 추리의 전모는 여전히 묘연했다. 아무래도 다른 것들은 그날의 내 기억을 짚으며 떠올려야 할 것 같았다.

"고마워. 덕분에 참고가 됐어."

"고맙긴. 솔직히 나도 긴가민가해."

"그래도 기대했던 것보다는 한 달 전 일을 꽤 자세히 기억하는 것 같은데."

"'기대했던 것보다는'이 무슨 뜻이야?"

장난스럽게 웃으며 묻더니 코가미네는 얼굴에서 다시 표정을 지우고 홍차를 입에 가져갔다.

"……아까도 말했지만, 굳이 걜 억지로 다시 학교에 데려올 필요는 없을 것 같아. 나도 걔랑 마주치면 어색할 테고."

"아, 그건 문제없어."

"응?"

"린네의 언니인 후요 선생님이 그랬는데, 린네가 교실에 가지 않는 건 네가 아닌 나 때문이라고 해. 넌 별로 신경 쓰지 않는대."

"……뭐어?"

코가미네는 갑자기 험악한 얼굴로 의자를 박차며 벌떡 일어섰다.

키 150센티미터도 안 되는 사람이 질렀다고는 상상도 안 될 정도로 소리가 우렁차서 카운터 안에 있던 주인이 깜짝 놀라 우리를 봤다.

"신경 쓰지 않는다고? 그런 일이 있었는데도? 뭐야, 그게! 난…… 난 지난 한 달 동안 얼마나……."

"뭐, 뭐야? 왜 그래? 오히려 다행 아니야? 걔는 날 볼 때 꼭 부모의 원수라도 되는 것처럼 본다고."

"괜찮아…… 괜찮은데……. 뭐, 뭐라고 할지, 당황스럽다고 해야 하나……. 아아, 모르겠어!"

코가미네는 거칠게 가방을 집어 들고 카페 입구로 뛰어갔다.

"갈래!"

"아니, 잠깐! 홍차가 아직 남았어!"

"네가 다 마셔! 좋겠네!"

좋기는 뭐가 좋아. 잔반 처리잖아.

내가 불러도 멈추지 않고 코가미네는 화가 난 것처럼 성큼성큼 가게를 나갔다.

"……왜 저러지……."

아연실색하고 있을 때 갑자기 내 앞에 커피 잔이 놓였다.

카페 주인이 내려놓은 것이었다.

"살면서 돌이킬 수 없는 일은 그리 많지 않단다. 차분히 대화를 나누면 저 아이도 분명 이해해 줄 거야."

그렇게 말하고 초로의 주인은 다시 말없이 내 눈앞을 떠났다.

……?

…………?

………………앗.

"저, 죄송한데요! 이건 사랑싸움 같은 게 아니에요!"

4월 27일.

그렇다. 그날은 골든위크[5]를 앞둔 날이었다.

두 여학생이 서로 다른 형태의 폭력을 주고받다가 결국 한쪽이 교실에 발길을 끊게 된 사건.

전국 뉴스로 보도되는 사건들과 비교하면 별거 아닐 수 있지만, 적어도 나에게는 매우 심각한 사건이었다.

그때 내가 나서는 타이밍이 조금이라도 늦었다면 나는 지금까지도 죄책감에 사로잡혀 있었을지 모른다.

—무죄 추정이라고 한단다.

—아무리 많은 사람이 의심스러워하고 TV나 인터넷에서 '용의자'라고 떠들어 대도 무죄 가능성이 조금이라도 있는 이상 그 사람은 범죄자가 아니야.

오래전 나를 구원해 준 그 말에 의지해 나는 린네의 추리를 추

5 4월 말에서 5월 초에 걸친 일본의 황금연휴.

리해야 한다.

아무 증거나 근거도 없이 확정되는 죄 같은 건 세상에 없다는 것을 증명하고, 진실을 소중히 여기는 사람도 있다는 것을 알려 줘야 한다.

나는 집에 가자마자 내 방 책상 서랍을 열고 매일 쓰는 일기장을 꺼냈다.

4월 27일.

약 한 달 전 날짜가 적힌 페이지에는 다른 페이지보다 몇 배나 많은 글자가 빼곡히 채워져 있었다.

역시 나답다고 해야 할까. 지금은 기억이 어렴풋한 작은 부분까지 세세하고 꼼꼼하게 기록돼 있다.

당연하게도 오늘 코가미네에게 들은 정보는 린네에게 제시할 답에 활용할 수 없다. 범인 시점의 정보 같은 걸 그때 린네는 알 수 없었기 때문이다.

하지만 힌트는 된다. 오늘 들은 이야기를 머릿속에 넣어 두고 그 날의 일을 되짚어 보면 분명 린네의 추리를 추적할 수 있을 것이다.

"……훗."

나도 모르게 웃음이 나왔다.

추적. 추적이라. 말수가 적고 평소에 표정 변화도 거의 없는 여자. 여름이 다가오는데도 어깨에 케이프 같은 걸 걸치고 다니는, 속을 알 수 없는 것에서는 이 세상에 비길 사람이 없을 것 같은 그 아케가미 린네의 생각을 추적한다고?

정말 희한한 일이다. 다른 사람도 아닌 내가 여자의 머릿속을 이토록 궁금해하는 날이 올 줄 몰랐다.

하지만 상상해 보자. 그 싸늘하고 새침한 린네의 얼굴이 놀람과 확신으로 물드는 순간을.

그때는 나도 비로소 일 인분을 할 수 있을 것이다. 무죄 추정. 증명 없이는 죄도 없다는 신념을 처음으로 실현한 순간이기 때문이다.

4월 27일, 비.

오늘 일어난 사건을 최대한 기억나는 대로 적어 보려고 한다.

아침에 학교 갈 준비를 하고 있을 때 비가 내리기 시작했다. 아마 오전 7시 30분경이었을 것이다. 아침부터 바람이 강하고 빗발도 꽤 거셌다. 나는 우산을 들고 등교했지만 비옷을 입고 오는 아이도 많았다.

오전 8시 40분경, 학교에 도착해 북관 현관에서 신발을 실내화로 갈아 신었다. 평소처럼 동쪽 계단으로 교실이 있는 3층으로 올라갔다. 1층 계단 옆 교무실에서 선생님 몇 분이 나오는 모습을 보고 수업 시간이 다 된 것 같아 발걸음이 빨라졌다. 3층 복도에서 여학생 몇 명(정확히 몇 명인지는 기억나지 않는다)과 마주쳤다. 복도 동쪽에 화장실이 있으니 아마 그곳에 가는 길이었을 것이다.

그러고 보니 계단을 오르기 전 입구에서 아케가미 린네를 본 것 같기도 하다. 나와 등교 시간이 거의 비슷하지 않았을까.

그 후 교실 뒷문을 열고 교실에 들어서자 왠지 묘한 분위기가 느껴졌다.

우선 고정 끈에 묶이지 않은 채 활짝 걷힌 커튼 때문에 빗방울이 세차게 창문을 때리는 모습이 고스란히 눈에 들어왔다. 빗소리 때문에 복도나 다른 교실에서 들리는 소리도 왠지 아득하게 느껴졌다.

나 다음으로 뒷문으로 아이우라가 교실에 들어와 얼굴을 찡그렸다. 그녀는 조심스럽게 교실을 가로질러 창가 쪽 맨 앞줄 책상에 가방을 내려놓았다. 하지만 곧 다시 가방을 들더니 찌푸린 얼굴로 교복 소매로 책상을 닦기 시작했다. 아무래도 비 때문에 책상이 젖은 듯했다. 묘한 분위기가 감도는 교실에서 오직 그것만이 일상적인 풍경이었다.

그런 분위기의 중심에 서 있던 사람이 바로 창가 쪽 뒤에서 두 번째 자리에 앉는 아케가미 린네였다. 린네의 책상이 분필로 쓴 지저분한 낙서로 뒤덮여 있었다.

아케가미 린네는 긴 머리카락을 늘어뜨리고 바닥에 떨어진 마른 나뭇잎을 우두커니 보고 있었다. 그러다가 갑자기 고개를 들어 맨 앞줄 자리를 봤다. 그 옆에 있는 창문만 커튼이 반쯤 처져 옅은 어둠 속에 그 녀석의 모습이 가려져 있었다.

린네는 그 녀석, 즉 창가에서 두 번째 맨 앞줄 자리에 앉는 코가미네 아이에게 천천히 다가갔고 잠시 후 주먹을 휘둘렀다.

"당신이 범인이에요"라는 선언과 함께.
린네가 코가미네의 해명을 듣지도 않고, 그걸 넘어 어처구니 없게 다리까지 들려고 해서 결국 내가 끼어들었다. 린네에게 한 소리 하자 린네는 뭔가를 중얼거리고 교실을 나가 버렸다. 괴롭힘을 당한 당사자를 위로해 주기는커녕 오히려 비난한 것 같아 마음이 편치 않았다. 그러나 상대의 변론과 해명에는 역시 귀를 기울여야 한다.
그때 누군가가 "선생님한테 들키면 어쩌지?"라고 중얼거리는 바람에 순식간에 교실이 소란스러워졌다. 모두 낙서를 지우려고 움직이기 시작했고, 나는 증거를 보존해야겠다는 생각에 급히 스마트폰으로 린네의 책상 낙서를 찍었다.
칠판지우개로도 낙서가 잘 지워지지 않아서 누군가가 걸레를 물에 적셔서 가져왔다. 책상 옆에 있던 내가 걸레를 받으려고 했는데 코가미네가 다가와 걸레를 빼앗아 갔다. 코가미네는 "내가 할게" 하더니 린네의 책상을 깨끗이 닦았다. 그것은 마치 자신이 범인인 것을 인정하는 듯한 행동이었지만 아무도 그녀를 비난하지 않았다.

내가 봐도 정말 꼼꼼하다. 일기라기보다 소설, 또는 진술 조서 같은 느낌이다.

몇 가지 주목할 부분이 눈에 띄었다. 우선 증거를 확보하기 위해 스마트폰 카메라로 찍은 책상 낙서 사진. 지금도 뚜렷이 기억하고 있고 어제 확인도 했지만 다시 한번 살피는 게 좋을 것이다.

스마트폰 화면에 뜬 사진을 보며 나는 눈살을 찌푸렸다. '꺼져', '꼴 보기 싫어', '재수 없어', '화냥년' 같은 개성 없는 욕설들이 작은 나무 책상에 가득 적혀 있다. 어쩌면 이 개성 없는 말들이 바로 코가미네의 은폐 공작일 수도 있다. 코가미네가 썼다고 하기에는 조금 어색한 느낌도 든다.

차분히 낙서를 관찰하니 두 가지가 더 눈에 띄었다.

하나는 왼쪽에서 오른쪽으로 길게 그인 분필 자국이다. 마치 누군가 손톱으로 낙서를 긁어서 길게 늘인 듯한 자국이었다.

이것만 보면 린네가 오기 전 다른 누군가가 낙서에 손을 댄 게 아닌가 싶지만, 자국은 책상 왼쪽에 적힌 낙서에 남아 있지만 오른쪽 낙서에는 남아 있지 않다. 아직 왼쪽 부분에만 낙서가 돼 있을 때, 즉 **낙서를 하는 도중**에 생긴 것이다. 범인이 남긴 것으로 볼 수밖에 없는 유력한 증거다.

또 하나는 낙서 일부에 끊긴 부분이 있다는 점이다. 예를 들자면 마치 실 같은 것 위에서 분필을 그은 듯한 흔적이 있었다.

일반 교실에서는 실을 사용하는 가정과 수업을 하지 않으니 굳이 추정하자면 머리카락 아닐까. 범인의 머리카락이 아래로 늘어져 책상에 닿았거나, 머리카락이 떨어진 것을 모르고 그 위에 분필을 그었을 가능성. 있을 법도 하다.

그렇다면 범인의 머리카락은 적어도 분필 굵기(조사해 보니 대략 12밀리미터 정도)보다 길다는 말이 된다. 12밀리미터 이하 머리라면 거의 까까머리나 반삭발일 것이다.

나는 생각에 잠긴 채 다시 일기를 봤다.

현대 과학 기술로는 아직 다른 사람의 생각을 읽을 수 없다. 가능한 것은 당사자의 말과 행동을 통해 유추하는 것뿐이다.

린네가 추리에 활용한 시간은 극히 짧은 것으로 추정된다. 따라서 그 시간을 기록한 내용도 매우 짧다.

아케가미 린네는 긴 머리카락을 늘어뜨리고 바닥에 떨어진 마른 나뭇잎을 우두커니 보고 있었다. 그러다가 갑자기 고개를 들어 맨 앞줄 자리를 봤다. 그 옆에 있는 창문만 커튼이 반쯤 처져 옅은 어둠 속에 그 녀석의 모습이 가려져 있었다.

고작 이뿐이다. 정말로 이것뿐이다.

린네는 다른 눈에 띄는 행동이라고는 전혀 하지 않았다.

이론적으로는.

글자로 표현하면 고작 94글자. 이 정도만으로 아케가미 린네는 총 서른다섯 명이나 되는 동급생들 속에서 범인을 찾아냈다.

"……."

만약 이것이 신의 계시나 초능력이 아닌 순수한 추론이라면 이 얼마나 뛰어난 두뇌의 소유자란 말인가.

질투조차 들지 않는다. 이 감정을 굳이 표현하자면 경외감이라 부르는 게 옳을 것이다. 오히려 신의 계시였으면 하는 마음도 들었다.

그러나 그것은 용납할 수 없다. 다른 사람도 아닌 나 자신이 용납하지 않는다.

이것은 추리가 맞다.

아케가미 린네는 추리했다. 단 네 줄의 문장 속에서.

'……나뭇잎 ……맨 앞줄 자리 ……커튼.'

당시 린네의 시선 움직임이 그대로 추리의 경로를 나타낸다면 린네는 이 순서로 논리를 구성한 셈이다. 아니, 나뭇잎은 우연히 바닥에 떨어져 있었을 뿐이고 실제로는 바닥 자체를 보고 있었을 수도 있지만. ……나뭇잎. 마른 나뭇잎. 응?

"마른…… 나뭇잎?"

이상했다.

그날은 비가 왔다.

누군가의 옷이나 가방, 머리카락 등에 붙은 나뭇잎이 그대로 교실에 들어왔다면 나뭇잎은 젖어 있었을 것이다. 그렇다면.

코가미네가 책상에 낙서하고 있을 때 떨어진 걸까.

코가미네에게 직접 이야기를 전해 들은 지금은 그렇게밖에 해석되지 않는다. 듣자 하니 코가미네는 그날 매우 이른 시간에 교실에 들어왔다. 그 시점이 만약 비가 내리기 전이었다면.

그렇다. 코가미네는 이렇게 말하기도 했다. '학교 건물 밖으로 나가려고 했는데 비가 와서 못 갔다'. 그건 곧 우산을 가져오지 않았다는 말 아닐까. 학교에 올 때까지만 해도 비가 내리지 않았다는 뜻 아닐까.

만약 린네가 그 가능성을 고려했다면.

그렇다면 이 나뭇잎은 어디서 온 것일까. 머리카락이나 옷에 붙어 왔다면 보통 어떤 타이밍에 눈치챌 것이다. 예를 들어 책상에 가방을 내려놓을 때. 하지만 현실에서 코가미네는 눈치채지 못했다. 그건 무엇을 의미할까.

또 비가 내리기 전에 학교에 온 사람이 범인이라는 것을 깨달았다고 해도 린네는 그가 어떻게 코가미네라는 걸 알았을까.

중심이 될 논리가 아직 불명확하다. 마른 나뭇잎은 추론의 실마리에 불과했다.

나뭇잎을 본 이후 린네는 맨 앞줄 자리를 보고 그다음으로 옆에 있는 커튼을 봤다. 이 시선의 향방에 추리의 핵심이 있다.

"맨 앞줄 자리, 커튼…… 맨 앞줄 자리, 커튼……."

나는 중얼거리면서 노트를 펼쳐 코가미네의 증언을 다시 읽었다. 그 안에 뭔가 힌트가 있을 것 같았다.

별거 아닌 것처럼 보이는 내용도 여러 번 반복해서 읽는다. 바로 그때.

"……응?"

눈살을 찌푸렸다.

이건 내 실수는 아닐 것이다. 코가미네는 분명 이렇게 말했다.

그렇다면.

내 머릿속에 완성된 직소 퍼즐이 떠올랐다.

"……그런가."

어느새 나는 노트의 새 페이지를 펼치고 있었다.

"그렇구나."

뭔가를 기록한다는 것은 곧 사고의 발자취다.

아케가미 린네라는 이름의 도통 속내를 알 수 없는 소녀의 사고를 종이 위에 재현한다.

"……그렇구나!"

나뭇잎, 커튼, 비, 바람, 열쇠, 교무실, 화장실, 자리 순서, 낙서, 흠집, 실, 아이우라, 다지마, 포스터, 계절과 어울리지 않는 케이프.

퍼즐 조각이 사방팔방 흩어져 있다.

하지만 이 모든 것을 짜맞추면 마치 그림이 그려지듯 하나의 결론이 나온다.

—자명한 이치예요.

이제는 말할 수 있다.

자명한 이치란 설명할 필요도 없는 명백한 이치를 말한다.

불 보는 것보다 뻔한 것.

린네가 아무렇지 않게 내뱉은 그 말의 잘못된 부분을 이제는 비로소 지적할 수 있다.

너에게 자명한 것이 우리에게는 불명한 것이라고.

너에게 이치란 것이 우리에게는 수수께끼라고.

—당신이 범인이에요.

그날 네가 했던 그 한마디는.

틀림없는 추리이자.

틀림없는 수수께끼 풀이였다는 것.

나는 그것을 뒤늦게 깨달았다.

기다리게 해서 미안. 아케가미 린네.

너와 말이 통하는 상대가 마침내 나타났어.

"실례합니다."

나는 다시 상담실을 찾았다.

점심시간이었다. 수업이 끝나고 가도 됐겠지만 린네가 그 '하늘의 계시'란 걸 받아 먼저 도망칠 수도 있으니 불시에 찾았다.

다른 상담자가 있을 수도 있어서 염려했지만 다행히 이곳의 주인인 아케가미 후요 선생님만 소파에 앉아 있었다.

"이로하. 그저께 만나고 또 만나네."

후요 선생님은 나를 향해 인사하고 입가에 묻은 치즈를 손으로 닦았다.

소파 앞 낮은 탁자에 미디엄 사이즈 피자가 놓여 있었다.

대체 학교 안에서 뭘 시켜 먹는 거야, 이 사람은.

선생님은 피자 한 조각을 집어서 치즈를 쭉 늘리며 내게 물었다.

"먹고 싶은 표정이네. 너도 하나 먹을래?"

"……사양할게요. 제가 먹을 건 이미 사 와서요."

나는 빵과 밀크티를 들고 선생님의 맞은편에 앉았다.

선생님 뒤로 흰색 칸막이가 보였다.

그 너머에서는 아직 목소리가 들리지 않는다.

"뭐야. 그것밖에 안 먹어? 한창 잘 먹을 나이의 고등학생이."

"반대로 선생님이 너무 많이 드시는 거 아닌가요. 아니, 그걸 떠나 학교에서 피자를 시켜 드셔도 돼요?"

"원래 상담실이라는 곳은 치외법권 구역이야."

그렇게 잘라 말하고 후요 선생님은 콜라를 한 모금 마시더니 끅 하고 작게 트림을 한 번 했다.

"상담 학생의 프라이버시를 보호하면서 학생이 언제든 거리낌 없이 도움을 요청할 수 있게 하려면 상담실이라는 곳은 학교라는 환경에서 격리되고 해방된 곳이어야 하지. 한마디로 선생님도 거리낌 없이 먹고 싶은 걸 마음껏 먹을 수 있는 곳이어야 한다는 거야."

또 뭔가 정론처럼 들리는 말을 한다. 그저 피자가 먹고 싶었을 뿐이면서.

나는 선생님 뒤에 있는 칸막이로 시선을 돌렸다.

"답을 찾았니?"

내가 입을 열기도 전에 선생님이 뭔가 낌새를 챈 것처럼 물었다.

나는 선생님을 돌아보며 말했다.

"네."

"확실해?"

"90퍼센트는요."

"나머지 10퍼센트는?"

"그건 굳이 제가 증명할 필요가 없을 것 같아요."

"그렇구나. 대단하네. 사실상 하루 만인가?"

선생님은 다시 피자에 손을 뻗었다.

"아쉽게도 시간이 없어서 말이야. 피자를 먹으면서 들어도 될까? 한 달 전 내 동생 아케가미 린네가 어떻게 낙서범을 찾아냈는지. 그것이 하늘의 계시인지, 아니면 추리인지."

마치 연극조로 말하는 선생님 뒤에서 희미한 소리가 들렸다.

달칵.

흰색 칸막이 너머에서 직소 퍼즐이 맞춰지는 소리.

그 소리를 향해 나는 대답했다.

"추리입니다."

지금껏 쌓아 올린 논리와 내 신념을 걸고.

"아케가미 린네. 적어도 그날 넌 그럴 수 있었어."

얼굴도 보이지 않는 같은 반 아이를 향해 나는 추리의 추리를 시작했다.

"4월 27일 아침. 네가 책상에 적힌 낙서를 발견하고 코가미네를 공격하기까지 시선을 향한 곳은 내가 관찰한 바에 따르면 단 네 곳뿐이야."

"단 네 곳?"

선생님이 추임새를 넣었다.

"그중 두 곳은 당연히 낙서된 책상과 범인인 코가미네겠죠."

"그럼 나머지 두 곳은?"

"바닥에 떨어진 나뭇잎과 커튼이에요."

"오. 바닥 등지에서 언제든 흔히 볼 수 있는 것과, 어느 교실에나 하나쯤은 있을 법한 물건이네."

"네, 그렇습니다. 하지만 정황상 린네는 그 두 가지에서 범인을 특정할 커다란 단서를 얻었다고 봐야 해요."

"평범한 인간의 능력 같지는 않는데?"

"지금 말씀드린 그것뿐이라면 그렇겠죠. 하지만 정보의 해상도를 높이면 이야기가 달라집니다."

나는 다시 칸막이로 눈길을 돌렸다.

"먼저 나뭇잎. 린네, 네가 그날 봤던 건 평범한 나뭇잎이 아니야. '마른 나뭇잎'이었어."

"말랐다고? 그게 그렇게 중요한 정보야?"

"물론이죠. 그날은 아침부터 비가 내렸으니까요."

나는 스마트폰을 꺼내 미리 준비해 놓은 정보를 화면에 띄웠다.

“대략 오전 7시 30분쯤부터로 추정되는데, 기상청의 정확한 발표에 따르면 비가 내리기 시작한 건 오전 7시 32분. 마른 나뭇잎, 즉 나뭇잎이 비에 젖지 않았다면 그 나뭇잎은 그보다 이른 시간에 교실에 들어왔다는 말이 돼요.”

“흐음. 만약 그 나뭇잎이 누군가의 옷에 달라붙거나 해서 교실에 들어왔다면…….”

“그렇게 일찍 교실에 들어와 일부러 린네의 자리, 그것도 창가 쪽 뒤에서 두 번째라는 우연히 지나기도 힘든 자리에 접근한 사람이 있었다는 뜻이죠. 충분히 의심스러워요.”

“그럼 범인은 비가 오기 전 일찍 학교에 온 사람으로 한정되겠네. ……그런데 직접 말해 놓고 이런 말 하기 그렇지만, 그 마른 나뭇잎을 반드시 누군가가 가져왔다고 단언할 수는 없지 않을까? 창문 같은 곳이 열려 있었을 수도.”

“네, 맞아요. 그러니 다음 문제는 바로 그 나뭇잎의 침입 경로입니다.”

나는 칸막이 쪽을 봤다.

“여기서 단서가 되는 건 린네, 네가 본 또 하나의 물건, 즉 커튼이야. 하지만 그것 역시 단순한 커튼이 아니었어. ‘반쯤 걷힌 커튼’이었지.”

“절반이 걷혀 있었구나. 전날 청소 당번이 확인을 제대로 안 했나 보네.”

"아뇨. 다른 커튼은 활짝 걷혀 있었어요. 맨 앞줄 자리 옆 커튼만이 부자연스럽게 절반이 걷혀 있었죠. 그게 바로 단서예요."

후요 선생님은 흠 하고 콜라를 마셨다.

"이건 범인인 코가미네한테 직접 들었는데, 당시 린네는 알 길이 없었겠지만 코가미네는 이렇게 증언했어요. '내 자리에 가서 가방을 내려놓고 잠시 땀을 식혔다'라고. ……그 일이 일어난 지도 벌써 한 달이 흘렀어요. 기억이 모호하고 희미해진 부분도 있겠죠. 그래서 그런지 코가미네는 이때 한 가지 사실을 깜빡하고 말하지 않았어요."

"'잠시 땀을 식혔다'라고……? 그건 이상한 것 같은데."

선생님은 긴 다리를 다시 포갰다.

"수업 시간 외에는 교실 에어컨이 켜지지 않으니까. 더군다나 4월에 에어컨을 틀 일은 더욱 없지."

"즉, 에어컨 없이도 땀을 식힐 수 있는 방법."

간단한 이야기다.

"그래. 창문을 열면 되겠네."

그렇다.

코가미네는 교실에 와서 가방을 자리에 내려놓고 창문을 열었다.

그러나 한 달 전 자신의 그런 세세한 행동까지는 기억하지 못했다. 그러니 나에게도 말하지 않았다.

"그날은 '빗방울이 세차게 창문을 때리고 있었다'. 즉, 창문 쪽으로 바람이 부는 날이었어요. 만약 코가미네가 창문을 열었다면 바람이 들어왔겠죠. 바람이 들어오면 커튼이 펄럭일 테고요."

누구나 한 번쯤 본 적이 있을 것이다. 커튼이 바람을 받아 펄럭이다가 이내 부푸는 모습을.

"그로 인해 활짝 걷힌 채 접혀 있던 커튼의 접힌 부분들이 펴지며 커튼이 반쯤 걷힌 상태가 돼 버렸죠. 린네, 넌 '반쯤 걷힌 커튼'을 보고 창문이 한 번은 열렸다는 걸 깨달았어. 하지만 **비가 내리는 동안에는 창문을 열지 않겠지**. 따라서 비가 내리기 전인 이른 아침에 누군가 교실에 와서 창문을 열었고, 그때 불었던 바람에 휩쓸려 날아온 마른 나뭇잎이 그 사람의 옷이나 머리카락에 달라붙었다. 그리고 그것이 다시 범행 도중에 바닥에 떨어졌다고 추측했을 거야."

그런 추리를 통해서 린네는 범인, 즉 코가미네에게 다가갈 수 있었다.

다른 창문은 열린 흔적이 없는 것으로 보아 범인이 창문을 연 이유는 혼자 바람을 쐬기 위한 것으로 추측된다.

그리고 반쯤 걷힌 커튼은 맨 앞줄 자리 바로 옆에 있는 커튼이었다.

즉, 범인은 맨 앞줄 자리에 앉는 사람, 그것도 바람이 잘 통하는 창가 자리에 앉는 사람일 가능성이 크다.

맨 앞줄 창문에서 두 번째 자리에 앉는 코가미네를 린네는 이런 식으로 사정거리에 포착했다.

그때 딸칵하고 조금 큰 소리가 났다.

나는 흰색 칸막이, 아니 그 너머에 있는 같은 반 친구를 봤다.

"……허점이."

쥐어짜 내는 듯한 힘없는 목소리가 들렸다.

"있지 않나요?"

드디어.

설명해 줄 마음이 생긴 듯하다.

"나뭇잎이 그날 떨어진 거라고 어떻게 단언할 수 있죠?"

나는 소파에서 몸을 일으켰다.

선생님은 아무 말 하지 않았다.

"전날 떨어졌거나 그보다 더 전일 수도, 아니 그걸 넘어 그전부터 계속 제 자리 밑에 있었을 수도 있잖아요. 만약 그렇다면 그 추리는……."

"그래. 성립하지 않겠지."

나는 칸막이 너머로 돌아갔다.

그리고 창가 옆 책상에서 직소 퍼즐을 앞에 두고 있는 아케가미 린네에게 선언했다.

"하지만 거기에 대해서도 나는 가설을 준비해 뒀어. 물론 이건 가설일 뿐이야. 증거라곤 없는 상상이지. 하지만 넌 달라."

린네 맞은편에는 의자가 하나 더 있었다.

의자를 끌어당겨 앉은 나는 처음으로 아케가미 린네와 정면으로 마주했다.

"아까 10퍼센트는 내가 증명할 필요가 없다고 했지? 그건 당연해. 왜냐하면 이건 내 추리가 아닌 네 추리니까. 내 관점에서는 가설에 불과해도 네 관점에서 확고한 추리이기만 하면 문제없는 거야."

나는 퍼즐 조각을 하나 집어 들었다.

법정에서는 꼭 두 사람이 논쟁을 벌인다. 검사와 변호사거나 변호사와 변호사일 수도 있지만, 어느 한쪽의 의견만으로 판결이 선고되는 일은 결코 없다.

두 사람이 필요하다.

서로 입장이 다른 자들이 맞서서 벌이는 논쟁. 그것이 곧 진실에 가까이 다가가는 수단이자 의식인 것이다.

딸칵하고 나는 손에 쥔 퍼즐 조각을 장기 말처럼 세게 내려놨다.

"대답해 줄래? 린네."

아케가미 린네의 눈동자를 직시하며 나는 '이야기'를 시작했다.

"그날 네가 본 마른 나뭇잎에는 누군가에게 밟힌 흔적이 있지 않았어?"

"……그, 그걸 어떻게?"

"역산이지. 난 네가 정말 신의 자식 같은 오컬트적 존재라고는 생각하지 않아. 그러니 한 치의 망설임도 없이 코가미네에게 주먹을 날린 그 행동은, 처음부터 명확한 논리가 뒷받침된 행동이었던 거야. 코가미네가 범인이라는 것을 논리적인 사고로 특정했다. 그런 사실에서 역산하면 그 나뭇잎에는 밟힌 흔적이 반드시 있어야 해."

나는 퍼즐 조각을 하나 더 들어 원위치에 끼워 맞췄다.

"그 나뭇잎이 바닥에 떨어진 시점이 그 전날이거나 더 이전일 가능성도 있다. 넌 그렇게 말했지만, 사실 범위를 조금 더 좁힐 수도 있어. '전날 방과 후부터 하교 시간 전까지'. 가능성이 있는 건 그 시간대지. 왜냐하면 수업이 끝나면 항상 청소를 하고, 하교 시간이 되면 교실 문이 잠겨서 교실에 사람이 들어갈 수 없기 때문이야."

"……잠깐만요."

린네도 퍼즐 조각 하나를 집었다.

"하교 시간이 되면 교실 문이 잠겨서 사람이 들어갈 수 없게 된다. 그건 저도 알겠어요. 하지만 창문은? 제 자리는 창가에 있죠. 조금 전 언니도 말했지만 누가 창문을 닫는 걸 깜빡하는 바람에 창문으로 나뭇잎이 들어왔을 수도 있어요."

"그건 불가능해."

달칵달칵. 퍼즐을 맞추는 소리가 연속해서 들린다.

"말했잖아. 그날은 비가 내렸어. 또 바람도 거세게 불어 빗방울이 창문을 때렸지. 그런 상황에서 창문을 열었다면 네 책상은 빗물에 흠뻑 젖었을걸. 물론 그 아래에 있던 나뭇잎도."

"그럼 비가 오기 전에 누군가가 창문을 닫아서……."

"그렇다고 해도 비가 오기 전에 네 책상에 접근한 사람이 있다는 결론에는 변함이 없어."

얼음처럼 차가운 린네의 얼굴이 살짝 반응했다.

벚꽃색 입술을 앙다문 채 마치 분한 기분을 견디는 것 같다.

그렇다. 나도 생각을 바꿔야 한다.

쉴 새 없이 튀어나오는 린네의 반론은 린네가 스스로 계속 생각해 왔다는 증거, 즉 설명할 수 없는 자신의 추리를 린네 스스로 규명하려고 노력했다는 증거다.

린네 역시 말이 통하지 않는 사람은 아니다.

"자, 계속할게. 나뭇잎이 네 자리 밑에 떨어진 건 그날 아침 일찍, 또는 전날 방과 후였어. 여기서 염두에 둬야 할 건 그 나뭇잎이 어떻게 교실에 들어왔느냐는 거야. 만약 그날 아침 일찍 들어왔다면 조금 전에 설명한 대로겠지. 그날 창문을 연 코가미네, 즉 범인의 머리카락이나 옷에 붙어 있다가 떨어진 것. 그런데 문제는 전날 방과 후에 나뭇잎이 들어왔을 경우야."

"마찬가지 아닌가요? 바람에 휩쓸려 창문으로 들어왔거나 아니면 누군가의 옷에 붙어 들어왔거나."

"그래. **나뭇잎에 밟힌 흔적만 없다면.**"

"……말을 자꾸 빙빙 돌리시네요."

린네가 초조한 것처럼 지적했다. 미안하지만 나도 눈앞의 얼음장녀에게 무시당하지 않으려고 안간힘을 쓰는 중이거든.

"만약 그 나뭇잎에 누군가가 밟은 흔적이 있다면 그 두 가지

가능성이 모두 부정된다는 소리야. 나뭇잎에 밟힌 흔적이 있다. 그 말은 곧 나뭇잎이 한 번은 땅에 떨어졌다는 뜻이지. 그렇다면 바람이 상당히 거세게 분 날에만 창문을 통해 들어오거나 누군가의 옷에 달라붙을 수 있어. 오로지 땅에 있는 나뭇잎을 쓸어 올릴 정도의 강풍이 불었던 날에만."

"바람이 거센 날이었잖아요. 그래서 빗방울이 창문을 때렸다고……."

"그건 당일 이야기야. 전날에는 오히려 조용했어."

—그날 바람이 강하기는 했지. 전날은 괜찮았는데. 꽃샘추위라는 걸까?

코가미네가 별거 아니라고 운을 떼면서 꺼낸 말이다. 그걸 듣고 나도 기억이 되살아나 스마트폰으로 날씨 정보를 검색해 봤다. 사건 전날에는 온종일 바람이 거의 불지 않았다.

스마트폰으로 내가 찾은 자료를 보며 린네의 표정이 조금 굳었다. 여전히 얼굴 근육은 거의 움직이지 않지만 감정이 조금씩 읽혔다.

"……그럼 신발 뒤축 같은 곳에 달라붙어서 온 게 아닐까요? 밟힌 흔적이 있다면 그게 가장 자연스러워요."

"아니, 그건 가장 부자연스러운 가능성이야. 교실에 너무 오래 안 가서 잊어버렸나? 학교에서는 신발을 실내화로 갈아 신잖아. 나뭇잎이 운동화에서 실내화로 순간 이동이라도 했다는 거야?"

"……아."

"자, 이상."

무의식적으로 입을 벌린 린네 앞에서 나는 퍼즐 조각을 퍼즐판 가운데 부근에 끼워 넣었다.

"'나뭇잎에 밟힌 흔적이 있다면 전날 방과 후에 교실에 들어왔을 수는 없다'. 이유는 그 경로로 떠올릴 수 있는 모든 가능성이 부정되기 때문이야. 반면 나뭇잎에 밟힌 흔적이 없을 경우에는 조금 전에 네가 말한 두 가지 가능성을 모두 부정할 수는 없다. 즉, 추리가 중간에 벽에 가로막히고 만다."

"……하지만 현실에서 전 추리를 통해 범인을 밝혀냈죠."

"그래. 지금 이것도 그런 가정하에서 하는 논의야. 역설적인 이야기지만 **네가 추리를 완성한 이상 추리가 중간에 벽에 가로막힐 만한 증거 같은 건 존재하지 않았을 거야.** 그러니 난 네가 그날 본 나뭇잎에 밟힌 흔적이 있었다는 걸 추리할 수 있었고. 이해가 빨라서 다행이네."

"……칭찬 고마워요."

린네는 불만스럽게 중얼거리고 그저께보다 훨씬 완성에 가까워진 직소 퍼즐로 시선을 떨궜다.

장기나 체스처럼 패를 주고받으면서도 우리가 지향하는 것은 완성된 그림.

나나 린네나 누가 조각을 끼워 맞추건 완성되는 것은 단 하나의 그림.

"……인정할게요."

그야말로 마지못한 것처럼 한숨을 내쉬며 린네는 말했다.

“제가 본 나뭇잎에는 밟힌 흔적이 있었어요. 흙도 조금 묻어서 실내가 아닌 실외에서 밟혔다는 걸 한눈에 알아볼 수 있었죠.”

“그렇겠지. 더 나아가 그건 안뜰에 있는 나무의 잎이었을 거야. 해외에서 가져온 상당히 희귀한 종의 나무라고 하던데.”

“네. 그건 저도 나중에 조사해서 알게 됐지만.”

“그때는 몰랐나?”

“제 안에 있는 잠재의식, 혹은 ‘신’은 알아차렸겠죠. 언니도 말했잖아요. 전 정말 제가 무슨 생각을 했는지 알지 못해요.”

자신이 무슨 생각을 했는지 알지 못한다. 그건 대체 어떤 기분일까.

‘신’이라는 정체불명의 존재를 언급하는 이유도 왠지 느낌이 왔다.

“……못 믿겠다면 안 믿으셔도 돼요. 당신은 고집도 세 보이고요.”

“흥. 너한테 그런 말은 듣고 싶지 않은걸. 어쨌든 이로써 드디어 나뭇잎을 둘러싼 검증은 끝났어.”

나는 퍼즐 조각을 몇 개 더 집어 들었다.

“당시 나뭇잎은 말라 있었고 실외에서 누군가에게 밟힌 흔적이 있었다. 그런 정보로 미루어 볼 때 나뭇잎은 전날 방과 후 교실에 들어왔다고 볼 수 없다. 남은 건 사건 당일 이른 아침 비가 내리기 전에 맨 앞줄 옆에 있는 창문으로 들어와 누군가에게 달라붙어서 옮겨졌을 가능성뿐."

"그 사람이 어떻게 그 꼬마 날라리 씨란 걸 알았죠?"

"꼬마 날라리 씨?"

"그 키 작은 날라리 씨 말이에요."

"아, 코가미네 말이구나……."

이름을 모르나. 아니, 그걸 떠나 날라리라니. 대체 언제 적 단어를 쓰는 거야.

린네는 계절과 어울리지 않는 케이프를 꼭 움켜쥐었다.

"……전 아직 잘 모르겠어요. 나뭇잎과 반쯤 걷힌 커튼이라는 단서로 맨 앞줄 옆 창문을 연 사람이 범인일 가능성이 크다. 거기까지는 이해했어요. 하지만 거기서 어떻게 그 꼬마 날라리 씨 한 명으로 용의자를 좁혔는지는……."

"현장에 남은 단서로 추정할 수 있는 간단한 논리 두 가지. 지금부터 그걸 순서대로 설명해 볼게."

나는 손에 쥔 퍼즐 조각을 원위치로 보이는 곳에 달칵달칵 끼워 맞췄다.

"우선 범인이 창문을 연 이유. 그날 교실 안에는 열기가 들어차 있었다고 해. 4월인데도 기온이 높은 날이었지. 그리고 우리 학교는 수업 시간 외에는 교실 에어컨을 틀 수 없으니 범인은 더위를 식히려고 창문을 열었을 것으로 추측했어."

"그저 환기를 했을 가능성은요?"

달칵하고 린네도 퍼즐 조각을 맞췄다.

"그건 아닐걸. 그럼 창문을 다 열었겠지. 그리고 그러면 다른 커튼 중에도 반쯤 걷힌 게 있었을 거야. 하지만 다른 커튼들은 활짝 걷혀 있었고 커튼이 반쯤 걷힌 곳은 맨 앞줄 옆 창문뿐이었어."

"창문을 열 때 커튼을 끈으로 묶지 않나요?"

"그날은 끈으로 묶인 커튼이 하나도 없었어. 난 가만히 있어도 그런 게 자연히 눈에 들어와서."

"……예민 대마왕이시네요……."

린네가 불쾌한 것처럼 중얼거린다. 무슨 상관이야.

사실 그것과 관련된 내용은 내 일기에도 있었다.

> 그 옆에 있는 창문만 커튼이 반쯤 처져 옅은 어둠 속에 그 녀석의 모습이 가려져 있었다.

> 고정 끈에 묶이지 않은 채 활짝 걷힌 커튼 때문에 빗방울이 세차게 창문을 때리는 모습이 고스란히 눈에 들어왔다.

"어쨌든 범인은 바람을 쐴 목적으로 커튼을 걷고 창문을 열었어. 그럴 때는 당연히 가장 가까운 곳에 있는 창문을 열겠지. 그럼 범인의 자리는 창문으로 들어오는 바람이 닿는 범위일 가능성이 크다는 말이 되기도 해. 즉 맨 앞줄 자리에서 창문을 기준으로 세 번째 자리 정도라고 할까. 코가미네의 자리는 창문에서 두 번째 자리이니 그 범위 안에 들어가."

"잠깐만요."

린네는 딸칵하고 퍼즐 조각을 조금 세게 내려놓았다.

"당신은 범인이 자기 자리에서 바람을 쐬며 더위를 식혔다고 가정해서 이야기하지만, 애초에 그걸 어떻게 알죠? 창문에서 네 번째 이후 자리에 앉는 사람이 창문을 열고 그대로 창가에 가서 바람을 쐤을 수도 있지 않나요?"

"그러네. 설명이 조금 부족했군."

나는 설명이 부족했다는 것을 깨닫고 머릿속으로 생각을 다시 정리했다.

"난 코가미네에게 범행 당시 상황을 직접 전해 들었지만 넌 그걸 알지 못했지. 자, 그럼 교실에 들어온 범인의 행동을 최대한 상상해 보도록 해. 범인은 교실에 들어와서 뭘 했을까?"

"……당연히 자기 자리에 짐을 내려놓았겠죠. 그리고…… 더위를 느껴 창문을……."

"바로 그 부분이야. 더위를 느낄 때 인간은 가장 먼저 뭘 할 것 같아?"

"그러니까, 창문을…… 아니, 잠깐만요."

"그래."

나는 고개를 끄덕이고 말문이 막힌 린네를 향해 손가락을 들었다.

손가락으로 린네를 가리킨 것은 아니다.

그 어깨에 걸친, 계절과 어울리지 않는 케이프를 가리켰다.

"더우면 가장 먼저 겉옷을 벗지 않을까? 창문을 여는 건 그다음이고."

"……그럼 범인은 블레이저 재킷을 벗었겠네요. 그런데요?"

"그게 이상해. 왜냐하면 책상에 있는 낙서에는 긁힌 자국 같은 게 남아 있었거든."

"긁힌 자국……? 그런 게 있었다고요?"

"사진이 있는데 볼래?"

린네는 눈살을 찌푸리면서도 고개를 끄덕였다. 자신을 향한 욕설과 비난이 적힌 책상을 다시 보고 싶지 않겠지만 당사자가 보고 싶다면 존중해 줘야 한다.

내 스마트폰 화면을 보며 린네는 "있네요……" 하고 중얼거렸다.

"그런데 이 흠집에 무슨 의미가 있는 건가요?"

"분필로 쓴 글자를 보면 이 긁힌 자국은 낙서하는 도중에 생겼어. 당연히 범인 때문에 생겼다고 봐야겠지. 하지만 범인이 애써 쓴 낙서를 다시 긁어서 없앨 이유는 없을 거야."

"그렇다면 우연히 만들어진 자국……?"

"그래. 그리고 우리 학교 교복에는 그런 자국을 만들기 쉬운 부품이 달려 있지."

나는 팔을 들어 블레이저 재킷의 소매를 린네에게 보여 줬다.

바로 그곳에 흠집의 범인이 있었다.

금빛으로 빛나는 그것.

"바로 커프스단추야. 이 자국은 커프스단추 때문에 생겼다고 보는 게 가장 자연스러워. 하지만 커프스단추는 블레이저에만 달려 있지. 블레이저 아래에 입는 블라우스에는 단추가 없어."

"……앗……."

"범인은 낙서 당시에 블레이저를 걸치고 있었던 거야."

그것은 몹시 이상한 일이다.

더워서 창문을 열었다면 당연히 블레이저도 벗었을 것이다. 마른 나뭇잎 건으로 보건대 낙서를 시작한 시점은 창문을 연 이후로 추정되니 그때 블레이저를 그대로 입고 있는 건 부자연스럽다.

"합리적인 이유로는 하나밖에 떠오르지 않지. 즉, '범인은 블레이저를 벗는 것보다 창문을 여는 게 더 빨랐다'."

"창문이 손에 닿는 거리, 혹은 한두 발짝 거리에 있다면 일일이 단추를 풀어서 옷을 벗는 것보다 창문을 여는 게 더 빠르지 않았을까요?"

"그래. 하지만 창문을 기준으로 네 번째 이후 자리부터는 아무리 관대하게 봐도 거기에 속하지는 않을 거야. 교실 전체를 절반으로 나누면 거기서부터는 창문보다 복도가 더 가까운 위치니까. 그래서 난 창문에서 세 번째 자리까지가 의심스럽다고 봤어. 혹시 반론이라도?"

"……범인이 자리에 짐을 놓지 않고 곧장 창문으로 갔을 가능성도 있겠죠. 짐을 들고 있다면 블레이저를 벗기도 수월하지 않았을 테고요."

"좋은 반론이야. 하지만 그럴 가능성은 작아. 생각해 봐. 교실 뒷문으로 들어온 범인이 가장 먼저 창문을 향해 갔다면 당연히 교실 뒤쪽에 있는 창문으로 갔겠지. 하지만 커튼이 반쯤 걷혀 있었던 건 맨 앞줄 옆 창문이었어."

"뒷문으로 들어온 건 어떻게 알 수 있나요?"

"교무실 위치. 아침에 제일 먼저 학교에 온 범인은 교실 문이 잠긴 걸 깨닫고 교무실에 가서 열쇠를 받아 왔어. 교무실은 교실 동쪽, 그러니까 뒤쪽에 있는 계단으로 내려가면 나오지. 계단을 올라서 교실로 돌아온 범인이 굳이 교실 앞문으로 갈 이유가 있을까?"

"……그건…… 중간에 화장실에 들렀다거나."

"화장실도 교실 동쪽에 있어. 그러고 보면 나도 그날 아침에 화장실에 가는 여학생들과 마주쳤어. 게다가 짐을 그대로 들고 있으면 용변을 보기도 힘들지 않을까?"

"……."

반론이 끝난 듯하다. 한 달이나 교실에 오지 않은 것이 린네에게는 핸디캡이 되었다.

"범인은 우선 자기 자리에 짐을 내려놨어. 그리고 더위를 느껴 블레이저를 벗기 전에 먼저 창문을 열었지. 그쪽이 더 빨랐기 때문이야. 그렇게 생각하면 범인의 자리는 기껏해야 창문에서 세 번째까지의 자리일 거라는 추측이 가능해. 창문에서 두 번째 자리에 앉는 코가미네와 창가 자리에 앉는 아이우라, 그리고 세 번째 자리에 앉는 다지마까지가 후보에 오르지."

"……그게 누구죠?"

"같은 반 친구들 이름 정도는 외우는 게 어떨까. 아이우라는 단발머리 여자애고, 다지마는 까까머리 야구부 남자애. 자, 그럼 지금부터 난 이 녀석들의 범행 가능성을 검증해 보려고 해."

그러고서 "우선 첫 번째" 하고 운을 뗐다.

"범인이 창가 자리에 앉는 사람, 즉 아이우라일 경우. 이때 문제가 되는 건 비야."

"비?"

"혹시 그날 아침 아이우라가 조금 특이하게 행동했던 걸 기억해? 일기에도 쓴 내용인데, 난 '그녀는 조심스럽게 교실을 가로질러 창가 쪽 맨 앞줄 책상에 가방을 내려놓았다. 하지만 곧 다시 가방을 들더니 찌푸린 얼굴로 교복 소매로 책상을 닦기 시작했다'라고 적었어. 이 내용으로 알 수 있듯 그날 아이우라의 자리는 젖어 있었어."

"……비가 들어온 걸까요?"

"그랬겠지. 아이우라의 자리 옆 창문이 비가 내리기 시작한 뒤에도 꽤 오랫동안 열려 있었을 거야. 만약 비가 오는 걸 금세 알아차려서 창문을 닫았다면 책상에 떨어진 비는 고작 몇 방울 정도였을 거고, 그럼 비가 내리기 시작한 후 우리가 교실에 올 때까지 약 한 시간이면 다 말랐을 가능성이 커. 범인은 아마 낙서에 몰두하느라 비가 내리는 걸 눈치채지 못했어. 자, 그럼."

나는 직소 퍼즐이 놓인 책상을 손가락으로 툭툭 두드렸다.

"창문을 오래 열어 둔 탓에 비에 흠뻑 젖은 책상. 그 책상의 주인이 범인, 즉 아이우라가 범인일 경우 낙서를 마치고 교실을 벗어날 때는 눈치챘을 거야. 짐이 자리에 있었으니까."

"그리고 그때 책상을 닦았을 거라는 말인가요?"

"그래."

"누군가 다른 학생이 오는 소리를 듣고 급히 도망쳤을 수도 있죠. 그래서 책상을 닦을 여유가 없었을지도……."

"**아이우라는 교실에 들어와서 일단 책상에 가방을 내려놓았어. 책상이 비에 젖은 줄도 모르고 말이야.** 책상이 비에 젖은 걸 알면서도 가방을 내려놓는 바보가 있을까. 즉, 그날 아이우라가 교실에 들어온 건 내가 목격했을 때가 처음이었어."

"……조금 전부터 신경 쓰인 건데 당신 일기장, 뭔가 소름 끼치게 자세한 것 같아요."

"언제 어디서 무슨 일이 생길지 모르니까. 매일 이렇게 일어났던 일을 최대한 자세히 쓰고 있어."

"……기분 나빠요……."

칭찬받은 셈 치고 나는 다음 설명으로 나아갔다.

퍼즐 조각을 하나 더 끼워 맞춘다.

"다음은 범인의 자리가 창문에서 세 번째 자리일 경우. 이쪽은 더 간단해. 맨 앞줄 창문에서 세 번째 자리의 주인은 야구부원 다지마. 이다음은 내가 무슨 이야기를 할지 알겠지?"

"설마 남자는 범인이 될 수 없단 건가요? 물론 그 낙서는 여학생이 남길 법한 내용이었지만 그것만으로 여자로 단정 짓는 건 너무 성급한 판단이에요."

"아니, 낙서 내용은 중요하지 않아. 중요한 건 낙서에 남은 흔적이지. 커프스단추 때문에 생긴 자국 외에도 또 하나, 그러니까 분필로 쓴 글자에 남아 있던 끊긴 부분."

"……끊긴 부분?"

린네는 고개를 갸웃거리며 나를 향해 손을 내밀었다. 스마트폰 사진을 한 번 더 보여 달라는 뜻일 것이다. 화면에 사진을 띄워서 건네자 린네는 사진을 지그시 관찰했다.

"이…… 꼭 실 위에서 분필을 그은 듯한 이 부분 말인가요?"

"그래. 그런데 일반 교실에서는 가정과 수업을 하지 않아. 그러니 실보다 훨씬 그럴싸한 가능성이 있지."

린네는 숨을 멈추고 자신의 그것, 즉 긴 머리카락을 손으로 만졌다.

"……머리카락……."

"정답."

나는 빙긋 웃었다.

"그 흔적은 아마 책상에 늘어지거나 떨어진 머리카락 위에서 글씨를 써서 생긴 흔적일 거야. 샤프처럼 끝부분이 뾰족한 필기구라면 머리카락 한두 가닥 정도는 밀어내면서 쓸 수 있었을 텐데, 그때 범인이 사용한 도구는 분필이었어. 어쩌면 범인은 머리카락

위에서 글씨를 쓴 사실 자체를 모르고 있을지도."

아이러니한 일이다. 코가미네는 조금이라도 자기 정체를 숨기려고 일부러 분필을 썼는데 오히려 그로 인해 치명적인 흔적을 남겼으니까.

"이런 사실로 미뤄볼 때 범인은 적어도 분필 굵기보다는 긴 머리카락을 가진 사람이라는 걸 알 수 있어. 분필의 굵기는 약 12밀리미터. 그에 반해 야구부원 다지마의 머리카락 길이는 어느 정도일까?"

"야구부라면……."

"그래. 까까머리지. 길이는 대략 1.5밀리미터에서 2밀리미터 정도라고 해. 글자가 끊길 정도의 길이가 아니야. 그리고 그건 린네 너도 한눈에 알 수 있었을 거야."

나는 달칵하고 퍼즐 조각을 끼워 맞췄다.

"자, 이로써 범인이 창문에서 첫 번째 자리인 아이우라일 경우, 세 번째 자리인 다지마일 경우. 그 두 가지가 모두 부정됐어. 그럼 남는 건 두 번째 자리인 코가미네 아이뿐이야."

직소 퍼즐은 어느새 완성을 눈앞에 두고 있었다.

남은 퍼즐 조각은 단 두 개. 아무리 퍼즐 맞추기에 서툰 사람이어도 여기서부터는 누구든 완성할 수 있다.

린네는 왠지 멍한 얼굴로 퍼즐을 내려다보고 있었다.

남은 퍼즐 조각 두 개 중 하나를 손에 꼭 쥔 채.

"……제가 그렇게 추리했다는 건가요?"

"왜? 납득이 안 돼?"

"안 돼요."

린네가 고개를 흔들자 긴 머리카락이 덩달아 흔들렸다.

"수수께끼가 하나 더 남았으니까요. 당신은 그걸 아직 설명하지 않았어요."

"뭔데? 말해 봐."

"추리의 순서요."

린네는 퍼즐 조각을 움켜쥐고 마치 금기를 입에 담듯 자신에게 남은 마지막 수수께끼를 제시했다.

"당신의 추리에 따르면 제 추리는 다음과 같은 순서로 진행된 것 같아요. 먼저 '책상 위 낙서'와 그곳에 남은 흔적을 확인. 그리고 떨어진 '나뭇잎'을 보며 나뭇잎의 침입 경로 추측. 그 후 '반쯤 걷힌 커튼'을 보며 침입 경로를 정확히 파악한 후 그 바로 옆 '맨 앞줄 자리'의 세 사람을 용의자로 압축."

"그래, 맞아."

"하지만 전 기억해요. 그날 아침에 '신'이 제 머릿속에서 추리를 펼치는 동안 제가 어떤 순서로 뭘 봤는지를요. 그건 당신의 그 기분 나쁜 일기장에도 적혀 있잖아요."

"……그래, 맞아."

"그날 제가 시선을 향한 순서는 이거예요. '책상 위 낙서', '나뭇잎', **'맨 앞줄 자리'**, 그리고 **'커튼'**……. 이건 이상하지 않나요?"

"이상하네."

"당신의 추리에 따르면 전 '맨 앞줄 자리'를 가장 마지막에 봤어야 하잖아요."

만약 이것이 평범한 추리라면 여기까지만으로도 충분했을 것이다.

그러나 이것은 추리의 추리다.

어디까지나 아케가미 린네가 당시 어떤 추측을 했는지를 밝혀내기 위한 논의.

그러니 나는 답해야 한다.

린네가 왜 **커튼보다 맨 앞줄 자리에 먼저 시선을 향했는지를**.

"전 '나뭇잎'을 보고 곧장 '맨 앞줄 자리'를 봤어요. 이 시점에 전 그곳에 앉는 꼬마 날라리 씨를 의심했다는 말이 되죠. 즉, 조금 전 당신의 추리에서 나온 것 같은 소거법 방식이 아니라 제가 곧장 꼬마 날라리 씨를 범인으로 의심할 만한 '뭔가'가 있었다는 뜻이에요. 그걸 제시하지 않는 이상 당신의 추리는 완전하지 않아요."

도발하듯, 시험하듯, 뭔가를 희구하듯.

나에게 답을 제시하라고 압박하는 린네를 보며 나는 무심코 입꼬리를 올렸다.

"……아이러니하네."

"네?"

"바로 한 달 전까지만 해도 내가 너에게 증거가 충분하지 않다고 지적했어. 그런데 이번에는 정반대가 돼 버렸네. 무슨 연유일까."

린네는 입을 꾹 다물고 나를 가만히 봤다.

속내를 가늠하는 눈빛.

일방적으로 '말이 통하지 않는다'라고 선언한 한 달 전과 비교하면 하늘과 땅 차이다. 아케가미 린네라는 이름의, 잘 알지도 못하는 소녀의 머릿속을 줄곧 헤아려 오다가 마침내 닿은 도달점.

시작해 보자.

"네가 '맨 앞줄 자리'를 보기 전에 본 건 두 개야. '책상 위 낙서'와 '나뭇잎'. 그러니 논리적으로 생각하면 이중 어딘가에 코가미네를 직접 의심할 만한 '뭔가'가 있었다는 말이겠지."

"……네."

"사실 나도 가장 고민했던 문제야. 아니, 생각 자체는 한 번에 정리됐지만…… 믿기 어려웠거든. 설마 이런 사소한 것으로 의혹을 품었을까 싶어서. 그런데 분명 이상한 느낌은 있었어. 그런 작은 위화감들을 긁어모아 마침내 이것이 답이라고 확신하게 된 거야."

마지막 한 발짝 남았다.

아케가미 린네의 추리라는 이름의 여정. 이것이 마지막 한 발짝이다.

나는 마지막 남은 두 개의 퍼즐 조각 가운데 하나를 집어 들었다.

"그 '뭔가'는 바로 '책상 위 낙서'에 있었어."

"……낙서에요? 흠집이나 글자가 끊긴 흔적 말인가요?"

"아니. 그게 아니라 낙서 내용이야. 코가미네가 썼다고 보기에는 왠지 이상한 내용. 하지만 정확히 뭐가 이상한지는 나도 한동안 감을 못 잡았어. 그렇게 여러 번 여러 번 낙서 내용을 읽어 보니."

'꺼져', '꼴 보기 싫어', '재수 없어', '화냥년'.

책상에 마구 갈겨 쓴 별 특징 없는 욕설과 비난이다. 그러나 코가미네 아이가 썼다고 보면 이중 유독 한 가지 약간 낯선 단어가 있다.

코가미네는 왜 하필 이 단어를 선택했을까.

"이상했던 건…… 바로 어휘야. 어휘가 이상했어."

"어휘……?"

"여고생들이 쓰기에는 익숙하지 않은 단어. 조금 더 알기 쉽고 대중적인 표현이 있는 단어. 그런 단어가 낙서에 딱 하나 있었던 거야."

나는 퍼즐 조각을 맞추며 그 단어를 제시했다.

"바로 '화냥년'. 난 이 단어를 보며 뭔가 이상하다고 느꼈어."

린네는 눈을 살짝 찌푸리며 가는 엄지를 입술에 가져갔다.

"……확실히 조금 고리타분하고 평소에 접할 기회도 별로 없는 단어긴 한 것 같은데……."

"비슷한 뜻의 다른 단어가 없었다면 나도 별로 이상하다고 느끼지 않았을 거야. 하지만 문란한 여성을 뜻하는 훨씬 대중적인 다른 표현들도 있는데 굳이 '화냥년'이라고 쓴 것에 뭔가 의미가 있지는 않을까. 어쩌면 범인, 즉 코가미네는 자신이 일부러 피한 그 단어가 자신의 정체와 연결될 수 있다고 염려한 게 아닐까. 그래서 대신 거의 뜻이 비슷한 '화냥년'이라는 단어를 썼을 수도 있겠다는 생각이 들었어."

"꼬마 날라리 씨의 정체와 연결될 단어? 그런 게……."

"지금까지 추리를 보면 넌, 그러니까 네 안에 있는 그 '신'이라는 존재는 주변에 관심이 없는 것 같은데도 의외로 교실을 유심히 관찰한 것 같아. 그러니 너도 알아챘겠지. 코가미네에게 '그 단어'에 예민하게 반응하는 버릇이 있다는 걸. 나도 장난삼아 그 말을 할 때마다 늘 잔소리를 듣고 있어."

때로는 얼굴을 붉히며.

상반신을 앞으로 내밀며.

"'색녀'라니!' 하고."

"……아."

—색녀 아니라고 했지!

가벼운 어감이라 장난 섞어서 흔히 쓰이는 그 단어. 그러나 코가미네는 그 말이 나올 때마다 흘려듣지 않고 늘 단호히 부정했다.

그래서.

코가미네 아이에게는 '화냥년' 같은 것보다 '색녀'가 훨씬 친숙한 단어일 것이다.

그러니 피한 것이다.

그 단어가 자신과 연결될지도 모른다는 불안감 때문에.

"내가 이상하게 느꼈던 건, 그러니까 의외였던 건 코가미네가 '색녀'의 유의어로 '화냥년'을 즉석에서 떠올렸다는 점이야. 걔는 평소에 수업도 제대로 안 듣는 아이야. 스마트폰으로 검색한다고 해도 일정 수준의 지식은 필요하지. 코가미네가 '유의어' 같은 어려운 단어를 알고 있을 가능성도 작아."

"아무리 그래도 그건……."

"그래서 난 생각했고, 당시에 너도 분명 생각했을 거야. '화냥년'이라는 단어를 코가미네는 일상적으로 어디선가 본 게 아닐까, 하고. 그렇게 곰곰이 짚어 보다가 난 우연히 그 출처를 발견하고 말았어."

나는 스마트폰 화면을 두드려 사진 한 장을 린네에게 보여 줬다.

"이건…… 교실에 붙어 있던……."

> 봄 수예 마켓!
>
> 날짜: 4월 29일
>
> (우천 시에도 진행)
>
> 개최 장소: 다목적실
>
> 화창한 봄날에 열리는 특급 이벤트!
>
> 그냥 지나칠 수 없는 서비스! 셔츠, 바지 간단 수선까지!

1, 2년 입고 버리기는 아깝잖아요! 다가올 연휴를 미리미리 준비합시다!

"알다시피 이건 수예부의 행사 안내문이야. **코가미네가 앉는 자리 바로 앞에 붙어 있는.**"

"……이 포스터에 뭐가 있다는 거죠? 별문제 없어 보이는데요."

"숨어 있는 거야. 코가미네는 수업 시간에 대체로 멍하니 있으니 포스터를 보며 찾을 시간도 얼마든 있었겠지. 그리고 한 번 눈에 띈 이후부터는 그 단어가 계속 머릿속을 떠나지 않고 눈에 들어왔어. 그러니 충동적으로 낙서하는 와중에도 그런 단어를 쓰게 된 거고."

린네는 눈살을 찌푸리며 스마트폰 화면에 얼굴을 가까이했다. 이러면 예쁜 얼굴도 소용없게 된다.

시간이 한참 흘러도 린네는 입을 열지 않았다. 머리가 굳은 사람은 역시 너 같은데. 나는 어쩔 수 없이 힌트를 주기로 했다.

"개최 장소 아랫줄에 있는 '화창한'의 '화'부터 대각선으로 읽어 봐."

"대각선? ……화 …… 냥…… 앗!"

마침내 린네의 표정이 크게 흔들렸다.

그렇다. 숨어 있었던 것이다. 그야말로 우연히.

화창한 봄날에 열리는 특급 이벤트!

그냥 지나칠 수 없는 서비스! 셔츠, 바지 간단 수선까지!

1, 2년 입고 버리기는 아깝잖아요! 다가올 연휴를 미리미리 준비합시다!

"**다섯 번째 줄 첫 글자부터 대각선 순으로 읽으면 '화냥년'이 돼.** 코가미네는 그 포스터가 붙은 이후부터 줄곧 그 단어를 눈앞에 두고 있었어. 그러니 항상 들어서 익숙한 '색녀'가 아닌 그 단어를 쓰게 된 거야."

물론 단지 이것만 보면 완전한 억측이라 할 수 있다.

그러나 이것을 기점으로 다른 가능성을 모두 검증해서 없앨 수 있다면 그것은 더 이상 억측이 아니다.

추리다.

린네의 추리의 첫 걸음이자, 내 추리의 추리의 마지막 걸음.

"그런 것들이 머릿속에 있었으니…… 가장 먼저 꼬마 날라리 씨를 봤다……."

린네는 등받이에 천천히 몸을 기대고 완성 직전의 직소 퍼즐을 내려다봤다.

남은 조각은 하나.

이제는 고민할 여지가 없다.

자명한 이치다.

린네가 손에 쥔 마지막 퍼즐 조각을 그곳에 넣기만 하면 된다.

"……당신은……."

무심결에 나오는 듯한 목소리였다.

"당신은…… 저뿐만 아니라 그 꼬마 날라리 씨의 머릿속까지 추리했군요……."

"난 텔레파시 능력자가 아니야. 네 추리는 그렇다 해도 코가미네에 대해서는 그냥 상상했을 뿐이지."

"네. 상상치고는 너무 세세해서 조금 소름 끼치긴 하지만요."

여기까지 와서도 독설을 빼먹지 않는다.

나는 린네가 말꼬리를 잡기 전에 다시 입을 열려고 했지만.

"……제가 한 달 전에 말이 통하지 않는 사람이라고 했죠?"

린네는 움켜쥔 손을 펴서 손바닥에 있던 퍼즐 조각을 다른 손으로 집었다.

그리고.

"……그 말, 철회할게요."

마지막 퍼즐 조각을 퍼즐판에 끼워 넣었다.

이제 책상 위에 있는 것은 더 이상 퍼즐이 아니다.

형형색색의 꽃이 만발한, 한 폭의 아름다운 꽃밭 그림이었다.

얼마나 오랫동안 설명에 열중했던 걸까.

어느새 30분이 흘러 점심시간이 끝났음을 알리는 종소리가 교내에 울려 퍼졌다.

그 소리에 섞여 짝짝하는 마른 박수 소리가 들렸다.

돌아보니 아케가미 후요 선생님이 칸막이에 몸을 기댄 채 박수를 보내고 있었다.

"훌륭한 추리였어, 이로하. 내가 채점자라면 95점은 줄 것 같네."

"나머지 5점은 뭔가요?"

"설명이 조금 길더라. 소소한 가능성까지 엄격히 검증하는 성실함은 인정하지만, 인간이라는 존재는 원래 정확성보다는 알기 쉬운 걸 더 좋아하지. 그건 기억해 두렴."

그 말은 곧 꼭 정확하지 않아도 알기 쉬우면 된다고 하는 것 같은데.

내가 반박하기 전에 선생님은 린네, 즉 자신의 여동생에게 시선을 향했다.

"린네. 아무래도 증명된 것 같지? 네 능력은 아버지께서 말씀하신 신의 계시 같은 게 아니라 단지 추리에 불과하다는 게."

"……그런 것 같네요."

"그럼 너도 이번 일을 교훈 삼아 오만함을 버리렴. 다른 사람에게 설명할 수 없는 진실 같은 건 세상을 살아가는 데 아무 도움이 되지 않으니까."

"……."

린네는 말없이 자신의 무릎을 응시했다.

늘어진 머리카락 때문에 표정이 가려져 지난 이틀 동안 누구보다 린네의 머릿속을 가늠한 나조차 그 마음을 짐작할 수 없다.

증명할 수 없는 진실이란 이토록 슬프고 무력하다.

설령 결백을 알더라도 그걸 다른 사람에게 명확히 전달하지 못하면 이 사회는, 세상은 그걸 조금도 믿어 주지 않는다.

증거가 바로 세상과 맞설 수 있는 무기이고, 증명이 바로 사회와 대적하는 싸움인 것이다.

그러니 나는.

"……할 말이 있으면 해."

린네가 고개를 들었다.

완성된 직소 퍼즐 너머로 내 눈동자를 바라본다.

"아는 게 있으면, 깨달은 게 있으면 주저 없이 말하는 거야. 증거 따위 없어도 좋아. 증명 따위 하지 못해도 괜찮아. **그건 내가 준비할게**."

"……네? ……하, 하지만……."

"말했잖아. 난 변호사 지망생이야. 변호사란 의뢰인이 아는 진실을 타인에게 전달하는 사람을 뜻해."

그때도 그랬다.

진실은 오로지 나만 알고 있었다.

나는 그것을 어떡해야 다른 사람들에게 잘 전달할 수 있을지 몰랐다.

그런 나에게, 그 사람이 힘이 되어 줬다.

"네가 내 1호 의뢰인이 되는 거야, 린네. 네가 아무리 엉뚱한 추리를 해도 내가 반드시 증명해 줄게."

린네의 입술이 살짝 떨리는 게 보였다.

곧 다시 고개를 푹 숙이고 표정을 숨겨 버렸지만, 그것을 본 순간 나는 알 수 있었다.

역시 린네는 그때의 나와 똑같다는 걸.

기이한 능력을 가진 채 태어났고, 그러니 자기 안에 있는 진실을 그 누구도 믿어 주지 않아 외롭고, 두렵고, 가슴 아팠던 그때의 나와 똑같다.

"……이야기를……."

목소리는 떨리지 않았다.

입은 험해도 이런 점만큼은 존경할 만하다.

"당신은 제 이야기를…… 들어줄 건가요?"

"안심해."

나는 그 사람처럼 웃어 보였다.

"상담료는 공짜로 해 줄게."

"……후훗."

린네의 어깨가 살짝 흔들렸다.

혹시 지금, 웃었어?

표정이 가려져서 잘 보이지 않지만 린네도 의외로 평범한 여자애 아닐까.

"그럼…… 잘 부탁드릴게요."

다시 들어 올린 얼굴은 여전히 무표정에 가까웠지만 평소보다는 조금 상냥해 보였다.

"나중에 의뢰비를 붙이거나 다른 걸 요구하면…… 고소할 거예요."

"안 해, 그런 거."

"그리고 제가 스스로 추리할 수 있게 될 때는 당신의 가치도 사라진다는 걸 이해해 주세요."

"훗. 퍼즐이나 잘 맞추고 말해."

"……여유를 가지고 천천히 즐기는 거예요."

거짓말.

린네가 고개를 돌리자 뒤에서 선생님이 입을 열었다.

"모처럼 교우 관계를 돈독히 하는 와중에 미안한데, 슬슬 수업이 시작될 테니 교실에 돌아가렴, 이로하. 사 온 빵도 아직 다 못 먹었네."

그렇다. 설명하는 데 정신이 팔려 지금껏 깜빡하고 있었다.

내가 부랴부랴 의자에서 일어서자.

"이로하. 선생님은 앞으로도 네가 계속 이곳에 오는 걸 허락하려고 해."

"네? 아…… 네."

"너한테 맡기면 린네가 교실에 복귀하는 날도 머지않겠지."

"교실에는 안 가요."

"……안 간다는데요."

"어차피 시간문제야. 조만간 마음이 바뀔걸."

그렇게 쉬운 일일까.

선생님은 나에게 등을 돌렸다.

"그럼 난 피자 증거물들을 처리하고 올게. 너도 이 일은 비밀로 해 주렴."

역시 학교에 피자 배달은 안 되는 거군요.

피자 상자를 들고 나가는 선생님을 따라 나도 칸막이 너머로 돌아갔다. 그 순간 잊고 있었던 한마디가 떠올랐다.

"그러고 보니 그 수예부 포스터 말인데."

"네?"

린네는 완성된 직소 퍼즐을 치우고 의자에서 일어나 뒤쪽 선반에서 새 퍼즐 상자를 꺼내는 중이었다. 사 놓고 아직 안 한 게 더 있는 걸까.

"그 포스터가 붙어 있던 곳은 코가미네의 자리 바로 앞, 즉 칠판 왼쪽 끝이야. 반면 네 자리는 창가에서 뒤에서 두 번째지. 수업 중에 눈에 들어올 거리가 아니니 위치상 네가 그 포스터를 볼 기회는 거의 없었을 거야."

린네의 움직임이 멈췄다.

"그럼에도 불구하고 넌 포스터를 다시 확인하지도 않고 그런 추리를 했어. 즉, 포스터 속 문장들을 정확히 기억하고 있었다는 뜻이야. 이건 포스터의 내용에 관심이 없었다면 불가능한 일이라고 생각해."

나는 입가에 미소를 머금은 채 린네의 그것을 바라봤다.

어깨에 걸친, 계절과 어울리지 않는 케이프.

"실력이 대단하잖아. 혹시 수예부에 들어갈 생각 없어?"

여름이 다가오는데도 왜 케이프 같은 걸 걸치고 다니는 걸까.

그 수수께끼에 대한 답은 특별하지 않다. 잘 만들었으니 마음에 든 것이다.

그런 취미가 있다면 같은 취미를 가진 사람들이 있는 동아리에 들어가면 교실 복귀도 더 빨라질 테지만, 린네는 여전히 나에게 등을 돌리고 있다.

그래서 어떤 표정을 짓고 있는지도 알 수 없다.

다만 어깨가 조금은 떨리는 것처럼 보였다.

"부끄러워할 거 없어. 직접 만들었을 줄은 몰랐어. 대단해."

"……."

"그 무늬도 직접 짠 거지? 정말 훌륭하네. 그 정도면 어디다가 내놓고 팔아도……."

"……그만하세요!"

린네는 지금까지 들은 목소리 중 가장 큰 소리로 그렇게 외치는가 싶더니 방금 선반에서 꺼낸 퍼즐 상자를 가슴에 꼭 껴안았다.

"……스읍, 하아……."

심호흡을 하는 소리가 들린다.

체조를 하려는 거면 우선 그 퍼즐 상자부터 내려놓는 게 좋을 것 같은데.

"……저도 당신에게 추리를 하나 들려드릴게요."

"응?"

린네는 등을 돌린 채로 조금 굳은 목소리로 말했다.

"조금 전 그 꼬마 날라리 씨가 '색녀'를 '화냥년'으로 고쳐 쓴 이유가 '자신과 연결될 수 있기 때문'이라고 하셨죠?"

"그래. 그랬지."

"……아마 싫었을 거예요. 그 말이. 자신도 듣기 싫은 말이니 남한테도 쓸 수 없었던 게 아닐까……. 단지 그뿐 아니었을까요."

"……'화냥년'이 조금 더 센 표현 아닌가?"

"원래 소녀의 마음은 복잡한 법이에요."

"증거는?"

"그런 게 정말 필요하시다면 당신은 앞으로 그 꼬마 날라리 씨와 어울리지 않는 게 좋겠네요."

린네는 코가미네를 범인으로 단정 지었을 때보다 더 힘을 실어 말했다.

무심결에 압도된 나는 겸연쩍게 뒤통수를 긁적거렸다.

"……참고삼아 들을게."

"잘 부탁할게요."

린네는 새 퍼즐 상자를 창가 책상에 내려놨다.

얼굴은 여전히 속내를 도통 알 수 없는 무표정이었다.

내숭쟁이 선배와 사로잡힌 체육 창고

"이로하. 너 체육 창고 소문 알아?"

7월이 다가와 슬슬 여름이 느껴지는 시기. 오늘도 어김없이 내 옆에 다가온 코가미네가 팩에 든 레몬티를 마시며 물었다.

나는 노트에 필기하면서 대답했다.

"알아. 도깨비불이니 뭐니 하는 그거 말이지?"

"응. 사람 없는 체육 창고에 도깨비불이 출몰한다는 소문. 무섭지 않아?"

"왜 무섭지? 반딧불이 같은 거랑 별로 다르지 않은 것 같은데."

"뭐가 다르지 않아. 전혀 다른데."

코가미네는 불만스럽게 내 책상에 팔꿈치와 가슴을 올려놨다. 방해된다.

"넌 무서운 거 없니? 귀신이나 어두운 곳, 벌레라든가."

"지금은 차 한 잔이 제일 무서워."

"뭐?"

알아듣지 못하는 걸[1] 보니 상대를 잘못 고른 내 잘못이다.

"무서울 게 뭐 있겠어. 이미 평생 무서운 일을 맛봤는데."

"그건 또 무슨 소리야?"

"도깨비불 같은 건 그냥 빛나기만 할 뿐 딱히 해를 끼치는 건 아니잖아. 불이 옮겨붙어서 화재가 난다면야 무섭겠지만."

"너랑은 절대 귀신의 집 같은 곳에 같이 안 갈 거야."

"내 마음을 알아준 거야? 고마워."

"고마워하지 마! 비난하는 거라고!"

코가미네는 화가 난 것처럼 내 책상에서 턱을 괬다.

"정말. 나랑 귀신의 집 데이트를 할 기회가 사라졌는데도 별 감흥이 없는 거야? 동정남 주제에 분수도 모르고."

"명예훼손으로 고소할게."

"응? 뭐야, 화났어? 아니면 설마…… 내가 맞혔나?"

장난스럽게 웃는 코가미네 앞에서 나는 가방에 든 미니 육법전서를 꺼냈다.

"형법 제230조 1항. 공공연하게 사실을 적시해 타인의 명예를 훼손한 자는 그 사실 여부와 관계없이 3년 이하의 징역 또는 금고 또는 50만 엔 이하의 벌금에 처한다."

"무슨 말인지 잘 모르겠지만 사실인 건 맞나 보네."

1 일본의 만담 '만주코와이'에는 무서운 것을 보여 주며 주인공을 골탕 먹이려는 사람들에게 주인공이 '화과자'와 '따뜻한 차 한 잔'이 세상에서 가장 무섭다고 하며 화과자와 차를 받는 이야기가 나온다.

"'사실 여부와 관계없이'라고 했어."

"응?"

역시 상대를 잘못 고른 내 잘못이다.

코가미네는 생글거리며 말했다.

"그래도 왠지 안심이 돼. 너 같은 캐릭터인데 경험이 있으면 오히려 소름 끼칠 것 같아."

"……."

"반박이라도 해 봐. 대화 흐름상 이번에는 나한테 경험이 있는지 물어야 하지 않아?"

"물어보면 귀찮아질 것 같아서."

"에이, 속으로는 궁금하면서. 우리 동정 군♪"

이 색녀가.

린네에게 지적받은 후 입에 담지 않으려고 하는 욕을 속으로만 내뱉었다.

이렇게 도발적인 옷을 입고 도발적인 언행을 하는데 그 말을 입에 올린다고 비난받는 건 조금 납득하기 어렵지만.

"아무튼, 이야기를 되돌리자면 무서운 이야기 같은 것에 관심도 없으면서 어떻게 체육 창고 소문은 아는 거야?"

"상담이 들어왔거든. 도깨비불의 정체를 밝혀 달라는 상담이. 난 영능력자가 아니고 오컬트 잡지 기자도 아닌데."

"응? 상담실 일을 돕고 있어? 와, 대단하다. 그렇게 귀찮은 일까지 도맡아서 하다니."

"너희가 청소나 숙제 때문에 울며 겨자 먹기로 하는 것과는 달라. 내신 점수를 받을 수도 있으니까."

"이야, 그런 일까지 하면서 점수를 따는 거야? 모범생은 힘드네. 선생님들에게 잘 보이려고 늘 애써야 하니."

"그냥 잘 보이기만 하는 거면 쉬울 텐데."

아케가미 후요 선생님은 만만한 상대가 아니다. 무엇보다 세상에서 제일 귀찮은 여동생을 나에게 떠맡기고 있다.

평소 상담실이 아닌 어디서 뭘 하는지도 도무지 알 수 없지만.

"아무튼 그냥 재미 삼아서 하는 상담을 일일이 진지하게 받아 줄 만큼 여유롭지는 않아. 다른 중요한 상담도 많으니까."

"우리 이로하는 다정하다니까. 그런 점이 마음에 들어."

"흐음."

"반응 좀 해."

일일이 진지하게 받아 줄 만큼 여유롭지 않다고 했지.

"체육 창고의 도깨비불…… 말인가요?"

복도를 걸으며 어색함도 없앨 겸 도깨비불 이야기를 꺼내자 아케가미 린네는 별 관심이 없다는 듯이 되물었다.

방과 후 다른 선생님께 부탁받은 일이 있어서 상담실에 들러 오늘은 조금 늦을 것 같다고 했더니 예상치 못하게 린네가 나를 따라나선 것이다.

상담실에서 사람들과 교류하는 일이 많아져서인지 린네는 요즘 이렇게 종종 상담실 밖으로 나오고 있다. 처음 상담실에 틀어박혔을 때에 비하면 장족의 발전이다. 슬슬 교실 복귀도 가까워지지 않았을까.

무거운 골판지 상자를 든 내 옆에서 린네는 새침한 얼굴로 물었다.

"초등학교도 아닌 고등학교에서 도깨비불 소문이라니. 그런 소문을 퍼뜨리는 사람은 초등학생 때부터 뇌가 발달하지 않은 걸까요?"

"오, 보기 드물게 우리 의견이 일치하네. 너도 이런 종류의 괴담은 안 믿는 타입인가."

"어차피 전 그런 걸 봐도 금방 정체를 알 수 있으니까요."

그렇다. 일본 속담 중에도 '유령인가 하고 보니 마른 참억새'라는 말이 있다. 그 어떤 범인도 정체를 금방 알아차리는 린네에게는 무서울 게 없을 것이다.

"그럼 만약 정체를 알아차리지 못할 경우에는?"

"그럴 리 없어요."

"진짜 유령이면 알아차릴 수도 없잖아."

"……."

린네는 말없이 이 더운 날씨에도 케이프를 걸친 어깨를 살짝 떨었다. 입만 살았다는 게 바로 이런 사람을 뜻하지 않을까.

영화나 게임 등 어차피 인간이 만든 것임을 알면서도 무서운 건 얼마든지 있다. 역시 린네도 의외로 평범한 여자아이 같은 면이 있다니까.

목적지인 음악실 문을 열자 안에서 감미로운 피아노 선율이 들렸다.

부채꼴로 배치된 의자에는 취주악부에서 쓰는 악보와 짐들이 널려 있었다. 다른 부원들은 지금 없는 듯하다. 음악실에는 검정 피아노 앞에 여학생 한 명만 앉아 있었다.

"실례합니다, 마쓰다 선배님."

피아노 선율이 멈추고 여학생이 고개를 들었다.

검은 머리카락에 안경을 낀 얼굴에 화장기가 없다. 얌전해 보이는 인상 그대로 선배는 우리를 보며 부드럽게 미소 지었다.

"이로하, 안녕."

"네, 안녕하세요. 선생님께 부탁받아서 가져왔어요."

"응, 들었어. 고마워. 문 옆에 두고 가 줄래?"

"네."

허리를 숙여 상자를 바닥에 내려놓자 선배가 "어라?" 하고 내 뒤쪽을 봤다.

"저 아이는?"

"아……."

내 뒤에 숨어 있던 린네를 그제야 알아차린 듯했다.

린네는 선배의 시선을 피하듯 옆으로 움직이더니 내 교복 자락을 살짝 잡아당겼다.

"……누구예요?"

잔뜩 긴장한 것처럼 속삭이는 린네. 목소리에 적대감이 가득하지만 린네는 원래 처음 만난 사람에게 대개 이런 식이다.

선배는 의자에서 일어나 입가에 미소를 머금은 채로 다가왔다.

"여자 친구가 있었니? 정말 예쁜 아이잖아."

"아뇨. 맹세코 그건 아닙니다. 정말 아니에요."

"아, 그, 그렇구나……."

린네가 뒤에서 허리를 손날로 퍽 쳤다. 뭐야. 오해를 사기 전에 미리 못을 박아 두는 거라고.

"얘는 아케가미 린네라고 해요. 같은 반 친구이자 상담 교사인 아케가미 후요 선생님의 여동생이죠. 요즘 함께 상담 일을 돕고 있어요."

"후요 선생님의? 그렇구나. 그래서 이렇게 예쁜가 보네."

"린네. 이분은 마쓰다 모코 선배님이야. 취주악부 3학년이고 담당 악기는 피아노. 취주악부 고문 선생님이 이것저것 부탁하셔서 알게 됐는데 정말 상냥하고 좋은 선배님이야. 너도 인사해."

"이로하 말처럼 그렇게 좋은 사람은 아니지만, 아무튼 잘 부탁해. 린네."

차분히 인사를 건네는 마쓰다 선배에게 린네는 경계심을 보이며 고개를 돌렸다.

"어이. ……죄송합니다. 얘가 워낙 낯가림이 심해서."

"그렇구나. 괜찮아. 나도 어떤 심정인지 이해해. 이로하 앞에서만 본모습을 드러내겠지."

"아니에요. 자꾸 그런 식으로 말씀하시면 얘가 화내요."

가볍게 종아리를 걷어차는 린네. 이것 보라니까요.

마쓰다 선배는 우아하게 후훗 하고 웃었다.

"부끄러워하는 거 아니니?"

"그런 거면 조금은 귀엽게…… 아, 아프다니까! 진심을 다해서 걷어차지 마!"

뒤돌아보자 린네는 뾰로통한 얼굴로 고개를 홱 돌렸다. 로퍼의 위력이 어느 정도인지는 알아 두라고.

마쓰다 선배는 상냥하게 미소 지으며 그런 우리를 보다가 잠시 후 내가 바닥에 둔 상자를 열었다.

내용물을 확인하는 것이다. 어떤 동아리건 비품 점검은 원칙상 3학년이 한다. 매일 점검하면서 손상이나 오염 등이 발견되면 빠짐없이 기록해 학생회에 제출해야 한다.

나는 안경을 고쳐 쓰고 텅 빈 음악실을 다시 둘러봤다.

"다른 부원분들은 어디에?"

"지금은 파트 연습 중이라서. 콩쿠르가 얼마 안 남아서 모두 열심히 하고 있어."

그렇다. 피아노는 어차피 한 명이니까. 그러고 보니 왠지 멀리서 악기 소리가 들리는 것 같았다.

잡담을 나누는 우리를 보며 자신은 없어도 되겠다고 판단했는지 린네는 음악실 안을 이리저리 돌아다니며 구경하기 시작했다.

아무렇지 않게 악보를 들여다보거나 피아노 건반을 톡톡 두드린다. 제발 부탁이니까 이상한 짓은 하지 말아 줘.

그 모습을 마쓰다 선배가 힐끗거리며 입을 열었다.

"……조금 특이한 아이네."

"조금이 아니에요."

나는 팔짱을 끼고 한숨을 푹 내쉬었다.

"분위기를 못 읽고 자기중심적인 데다 걸핏하면 음식도 남기죠. 후요 선생님이 부탁하시지만 않았어도 같이 다닐 일은 없었을 걸요."

"흐음. 어린애 같네."

"맞아요. 어린애죠."

흥미로운 듯 피아노 안쪽을 보는 린네를 보며 말했다.

"남의 말을 듣지 않으니 사회의 기본 에티켓 같은 것도 모르는 것 같아요. 그런데 어쩌면 그러니까 주변에 휘둘리지 않고 자신이 옳다고 생각하는 걸 고수할 수도 있는 거 아닐까요? 고등학생이 되면 누구나 잃어버리는 걸 쟤는 아직 가지고 있는지도."

"……."

"아."

마쓰다 선배가 조금 놀란 것처럼 나를 올려다봐서 얼굴을 찌푸렸다. 아차, 말이 너무 많았다…….

마쓰다 선배는 장난스럽게 미소 지었다.

"좋아하니?"

"……아니라고 말씀드렸잖아요."

그것만은 아니다. 진심이다.

나는 한시라도 빨리 균형을 잡아야겠다는 생각에 굳이 린네를 깎아내릴 말을 찾았다.

"언뜻 괴짜처럼 보이지만 의외로 평범한 면도 있어요. 아까도 체육 창고 소문을 들려줬더니 겁먹더라고요."

"체육 창고? 그 가미카쿠시[2] 이야기?"

"네? 가미카쿠시요?"

화제가 바뀌어서 내심 안도하면서도 아는 것과 다른 단어가 나와서 마음에 걸렸다.

"제가 듣기로는 도깨비불이 출몰한다던데요."

"아, 그거 말이구나. 하교 시간에 사람 없는 체육 창고에 도깨비불이 출몰한다는 그 소문 말이지?"

"네, 맞아요. 사실 상담실에도 그 일 때문에 상담이 몇 건 들어오기도 했는데……. 그런데 가미카쿠시는 또 뭔가요?"

"음…… 그게 말이지. 아마 그 도깨비불 이야기의 원조일지도 몰라. 이제 우리 학년만 알고 있을 테니까."

"3학년만 아는 이야기?"

마쓰다 선배는 "응" 하고 고개를 끄덕이고 이야기를 시작했다.

2 사람이 갑자기 사라지는 현상을 뜻하는 일본의 관용구. 주로 어린아이의 행방불명 및 실종을 신(神)적인 존재가 아이를 숨겼다고 생각한 것에서 나온 말.

"2년 전, 그러니까 내가 1학년 때 그런 사건, 이라고 해야 하나? 아무튼 그런 일이 있었어. 어떤 남학생이 체육 창고에 갇혔는데 다음 날 아침이 되니 흔적도 없이 사라진 일이."

"그게 가미카쿠시라는 말인가요? 그냥 탈출한 것 아니에요?"

"그럴 수 없었대. 문은 밖에서 잠겨 있었고 창문에는 창살이 달려 있어서……. 열쇠는 그날 하루 종일 다른 사람이 가지고 있었다고 하고."

"흐음…… 그래서 가미카쿠시인가요."

꼭 추리 드라마에 나오는 밀실 살인 사건 같다.

"그나저나 선배님도 잘 아시네요. 그런 소문 같은 것과는 담쌓고 지내실 줄 알았는데."

"그야 뭐…… 사실 그때 사라진 아이가 같은 반 친구였거든."

"네?"

선배는 온화하게 미소 지었다.

"미쓰미네라는 남자아이였는데, 당시 같은 반 여자애들한테 집단 괴롭힘을 당하고 있었어……. 그리고 사건 이후로는 학교에 다시 오지 않고 그대로 전학을 갔고."

"왕따를 당한 건가요? 그런 일이 현실에서 잦나 보네요……."

나는 칠판 구석에서 분필로 낙서 중인 린네를 보며 혼잣말을 했다. 린네가 교실에 오지 않게 된 건 왕따가 아닌 나 때문인 것 같지만.

"그럼 그분이 전학을 가서 학교에서 사라진 게 가미카쿠시였다?"

"원래 소문은 계속 꼬리에 꼬리를 무는 법이잖아. 창고에 갇힌 게 결정적 계기가 된 것만은 확실해."

"그것도 역시 유령인가 하고 보니 마른 참억새였던 건가요. ……안타까운 이야기긴 하네요."

"응. 머리도 좋아서 성적도 학년 최상위권인 아이였는데."

"괴롭힌 사람들은 어떻게 됐나요?"

"걔가 전학 간 뒤로도 아무렇지 않게 학교에 다니고 있어. 문득 기억나네. 그룹이 리더였던 아이가 남자 친구한테 차였다며 우울해하던 게."

"자기 때문에 다른 사람이 전학을 갔는데 고작 그런 걸로 우울해한다고요? 어처구니가 없네요."

"뭐 그렇지. 길었던 머리까지 갑자기 짧게 자르고 와서…… '실연하면 머리를 자른다는 게 정말이구나' 하고 속으로 생각했던 게 기억나. 그런데 그 이후로는 그런 짓에서 손을 떼고 요즘은 육상부에서 열심히 하고 있다고 들었어. 작년에는 인터하이[3]까지 갔다더라."

코가미네처럼 반성한 게 아니라 동아리 활동에 전념하느라 잊어버린 게 아닐까.

3 정식 명칭은 전국 고등학교 종합 체육대회로, 일본에서 매년 여름쯤 개최되는 고교 체육대회를 뜻한다.

하지만 이 역시 흔한 이야기다. 괴롭힘을 당하는 사람만 인생을 망치고, 괴롭힌 사람은 그저 한때의 불장난 정도로만 생각하는 것이다.

"안타깝네요. 적어도 사람의 인격과 능력이 비례하면 좋을 텐데."

거짓이 아닌 진심이었다. 이 세상은 정말이지 균형이 맞지 않는다.

비품 점검이 끝나서 콩쿠르 연습에 방해되지 않게 슬슬 돌아가기로 했다.

린네를 불러서 함께 음악실 문을 나섰다.

"이로하."

발걸음을 떼기 전 마쓰다 선배가 날 다시 불러 세웠다. "네?" 하고 돌아보니 선배 손에는 스마트폰이 들려 있었다.

"LINE 아이디 알려 줄래? 아직 교환 안 했지?"

나는 고개를 갸웃거렸고 린네는 눈살을 찌푸렸다.

"네. 상관없기는 한데…… 갑자기 왜?"

"상담실 일을 돕는다고 했잖아. 사실 내가 워낙 소심하잖니. 미리 약속하지 않고 찾아갈 용기가 없어서……."

"아, 그렇군요. 혹시 뭐 상담하고 싶은 일이라도 있는 건가요?"

"앞으로 생길지도? 보다시피 성격이 이 모양이니까."

마쓰다 선배는 힘없이 웃어 보였다. 스스로 말하는 것만큼 약한 사람은 아닌 것 같지만.

"네, 알겠어요. 선배님 상담은 언제든 들어드릴게요."

"고마워. 그럼 잠깐 스마트폰 빌려줄래?"

나는 가방에서 스마트폰을 꺼내 선배에게 건넸다. 선배는 자기 폰과 내 폰을 양손에 들고 화면을 툭툭 두드렸다. 적외선 기능으로 교환하면 될 텐데. 평소에 ID 교환 같은 것에 익숙하지 않은 듯했다.

"응. 다 됐어."

선배는 나에게 스마트폰 화면을 보여 주며 ID가 제대로 등록됐는지 확인시켰다.

선배의 ID는 'Matunder'였다. 매튼더?

중복을 피할 목적인지 뒤에는 생일 같은 숫자가 붙어 있다. 아무래도 이름의 배열을 조금 바꿔서 만든 듯하다. 뭔가 슈퍼 로봇 이름 같은데. 의외로 재미있는 ID 때문에 피식 웃음을 터뜨리자 선배는 쑥스러운 것처럼 고개를 돌렸다.

선배는 화면을 끄고 내게 다시 스마트폰을 돌려주며 린네를 봤다.

"괜찮다면 린네도……."

"아, 죄송합니다. 얘는 스마트폰이 없어서요."

"아, 그렇구나……. 요즘 같은 시대에 대단하네."

린네는 고개를 홱 돌리고 혼자 뚜벅뚜벅 걷기 시작했다. 무뚝뚝한 것으로 모자라 낯가림도 도가 지나치다.

"죄송합니다, 선배님. 아무튼 저희는 이만."

"그래. 다음에 또 봐."

린네를 따라 복도를 걸었다. 잠시 후 다시 피아노 선율이 나직이 들렸다.

계단을 내려가 피아노 소리가 들리지 않게 됐을 때 옆에서 걷는 린네가 날 곁눈질하며 조용히 입을 열었다.

"저런 타입을 좋아하세요?"

"응? 뭐?"

"……아무것도 아니에요. 별말 안 했어요."

린네는 발걸음 속도를 높여 종종걸음으로 계단을 내려갔다.

그 후 여느 때처럼 더디게 진행되는 린네의 직소 퍼즐을 가끔씩 구경하며 공부하고 있을 때 상담실에 손님이 찾아왔다.

"여기서 상담할 수 있다고 들었는데……."

부루퉁한 얼굴로 상담실에 들어온 사람은 체육복 차림의 여학생이었다. 햇볕에 그을린 피부, 짧게 자른 머리, 근육이 붙은 긴 다리. 반면 손에는 굳은살이 없는 것을 보니 육상부 부원인 것을 알 수 있었다.

가나미야 사야. 3학년 1반, 육상부 소속.

첫인상은 그야말로 육상부 스포츠 소녀 같은 느낌이다. 그러나 체육부 특유의 쾌활한 면모는 없이 그녀는 소파를 권하는 나에게 인사 한마디 하지 않고 소파에 털썩 앉았다.

그러고는 아무렇지 않게 상담실을 둘러보며 말했다.

"여기는 차 같은 거 안 갖다줘? 연습도 빼먹고 왔는데."

가나미야 선배는 햇볕에 그을린 탄탄한 허벅지를 천천히 포개더니 가슴 쪽도 신경 쓰지 않고 체육복을 잡아당기며 땀을 식혔다.

'목마르니 빨리 시작해 줘'라는 느낌이다. 마쓰다 선배와 정반대로 다른 사람을 부리는 데 익숙한 느낌이었다.

"커피는 있는데요."

"좋아. 얼음 넣어 줘."

태도만 보면 그다지 심각한 고민이 있어서 상담하러 온 것 같지도 않았다.

나는 커피 서버 쪽으로 향했다.

그때 가나미야 선배의 정수리 부분, 즉 머리카락 뿌리 부분에 밝은 갈색 머리카락이 살짝 보이는 걸 발견했다. 금발로 염색한 사람이 뿌리 부분만 까만 것과 정반대다.

혹시 타고 난 머리색이 밝은 편인데 담임 또는 동아리 고문 선생님의 지시로 검게 염색한 걸까. 그건 그것대로 힘들어 보였다.

커피를 머그잔에 따르고 있을 때 칸막이 너머에 숨어 있는 린네가 얼굴을 찌푸리며 내게 눈짓했다. 짐작건대 '마음에 들지 않으니 빨리 내쫓아라'라는 뜻일 것이다.

하지만 주인 없는 상담실을 지키는 사람으로서 손님을 함부로 대할 수는 없는 노릇이다.

또 예의가 없는 걸로 따지면 린네도 별반 다르지 않다.

가나미야 선배는 내가 내민 아이스커피를 받자마자 한 모금 마시더니 "윽" 하고 얼굴을 찡그렸다. 나는 선배 앞에 시럽을 내려놓고 맞은편 소파에 앉았다.

"그래서, 오늘 무슨 일로 오신 건가요? 저에게 털어놓지 못할 고민이라면 후요 선생님을 불러드릴게요."

"안 돼."

가나미야 선배는 딱 잘라 말하더니 시럽 뚜껑을 열었다.

"너로 충분해. 아니, 너여야 해."

"그렇군요. 그럼 이야기를……."

프로인 후요 선생님 앞에서는 말할 수 없고 아마추어인 나에게만 할 수 있는 상담……?

가나미야 선배는 시럽을 뿌린 커피를 천천히 휘저으며 왠지 겸연쩍은 듯이 눈을 돌렸다.

"그…… 체육 창고 소문 알고 있어?"

"도깨비불인가 가미카쿠시 하는 그 이야기 말인가요?"

"그래. 그거! 그 도깨비불의 정체를 네가 밝혀 줬으면 좋겠어!"

또다. 도깨비불이 그렇게 자주 목격되는 걸까. 생각해 보니 상담하러 온 이들도 운동부, 즉 체육 창고를 이용하는 빈도가 높은 사람이 많은 것 같다. 하지만 육상부 3학년이면 곧 은퇴를 앞두고 있을 것이다. 그런 시시한 괴담에 신경 쓸 겨를이 없을 것 같은데.

육상부, 3학년?

게다가 이 거침없는 태도. 그런 조건과 내가 받은 느낌을 더하자 머릿속을 스치는 가능성이 하나 있었다.

"죄송합니다, 선배. 만약 제가 틀렸다면 용서해 주셨으면 하는데."

"응?"

"혹시 2년 전 그 체육 창고에 남학생을 가뒀다는 분이 선배님이신가요?"

가나미야 선배는 커피가 담긴 머그잔을 손에 든 채로 얼어붙은 듯이 굳었다.

"응? 어, 어떻게……? ……누구한테 들었어?"

"역시 그렇군요."

"아, 이런."

선배는 손으로 입을 가리고 시선을 피했다. 아무래도 거짓말을 잘 못하는 타입 같다.

잠시 후 선배는 나를 곁눈질하며 다시 입을 열었다.

"뭐야? 그래서 뭐? 고자질하려고? 이미 오래전 일이잖아."

"아, 저희에게는 비밀 유지 의무가 있어서 이곳에서 들은 이야기는 절대 외부에 유출하지 않아요."

"……아, 그렇구나. 그럼 다행이지만……."

가나미야 선배는 짧은 머리카락 끝부분을 만지작거리며 한숨을 휴우 내쉬었다.

"그럼 말이 나온 김에 하자면, 솔직히 지금…… 좀 무서워."

"그 도깨비불이?"

"그럴 만하잖아. 그 창고에 그 녀석의…… 뭐랄까, 원한? 같은 게 깃들었다면 그건 분명 날 향할 테니까. 사실 일주일 전인가…… 동아리 활동을 마치고 집에 가려는데 창고 안에서 희미하게 빛나는 뭔가가 보였어. 그 이후에도 계속 신경이 쓰였고. 장소와 시간도 똑같아. 난 3학년이라 동아리 활동을 마치고 창고에 비품을 점검하러 자주 들어가는데 그때마다 걔가 생각나서……. 곧 마지막 대회를 앞두고 있는데 연습도 잘 안 되고……."

역시 3년간 노력해 온 동아리 활동의 은퇴가 다가오면 누구든 예민해지는 걸까. 마쓰다 선배에게 들은 이야기나 상담실에 처음 들어올 때 모습을 통해 겁 없는 사람 같다는 인상을 받았지만, 지금 눈앞에 있는 가나미야 선배는 정말로 겁먹은 것처럼 보였다.

아니면 1학년 때 사건은 정말 한때의 방황이었고 동아리 활동에 집중하는 동안 사람이 둥글둥글해진 걸까.

어쨌든 나는 대리 상담인으로서 상담자의 편에 서야 한다.

"그렇게 신경 쓸 것도 없지 않나요? 듣자 하니 그분은 전학을 갔을 뿐이라던데요. 돌아가시거나 한 것도 아닌데 도깨비불이 될 리는."

"죽은 게 아니다……. 그래, 그렇지……."

가나미야 선배는 내 말을 앵무새처럼 되뇌었다.

"어쨌든 조사해 줘! 어차피 내 착각이겠지만!"

선배는 마시던 커피를 그대로 탁 내려놓고 자리에서 벌떡 일어났다.

내가 말문이 막혀 있는 동안 선배가 문에 손을 얹었다.

"……후, 후요 선생님께는 비밀이야! 말하면 죽일 거야!"

일방적으로 거친 말을 내뱉고 가나미야 선배는 상담실을 떠났다.

내가 말없이 닫힌 문을 보고 있자 칸막이 뒤에서 린네가 얼굴을 불쑥 내밀었다.

"사안을 교묘하게 은폐하고 있네요."

비아냥거림 가득한 린네의 말에 나도 모르게 입가가 내려갔다.

"……아, 벌써 시간이 이렇게 됐나."

하교를 재촉하는 방송이 나와서 나는 상담실 시계를 올려다봤다. 완전 하교 15분 전이다. 어느새 교정에 울려 퍼지던 육상부의 구령 소리도 사라졌다. 가나미야 선배도 집에 돌아갔을까.

"린네. 넌 안 가?"

"……으으……!"

칸막이 너머를 보니 린네는 직소 퍼즐을 뚫어져라 보며 눈썹을 치켜세우고 있었다. 오늘도 별로 진도를 못 나간 듯하다. 이렇게 퍼즐을 못 하는 사람도 드물지 않을까.

무심코 창밖을 보니 육상부원들이 철수 작업을 하고 있었다. 높이뛰기용 매트처럼 보이는 두툼한 매트를 체육 창고로 끌고 가는 모습이 보였다.

나는 괴로운 듯 끙끙거리는 린네에게 시선을 돌렸다.

"난 이만 갈게. 내일 봐."

"……저도 갈 거예요."

린네도 아쉬운 것처럼 미완성 직소 퍼즐에 시트를 덮고 일어섰다.

린네는 나와 함께 갈 때도, 후요 선생님과 함께 갈 때도, 혼자 갈 때도 있다.

공통점은 교내에서 인적이 사라지는 시간까지 상담실을 떠나지 않는다는 것이다. 사실 린네는 외모만으로도 사람들의 시선을 끈다. 그게 싫은 걸까.

지금은 여름이 가까워져서 하교 시간에도 아직 바깥이 환하지만 해가 짧아지는 겨울이 되면 어떡하려는 걸까. 내가 매일같이 동행해야 할까. 그때쯤이면 교실에 복귀하면 좋을 텐데.

준비를 마치고 상담실을 나선 우리는 노을에 물든 복도를 함께 걸었다. 사람 없는 세상에서 린네의 로퍼 소리만 드높게 울려 퍼졌다.

"하교 시간 학교라는 공간에는 특유의 분위기가 있어. 꼭 일상과 비일상이 섞인 듯한 느낌이라고 할까……."

"뭐죠? 갑자기 시에 눈이라도 뜨신 거예요? 재능은 없어 보이는데."

"아니. 그냥 도깨비불 한두 개 정도는 나타나도 이상하지 않을 분위기라는 뜻이야."

린네는 어깨를 살짝 움찔거리며 은근슬쩍 나와 거리를 좁혔다.

"……이상한 소리 하지 마세요. 그런 건 그냥 인간의 감상에 불과해요."

"그럼 그 어중간하게 올린 손은 뭐지? 하핫. 이런, 이런. 설마 손을 잡아 달라는 건 아니겠지? 나한테? 네가?"

"그럴 리 없잖아요. 자꾸 기분 나쁜 농담 하지 마세요."

"그럼 상관없지만."

"아! 잠깐만요! 걷는 속도가 너무 빠르……!"

린네와 떨어진 나는 활짝 열린 현관 너머에 있는 학교 운동장을 바라봤다. 운동부원들도 이미 돌아갔는지 인기척이 없다. 자연히 체육 창고가 눈에 들어왔지만 특별한 이상은 없었다.

"……응?"

문득 발걸음을 멈췄다.

"와앗!"

"엇."

그때 린네가 기세 좋게 나에게 부딪히는 바람에 하마터면 앞으로 고꾸라질 뻔했다.

나는 재빨리 손을 뻗어 린네의 어깨를 받쳐 줬다.

"뭐야, 위험하게. 복도에서는 뛰지 말라고 초등학교에서 배우지 않았어? 아니면 초등학교 때도 무단결석했나?"

"당신이 갑자기 멈추니까 그렇죠! 그렇게 하나하나 비꼬지 않고는 말을 할 수 없나요? 그냥 솔직하게 걱정해 주세요!"

"거절할게."

솔직하게 '괜찮아? 어디 다친 데 없어?'라고 물으면 정작 본인이 더 싫어할 거면서. 여하튼 배려란 걸 모르는 녀석이다.

불평할 기운이 있는 걸 보니 괜찮을 거라 안심하며 나는 다시 학교 운동장으로 시선을 향했다. 아니, 정확히 말하면 운동장이 아니라.

"지금 어딜 보시는 거예요?"

"체육 창고. ……역시 맞아. 잘못 본 게 아니야."

"네?"

"저것 봐. 시력은 괜찮은 편이지?"

린네는 내 눈길을 따라 학교 운동장 구석에 있는 체육 창고를 봤다.

그때.

입구에 있는 작은 유리창으로.

어렴풋한 빛이 스쳐 지나갔다.

"히얏!"

린네가 나직이 비명을 지르며 내 어깨에 매달렸다.

목덜미를 간지럽히는 머리카락과 팔에 닿는 부드러운 감촉에 정신을 빼앗기지 않게 노력하며 나는 체육 창고 안을 반복적으로 가로지르는 빛에 시선을 못 박았다.

"바로 저건가. 그 소문의 도깨비불이."

"도, 도, 도깨비, 불……!"

"진정해. 그냥 빛나고 있을 뿐이잖아. 뭘 하는 것도 아니고."

"지, 진정하고 있어요! 제가 진정 못 할 일 같은 건 없어요……!"

같은 반 친구에게 주먹을 휘두르고 학교에 무단결석하는 사람이 할 발언으로는 들리지 않지만 지금은 일단 독설을 삼갔다.

나는 케이프 위에서 린네의 등을 받친 채 말했다.

"가자. 좋은 기회야. 정체를 파악해야겠어."

"싫어요!"

"그럼 나 혼자."

"싫어요!"

"뭐야, 어쩌라고. 그렇게 무서우면 가도 된다는 소리야."

"제, 제가…… 혼자 남았을 때 도깨비불이…… 수, 순간 이동이라도 하면 어떡해요……!"

이 무슨 바보 같은 소리를.

그렇게 한마디 해 주고 싶었지만 무의식중에 논리적인 추리를 쌓아 가면서 사는 린네에게는 그런 설명할 수 없는 현상이야말로 본능적으로 두려운 것일지도 모른다는 생각이 들었다.

어쩔 수 없다. 이것도 업무 범위일까.

"계속 겁먹고 있어 봐야 한도 끝도 없어. 도깨비불 같은 건 존재하지 않는다는 걸 두 눈으로 직접 확인하고 안심하고 싶지 않아?"

"하, 하지만 진짜면 어떡해요!"

"그때는 내가 방패가 돼 줄게."

"네?"

눈을 깜빡이는 린네에게 나는 선언했다.

"그럼 안심할 수 있지? 어때?"

"우…… 으……."

마치 어린아이를 돌보는 기분이다. 여동생이 있다면 이런 느낌일까.

린네는 허공을 이리저리 살피다가 내 눈을 힐끗하더니 또다시 내 교복 옷깃을 꾹 쥐었다.

"아…… 안 되겠어요."

"뭐야? 왜?"

"……당신에게 저주가 내려오기라도 하면 ……꿈자리가 사나워질 것 같아서."

고개를 푹 숙이고 중얼거리는 린네의 말에 나는 조금 놀랐다가 잠시 후 쓴웃음을 지었다.

"그때는 공짜 제사를 지내 줘. 신관의 딸이잖아."

"신관에게 그런 능력은 없어요."

"가업을 전면 부정하지는 마……."

어쨌든 린네를 설득하는 데 성공했다.

체육 창고의 도깨비불 소문도 오늘로써 끝이다.

창고 문은 잠겨 있지 않았다.

손잡이에 손가락을 넣고 힘을 주니 문이 살짝 열렸다. 그 와중에도 문에 달린 작은 간유리창으로 빛이 계속 스쳐 지나갔다. 정말 도깨비불이라면 경계심이 없다고 해야 할 것이다.

"연다."

"네……."

린네는 내 등 뒤에 숨어서 힘없이 말했다. 그렇게 허세를 부릴 때는 언제고 이럴 때는 다른 여자애들이랑 똑같다니까.

나는 굳이 뜸 들일 필요 없이 팔에 힘을 주어 단숨에 문을 열었다.

"……."

눈앞에 드러난 창고 안 풍경을 보고 나는 숨을 죽였다.

"무…… 무슨 일이에요? 괜찮아요……?"

평소 같으면 상상도 할 수 없을 만큼 조심스럽게 물으며 린네도 겁에 질린 듯 체육 창고 안을 들여다봤다.

그곳에 펼쳐진 것은.

천장에서 손전등 한 개가 줄넘기용 고무줄에 대롱대롱 매달린 풍경이었다.

"응……?"

"하아. 역시 별거 아니네."

등에 찰싹 달라붙은 린네와 창고에 들어가서 나는 흔들리는 손전등을 붙들었다.

"이게 바로 도깨비불의 정체였나. 역시 시시한 장난이었군."

엉킨 줄 사이에 매달린 손전등을 보자마자 린네는 재빨리 내 등 뒤에서 떨어졌다.

"뭐, 예상대로였네요."

"그렇게 겁먹었으면서 예상은 무슨 놈의 예상."

"처음부터 알고 있었어요. 네. 자명한 이치죠."

정말로 지는 걸 싫어하는 아이다. 다음에 기회가 되면 공포 영화라도 한 편 보여 줄까.

그건 그렇고, 장난치고는 자못 정교한 느낌도 없지 않다.

동아리 활동이 끝나면 반드시 비품을 점검한다. 조금 전에도 상담실 창문으로 육상부 3학년 학생이 창고에 들어가는 모습이 보였다. 점검을 마치고 문에 자물쇠를 채운 후 열쇠를 다시 교무실에 반납했을 테니 범인은 이후 다시 열쇠를 훔쳐서 이런 장난을 친 것이다. 학교에 사람도 거의 없는 이런 시간에 대체 뭘 위해.

그때였다.

덜컹!

요란한 소리가 내 등을 때렸다.

"아앗!", "어?"

큰 소리에 린네뿐만 아니라 나도 깜짝 놀라 어깨를 들썩였다.

"뭐야?" 하고 돌아보니 조금 전에 내가 열었던 창고 문이 닫혀 있었다.

그것뿐이면 다행일 것이다.

바람 때문에 닫혔을 수도 있으니까.

하지만 뒤이어…….

찰칵하고 누군가가 자물쇠를 채우는 소리가 들렸다.

그리고 탁탁탁 하고 뛰어가는 소리까지 들린 마당이니 이제는 이야기가 달라진다.

갇혔다.

느닷없는 상황을 나는 잠시 이해할 수 없었다.

몇 초 동안 멍하니 서 있다가 간신히 몸을 움직였다.

"어이!"

발소리가 들리는 쪽을 향해 소리치며 문으로 달려들었다.

열리지 않는다.

완전히 잠겨 버렸다.

"제기랄! 야! 열어!"

문 너머를 향해 소리쳤지만 당연히 대답은 없다. 이제는 발소리도 들리지 않았다.

이게 뭐야. 무슨 짓을 하려는 거지? 누구야?

"……어?"

뒤늦게 린네가 입을 열었다.

"지금 우리…… 갇힌 건가요……?"

"그래. 대체 누가 이런 짓을. 도깨비불을 만든 범인인가? 초등학생이냐!"

"……짜증은 내지 마세요……. 어차피 당사자도 사라졌는데

화내도 소용없잖아요. 스마트폰으로 얼른 도움을 요청하세요."

"그렇군. 그래. 후요 선생님이라면 아직 남아 계시겠지?"

나는 숨을 내쉬고 침착하게 가방에서 스마트폰을 꺼냈다.

누군지 몰라도 정말 쓸데없는 짓을 했다. 휴대폰이 없던 시절이면 모를까 누구나 스마트폰을 들고 다니는 요즘 같은 시대에 이런 짓을 해 봐야 도움을 요청하면 끝인데.

"……어라?"

스마트폰 전원 버튼을 누르고서 나는 고개를 갸웃거렸다.

"무슨 일이에요?"

"……안 켜져."

아무리 버튼을 눌러도 화면이 켜지지 않았다.

전원이 꺼진 건가 싶어 이번에는 전원 버튼을 길게 눌렀다.

그러자 '0%'라는 표시가 뜨고 이내 다시 검은 화면으로 돌아갔다.

"……배터리가 방전된 것 같아……."

"네?"

린네는 의아한 얼굴로 이맛살을 찌푸렸다.

"충전 안 했어요?"

"아침에는 백 퍼센트였을 텐데……. 중1 때부터 써서 그런지 배터리가 빨리 닳는 것 같아."

"상담실에도 콘센트가 있잖아요."

"학교 전기를 사적으로 쓰라고? 요즘 애들은 아무렇지 않게 고실에 있는 콘센트로 휴대폰을 충전하는데, 난 그런 거 싫어."

더군다나 콘센트 근처 바닥에 스마트폰을 방치해 두는 것도 말도 안 되는 일이다. 스마트폰은 그야말로 개인정보 덩어리인데.

"정말 지나치게 성실하시네요……."

"그럼 안 돼?"

"지금은 그래서 탈출 수단도 막혀 버렸으니까요."

"……."

정곡을 찌르는 말이라 반박할 수 없었다.

애초에 네가 여고생답게 스마트폰을 들고 다니면 되잖아. 그런 말이 목구멍까지 차올랐지만 참았다. 기계치에게는 지나친 기대다. 또 린네라면 왠지 스마트폰 게임 같은 것에 빠져 돈을 탕진할 것 같은 느낌도 들었다.

나는 손에 든 손전등을 내려다봤다.

혹시 이것이 미끼였을까. 우리는 물고기처럼 낚이고 만 걸까.

"대체 누가 이런 짓을……."

그렇게 중얼거리는 내 머릿속에는 사실 용의자의 얼굴이 이미 떠올라 있었다.

가나미야 사야 선배.

체육 창고를 조사해 달라고 나에게 부탁한 장본인. 그 선배가 범인 아닐까. 설마 우리를 먹잇감 삼아 2년 전 사건을 되풀이라도 하려고?

"그 내숭쟁이 선배 짓이에요."

뭐?

린네가 느닷없이 내뱉은 말에 순식간에 머릿속이 물음표로 가득 찼다.

"방금 뭐라고 했어?"

"내숭쟁이 선배요. **자명한 이치**죠. 범인은 그분이에요."

"아니, 그러니까 그게 누군데?"

"둔감하시네요……. 음악실에서 만났던 그 안경 쓴 선배 말이에요."

나는 잠시 침묵을 지켰다.

"……마쓰다 선배의 어디가 내숭쟁이라는 거야?"

"……."

린네는 묵묵부답이었다.

두꺼운 철문 너머에서 하교를 알리는 종소리가 들렸다.

원래 얼마 없었던 인기척이 더 줄었다. 이제는 학생들뿐 아니라 선생님들도 슬슬 귀가할 시간이다. 스마트폰을 쓸 수 없는 지금 그렇게 되면 도움을 청하기 더 어려워질 것이다.

린네는 어째서 마쓰다 선배가 범인이라는 걸까.

그게 맞다고 해도 선배는 왜 우리를 이곳에 가둔 걸까.

수수께끼투성이지만 어쨌든 지금은 탈출이 우선이다. 최악의 경우 내일이 되면 누군가 알아차리겠지만 이대로 린네와 아침까지 둘만 있는 건 끔찍했다.

"……하아. 안 되나……."

한참을 문을 두드리며 도움을 요청해도 응답이 없었다. 이대로 가다가 소중한 체력만 소진될 것이다. 나는 마음을 바꿔 일단 높이뛰기용 두툼한 매트에 앉았다.

매트에는 린네도 이미 앉아 있었다. 손수건을 엉덩이 밑에 깔고 예의 바르게 무릎을 맞붙인 채 앉아 있다. 물론 내가 고군분투하는 동안에는 한 발짝도 움직이지 않았다.

"정말 조금도 협력할 마음이 없어 보이네. 이대로 가다가 여기서 하룻밤을 보내게 될 수도 있는데."

"그렇겠네요. 정말 곤란해요. 배도 고프고요."

"배가…… 지금 그게 문제야?"

"가장 큰 문제 아닐까요?"

아니, 그보다 여자라면 마땅히 품어야 할 경계심이.

그 말을 입에 담으면 스스로 무덤을 파는 격이니 어떻게든 집어삼켰다. 샴푸인지 뭔지 모를 달콤한 향기를 멀리하며 나는 대책을 세웠다.

"어쨌든 탈출 방법을 궁리해 보자."

"그런 게 있나요?"

"그 가미카쿠시 소문이 사실이라면."

나는 가방을 뒤져서 추리 노트를 꺼냈다. 린네의 추리를 정리할 때 쓰는 노트다.

"그 소문이 사실이라면 2년 전 이곳에 있었다는 남학생이 스스로 탈출했다는 말이잖아. 즉, 어떤 방법이 존재한다는 뜻이지."

"섣부른 판단이네요. 밀실 상태였던 창고에서 사라지는 순간을 목격한 것도 아닌데."

"그래도 지금으로서는 매달릴 게 그뿐이니 어쩔 수 없어. 아무것도 하지 않는 것보다는 나아."

나는 빈 페이지를 펼쳐 놓고 노트를 나와 린네 사이에 두었다.

"정보라고 할 만한 게 거의 없으니 일단 생각나는 모든 방법을 적어 보자. 우선 브레스토부터."

"브레스토? 그게 뭐죠? 팔찌인가요?"

"그건 브레스렛. 브레인스토밍 말이야, 브레인스토밍. 일단 떠오르는 발상들을 항목별로 정리하는 거지. 아무리 가능성이 없어 보여도 상관없어. 그리고 '그럴 리 없다' 같은 부정하는 말은 금물이야. 검증은 나중에 한꺼번에 할 거니까."

"처음부터 그렇게 말씀해 주셨으면 좋을 텐데……."

네 글자로 전달된다면 그게 더 편하잖아.

나는 필통에서 샤프를 꺼내 똑딱이며 심을 뽑았다.

"우선…… 그래, '누군가에게 도움을 요청한다'."

"그건 조금 전까지 했는데 안 됐잖아요."

"부정하지 말라고 했지. 도움을 요청하는 것에도 여러 방법이 있어. 어떻게든 스마트폰 충전을 한다든가."

"충전을 어떻게 해요?"

"또 부정한다."

"알겠어요. 그럼 이런 건 어떨까요? 손거울로 태양 빛을 반사해 모스 부호를 보내는 거죠. 통신 수단으로 꼭 전파를 써야 하는 건 아니잖아요."

나는 노트에서 고개를 들어 린네의 얼굴을 봤다.

"……엉뚱한 발상만큼은 최고급이네."

"아무리 가능성이 없어 보여도 상관없다고 했잖아요."

"그걸 떠나 손거울 같은 걸 가지고 다니나? 우리 반 여자애들은 다들 거울 대신 스마트폰 카메라를 쓰는 것 같던데."

린네는 가방을 뒤져서 손거울을 꺼냈다. 그러고 보니 린네에게는 스마트폰이 없다.

나는 노트에 '스마트폰 충전'에 이어 '모스 부호'라고 메모했다. 이는 빛뿐만 아니라 소리로 대체할 수도 있다. 문제는 나는 물론이고 아마 린네, 그리고 이웃 주민들도 대부분 모스 부호를 해독할 수 없을 거라는 점이다.

"외부에 도움을 요청하는 것 말고 다른 방법은 없을까?"

"자력 탈출 말인가요? 이 안에서 자물쇠를 여는 건……."

"여는 건 힘들어도 부술 수는 있을지도. 조금이기는 해도 틈이 벌어지거든. 그곳에 톱 같은 걸 끼워 넣고 걸쇠를 자르면……."

"톱 말인가요……."

린네는 석연치 않은 얼굴로 창고 안을 둘러봤다. 나도 알아.

체육 창고에 톱 같은 게 있을 리 없다는 거.

그래도 일단 노트에 '자물쇠 파괴'를 추가했다.

"문보다는 창문 쪽이 더 가능성이 있어 보이네요."

린네는 입구 반대편에 있는 창문을 올려다봤다.

내 어깨가 간신히 통과할 정도 크기의, 아마 채광과 환기를 위한 창문일 것이다. 창이 위로 열리는 타입인데 바깥에 철창이 있어 드나들 수는 없다.

"저 철창은 아마 볼트 같은 것으로 고정돼 있지 않을까요? 그걸 떼어내거나 충격을 줘서 세게 잡아당기면 빠질 것도 같아요. 딱 봐도 많이 낡은 것 같고."

"흐음……. 생각보다 괜찮은 아이디어네."

"실례되는 말이네요. 전 항상 괜찮은 제안만 해요."

"지금까지 네가 했던 발언을 녹음해 둘걸 그랬어."

철창을 떼어낸다. 사실상 지금으로서는 가장 현실적인 아이디어다. 볼트를 풀 도구가 창고에 있을 것 같지는 않지만 충격만 가한다면 얼마든 있다. 나는 노트에 '창문 철창을 떼어낸다'를 추가했다.

"그런데 조금 전부터 저만 아이디어를 내고 있지 않나요? 이런 건 원래 당신 담당 아니에요?"

"그런 걸 담당한 기억은 없어. 설마 나를 네 뒤치다꺼리나 하는 집사로 생각하는 건 아니겠지?"

"집사라니, 우아한 표현이네요. 당신은 집사가 아니라 제가 부탁하지도 않았는데 늘 저를 졸졸 따라다니며 잔소리만 늘어놓는 시어머니예요."

"시어머니라니……."

반 아이들이 부르는 '엄마'보다 더 심한 말을 들을 줄이야.

"그래서, 뭐 아이디어 없어요? 시어머니께서 생산성이 없네요. 남이 하는 일에 불평만 늘어놓고."

"시어머니 같은 사람은 아직 만나지도 못했지만. ……제길. 잠깐만 기다려. 생각해 볼게."

문과 창문은 검토했다. 다른 탈출 방법이 없을까.

나는 노트 메모를 보면서 고개를 갸웃거렸다.

"……어딘가에……."

"어딘가에?"

"비밀 탈출구가 있을지도."

"……."

린네는 눈을 가늘게 떴다.

누가 봐도 어처구니없어하는 눈빛이다.

부끄러움이 밀려와 나는 고개를 돌렸다.

"무, 뭐 어때서! 브레인스토밍이잖아! 아이디어를 내는 것에 의미가 있어!"

"부정하지는 않았어요. 아니, 오히려 괜찮은 것 같은데요? 비밀 탈출구라니. 꼭 닌자들의 저택 같잖아요."

"말할 때 조금이라도 감정을 담아 줘. 아니, 됐어. 감정이 담겨 있으면 더 화날지도."

아무튼 이 정도면 아이디어는 충분히 나왔다.

지금부터는 실현 가능성이 없는 것들을 하나씩 없애면 된다.

"……!"

깡! 하고 철창에 부딪힌 금속 야구 방망이가 날카로운 소리를 울렸다.

브레인스토밍으로 나온 아이디어들을 검토한 결과, 역시 창문 철창을 부수는 게 가장 현실적이라는 결론에 도달했다.

스마트폰을 충전할 방법은 전혀 떠오르지 않았고 모스부호 같은 건 애초에 '가'를 어떻게 보내는지도 알지 못했다. 그리고 문 자물쇠를 부수자는 아이디어는 이 체육 창고에서 가미카쿠시가 정말 있었다고 가정하면 역시 불가능하다는 결론이 나왔다. 그때 자물쇠를 부쉈다면 어떻게 탈출했을지 쉽게 밝혀졌을 것이기 때문이다.

그러니 지금 이렇게 나는 절찬리에 창문에 달린 철창을 부러뜨리고자 애쓰는 중이었다.

철창을 유심히 살펴보니 린네의 예상대로 창문 주변 벽에 볼트로 고정돼 있는 것 같았다. 볼트를 풀려면 렌치 같은 공구가 필요할 것이다. 그리고 역시나 린네의 예상대로 볼트는 낡고 녹슬어 있었다. 충격을 계속 주다 보면 충분히 빠질 거라고 생각했는데.

"하아…… 하아……."

나는 금속 방망이를 지팡이처럼 바닥에 짚고 어깻숨을 내쉬었다.

평소의 운동 부족이 발목을 잡았다. 온 힘을 다해서 여러 번 철창을 치는 것은 예상보다 체력이 더 많이 소모됐다.

또 지금은 여름이 가까운 시기이고 통풍도 거의 안 되는 곳이라 땀이 줄줄 흘렀다. 야구부원들은 이런 연습을 어떻게 매일 해내는 걸까.

이대로 가다가는 철창이 부러지기 전에 내가 먼저 탈수증으로 쓰러질 것 같았다. 수상한 금속음을 근처에 사는 주민이 들어 줬으면 좋겠다고 염원하며 나는 철창 너머로 보이는 집들의 창문을 봤다. 요즘은 공동주택에서 여자의 비명이 울려 퍼져도 아무도 신고하지 않는다는 말이 돌 정도이니 별로 기대할 수 없을 것 같지만.

"린네. 교대하자……."

"벌써요? 남자 주제에."

"그런 고리타분한 소리 하지 마……."

물론 평소에 은둔형 외톨이로 지내는 린네도 체력이 좋은 편이 아닐 것이다.

금속 방망이를 받아 든 린네는 비틀거리며 방망이를 휘둘렀다.

"으읏……!"

뒤이어 댕…… 하고 마치 빈 깡통을 때리는 듯한 소리가 들렸다.

당연히 철창은 조금도 흔들리지 않았다.

그 뒤로 댕, 댕, 댕 하고 세 번 정도 방망이로 철창을 더 치더니 린네는 그 자리에 주저앉아 하아, 하아 하고 어깨를 들썩였다.

"……교대……."

"순수하게 걱정하는 건데, 조금은 체력을 기르는 게 어떨까?"

이 정도면 통학도 힘들 지경이다.

린네는 거의 바닥을 기어 매트 위로 돌아와 내 옆에 살며시 앉더니 트레이드마크인 케이프를 마침내 어깨에서 걷었다.

"……더워……."

해가 져서 이미 창밖은 캄캄한 밤이었다.

그러나 햇볕이나 여름이라는 계절과 무관하게 에어컨이 없고 제대로 된 창문조차 없는 체육 창고 안은 점성을 띤 것 같은 끈적한 무더위로 가득했다.

이대로 가다가는 정말 큰일 날 수도 있겠다는 걱정이 들었다.

아무리 못해도 하룻밤만 허기를 견디면 될 거라 예상했다. 그러나 진짜 적은 배고픔이 아닌 바로 더위였다. 이대로는 뙤약볕 속 차에 방치된 아기처럼 더위에 쪄 죽을 수도 있다. 농담이 아닌 진정으로 생명의 위기가 엄습했다.

철창 쪽도 가망성이 없어 보이니 아무래도 다른 방법을 떠올려야 할 것 같은데.

"린네."

그렇게 옆에 있는 린네에게 말을 걸려던 순간, 나는 굳어 버렸다.

린네는 가방에서 꺼낸 손수건으로 목에 흐르는 땀을 닦고 있었다. 그러니 눈치채야 했다. 고개를 돌리기 전에 예상해야 했다. 지금은 여름이고, 교복은 하복이다. 그리고 하복은 천이 얇다는 걸 미처 떠올리지 못했다. 그래서 보고 말았다.

땀 때문에 속이 비치는 린네의 블라우스를.

반투명한 피부와 하늘색 브래지어를.

나는 예상보다 더 큰 충격에 몇 초간 굳어 버렸다.

홀리거나 정신이 팔린 것은 아니다. 결코 그렇지 않다.

정확히 말로 표현하기 어렵지만 린네도, 아케가미 린네도 여자라는 것을 뒤늦게나마 인식했다고 할까.

얘도 브래지어 같은 걸 하는구나. 스스로도 정체를 알 수 없는 강력한 충격이 내 뇌를 강타했다.

그 뒤로 몇 초간 세상에서 소리가 사라진 줄 알았는데, 다음으로 두근거리는 심장 소리가 귀 안쪽에서 요동치기 시작했다.

아니, 이것은 흥분한 게 아니다. 그렇다. 조바심이다. 나는 지금 조바심을 부리고 있다. 전해야 한다. 린네에게. 하지만 잠깐. 그건 성희롱 아닐까. 정면으로 마주 보고 말할 수는 없다. 그럼 어떡해야 좋을까. 이대로 내버려둘 수는 없잖아. 이대로 두면 내가 꼭 지금 린네의 모습을 즐기고 있는 것처럼…….

어지러운 머릿속 회의 끝에 나는 입보다 손을 먼저 내밀었다.

린네가 벗어 던진 케이프를 집어 말없이 그녀의 어깨에 다시 걸쳐 주었다.

"……? 지금 뭐 하시는 거죠?"

린네는 의아한 듯 나를 쳐다보더니 갑갑해하며 다시 케이프를 벗었다.

나는 또다시 말없이 케이프를 걸쳐 줬다.

"뭐예요! 더워요!"

"아니…… 그래, 맞아. 더워. 그게 문제야……."

"갑자기 수상하게 왜 그래요? 기분 나쁘게. 그리고 제 케이프는 왜? 고개는 또 왜 돌리죠?"

"내가 보지 않으면 되겠지. 그래. 그럼 되겠지……."

"네? 보지 않으면 된다니. 대체 뭘……."

린네는 목소리를 조금씩 낮추며 천천히 아래를 내려다봤다.

그러다가 마침내 깨달은 듯했다.

더위 때문에 붉게 달아오른 얼굴이 금세 백지장처럼 새하얗게 변하더니 잠시 후 조금 전까지와 다른 이유로 다시 붉게 물든다.

귀까지 새빨개진 린네는 간신히 케이프를 직접 집어 들더니 겉에 비치는 속옷을 가렸다.

그리고.

"……으! ……으! 으으으으!"

말없이 내 등을 퍽퍽 때리기 시작했다.

평소 같으면 불평하겠지만 이번만큼은 폭력을 달게 받아들이

기로 했다.

그대로 등을 돌린 채 나는 말했다.

"……케이프, 벗어도 돼. 최대한 안 볼게."

"……정말이죠……?"

"맹세해. 만약 약속을 어기면 앞으로 두 번 다시 너한테 접근하지 않을 거야."

"그건……."

린네는 무슨 말을 하려다가 다시 집어삼키는 듯했다. 신경 쓰이지만 지금은 질문할 때가 아니다.

다시 케이프를 내려놓는 소리가 들렸다.

그리고 매트 위에서 엉덩이가 움직이는 소리.

내 등에 땀이 밴 린네의 등이 살짝 닿았다. 아무래도 나와 등을 맞대고 앉은 것 같다. 만약의 사태를 대비한 좋은 판단이라 할 수 있다.

"……땀이 마를 때까지 그렇게 있어 줘."

"시키지 않아도 그렇게 할 거예요. 당신은?"

"창고를 더 살펴볼게. 효율적으로 철창을 부술 만한 다른 도구가 있을지도 몰라."

린네 쪽을 보지 않으려고 노력해야 하지만, 이대로 잠자코 있는 것보다 낫다.

나는 매트 손잡이에 다리가 걸리지 않게 조심하며 다시 바닥으로 내려갔다. 잡다하게 나열된 체육용품들을 확인했다.

허들, 공 던지기용 콩주머니, 줄다리기용 줄, 오래된 뜀틀, 그리고 높이뛰기용 매트가 두 장 정도 더 벽 쪽에 세워져 있다. 지금 린네가 앉은 매트보다 새것처럼 보였다.

어디서부터 손대야 할까. 일단 가까운 곳부터 살폈다. 산더미처럼 쌓인 체육용품을 분류하기로 하자.

무엇으로 철창을 부술 수 있을까. 금속 방망이는 쓰기 편하지만 위력이 조금 달린다. 조금 더 무거운 게 없을까. 해머던지기용 해머라거나.

콩주머니들을 지나 줄다리기용 밧줄의 활용법을 검토하며 벽 앞에 다다랐을 때 나는 문득 이맛살을 찌푸렸다.

"……이게 뭐지……?"

뭔가 이상한 냄새가 나는 것 같은데.

"어이, 린네. ……으앗!"

돌아본 순간 뭔가가 내 얼굴에 퍽 하고 부딪혔다. 아래를 보니 조금 전까지 내가 확인한 공 던지기용 콩주머니가 바닥에 떨어져 있었다.

린네가 어깨를 감싸고 등을 돌렸다.

"변태."

"아……. 미, 미안. 깜빡했네."

"정말이에요?"

"맹세코 사실이야. 너한테는 거짓말 안 해. 또 그러면 때려도 돼."

"그렇게까지 말씀하신다면야……."

위험했다. 이런 상황에서 나마저 믿지 못하면 린네는 큰 스트레스를 받을 것이다.

나는 시선을 피하며 물었다.

"혹시 뭐 뿌렸어?"

"뿌리다니, 뭘요?"

"향수나…… 데오드란트 스프레이 같은 거."

"안 뿌렸는데요. 왜요?"

"아니. 좀 이상한 냄새가 나서……. 뭔가 시큼한……."

먼지 속에서 은은하게 풍기는 이질적인 냄새.

그 원인이 린네가 아니라면.

나는 코를 킁킁대며 냄새의 근원을 찾았다.

조금 더 벽 쪽? 위는 아니다. 아래……?

그러다가 마침내 도달했다.

오래된 뜀틀이다. 위에 붙은 흰색 덮개가 까맣게 때 탔고 측면에 적힌 단수 표시도 희미해져 거의 보이지 않는다. 애초에 이 뜀틀은 학교 운동장 창고가 아닌 체육관 내부 창고에 있어야 할 텐데. 더 이상 쓰지 않는 뜀틀을 이곳으로 옮겨와 그대로 방치해 둔 것 같았다.

이상한 냄새는 그 뜀틀 안에서 풍겼다.

뜀틀 안이라면 사람 한 명이 들어갈 만한 공간이 있기는 한데……. 나도 모르게 무시무시한 상상이 떠올랐지만 입에 담기도 끔찍한 상태의 인간이 이 뜀틀 안에 있다고 가정하면 냄새는 이 정도 수준에 그치지 않았을 것이다.

나는 마음을 굳히고 뜀틀의 맨 윗단을 떼어냈다.

"……이건……."

안을 보며 눈살을 찌푸렸다.

어두워서 잘 보이지 않지만 그 안에 있는 건 낯익은 물건이었다.

이것이라면 이런 냄새가 나는 것도 당연하다.

그것은 이미 완전히 썩어 문드러져 있었다.

"뭐예요?"

뒤에서 묻는 린네에게 나는 가볍게 손짓했다.

이런 수수께끼로 가득 찬 물건을 발견했을 때는 일단 린네가 두 눈으로 직접 확인할 수 있게 했다.

"……땀이 아직 덜 말랐어요. 보지 마세요."

"알아."

부랴부랴 뛰어온 린네에게 나는 뜀틀 안을 보여 줬다.

잠시 후 린네는 "으윽" 하고 신음하더니 코와 입을 손으로 가렸다.

"……이런 곳에 왜 도시락이……."

그렇다. 뜀틀 안에 있는 건 편의점 도시락이었다. 먹다 말았는지 구석에 절임 반찬만 남아 있다. 악취의 원인은 바로 그 썩은 반찬이었다.

엄밀히 말하면 도시락만 있는 것은 아니었다. 포장을 뜯지 않은 빵과 아직 내용물이 든 500밀리 페트병이 두 개. 그리고 스테인리스 숟가락과 밥알이 붙은 젓가락도 보였다.

마치 뜀틀을 쓰레기통 대용으로 쓴 것처럼 그런 것들이 뜀틀 안에 여기저기 흩어져 있었다.

"누가 여기서 점심이라도 먹었나?"

"그래서 뜀틀 안에 쓰레기를? 어처구니없는 분이네요."

"흐음……. 그런데 아무리 그래도 이렇게 구석에 있는 뜀틀에 쓰레기를……?"

린네는 뜀틀 안으로 손을 넣어 도시락 뚜껑을 집어 들더니 신기한 것처럼 살펴봤다.

"설마 편의점 도시락을 처음 보는 건 아니겠지?"

"본 적은 있어요. 먹어 본 적은 없지만."

역시 온실 속 화초답다.

나는 린네에게 도시락 뚜껑을 받아서 다시 뜀틀 안에 돌려놓았다. 비위생적이지만.

그리고 다시 뜀틀 윗단을 덮었다. 계속 열어 뒀다가는 창고가 냄새로 가득 찰 것 같았고, 이 안에 약 한 명의 어린아이가 존재하는 이상 이상한 것을 주워 먹지 않을 거라 단언할 수도 없다. 무엇보다 지금 내가 원하는 건 이런 수수께끼가 아닌 이곳에서 탈출할 수단이다. 뜀틀 내용물은 일단 그쪽을 확정한 후에 다시 생각하기로 했다.

"……콜록."

갑자기 린네가 작게 기침을 했다.

"괜찮아?"

"네……. 그냥 먼지 때문에."

내가 체육용품들을 뒤지다 보니 창고에 먼지가 많이 날리고 있었다. 흩날리는 먼지가 달빛을 받아 아름답게 보이지만 몸에 좋지 않은 것만은 분명했다.

"손수건 있지? 그걸로 입을 막고 있으면 조금 나을 거야. 환기를 좀 더 할 수 있으면 좋을 텐데……."

창문이 작아서 바람이 잘 통하지 않아 먼지가 밖으로 빠져나가지 않고 계속 날아다니기만 했다.

"……응……?"

창문과 바람.

그것들을 떠올린 순간 나는 왠지 모를 낯선 느낌을 받았다.

공기. 그렇다. 바로 공기의 흐름이다.

창고 안을 가득 채운 먼지. 달빛을 받아 눈송이처럼 반짝이는 그것들의 움직임은 창문을 통해서 들어오는 바람만으로는 설명할 만한 움직임이 아니었다.

창문 외에도 또 바람이 통하는 곳이 있는 걸까.

그렇다면 정말 비밀 탈출구가.

"말도 안 되……겠지만."

거의 농담 같은 가설이었다.

하지만……. 설마, 정말로……!

나는 주의 깊게 먼지의 움직임을 살피며 바람 흐름의 상류를 파악했다.

구석이다. 창고 입구에서 봤을 때 오른쪽 안 구석.

쌓인 체육용품들 때문에 사각지대가 된 곳.

"린네! 잠깐만 도와줘!"

"응? 갑자기 왜요?"

나는 체육용품들 사이를 지나 그곳 주변을 확인했다. 뜀틀이라도 있다면 치우느라 애를 먹었을 테지만 그곳에는 거의 쓰지 않은 듯한 낡은 도약판이 하나 세워져 있을 뿐이었다.

린네가 뒤에서 이상하다는 듯이 들여다봤다. 린네가 지켜보는 가운데 나는 도약판 옆에 있는 것을 발견해 손가락으로 집어 들었다.

마른 잡초다.

길이는 약 5센티미터 남짓. 떨어지지 않은 뿌리에 흙이 단단히 엉겨 붙어 있다.

왜 이런 잡초가 창고 입구에서 먼 구석에 떨어져 있는 걸까.

답은 하나다.

나는 낡은 도약판을 옆으로 치웠다.

그리고 발견했다.

린네가 놀란 것처럼 중얼거렸다.

"비밀…… 탈출구……."

아니. 안타깝게도 비밀 탈출구라고 할 수는 없을 것이다.

벽에는 작은 구멍이 뚫려 있었다. 기껏해야 사람 팔 하나 정도 들어갈 크기라 아무리 몸이 유연한 사람이라도 이 구멍으로 드나드는 건 불가능할 것이다.

나는 바닥으로 얼굴을 가까이 가져가 벽에 난 구멍을 들여다봤다.

구멍 밖으로 무성한 잡초들이 대략 30센티미터가 넘게 자라 시야를 가리고 있었다. 바닥에 얼굴을 더 갖다 붙여도 담장 너머에 있는 민가 2층이 간신히 보이는 수준이었다.

밖에서는 이 구멍을 알아차릴 수 없을 것이다. 어쩌면 이렇게 수년간 방치됐을 수도 있다.

"어때요?"

"역시 무리야. 여기를 통해서 나가는 건."

돌파구가 생길 것으로 기대했는데 이 구멍으로 탈출하는 방법은 창문으로 탈출하는 것보다 더 가능성이 없어 보였다.

나는 낙담 섞인 한숨을 내쉬고 매트로 돌아갔다. 그때 뒤따라오던 린네가 매트 옆면 위쪽에 튀어나온 손잡이에 다리가 걸렸다.

"꺄앗!"

"앗."

귀여운 비명을 지르며 쓰러진 린네 밑에 내 몸이 깔리고 말았다.

땀에 젖은 어깨를 안고 린네를 가슴으로 떠받친 모양새가 된 나는 린네의 머리에 있는 가마를 내려다보며 입을 열었다.

"괜찮아? 조심해."

"……죄송해요."

보기 드물게 순순히 사과하는 린네는 내 가슴에 귀를 대고 있었다.

쿵, 쿵, 쿵.

"……저기, 슬슬 비켜 줬으면 하는데."

"아……. 네, 죄송해요."

린네는 한 번 더 사과하고 서둘러 일어나 나와 3미터 정도 떨어진 곳에 다시 앉았다. 그러고는 흐트러진 머리카락을 재빨리 매만지기 시작했다.

나는 일어서면서 무심코 왼쪽 가슴에 손을 갖다 댔다.

평소 심장 박동이 어떤지 잘 모르니 비교할 수는 없지만.

숨을 크게 내쉬고 억지로 생각을 전환하려고 매트에 둔 추리 노트를 집어 들어 펼쳤다.

그곳에는 린네와 함께 떠올린 탈출 방법들이 항목별로 나열돼 있었다.

'스마트폰 충전', '모스 부호'는 지금으로서는 실현될 것 같지 않다. '자물쇠 파괴'도 과거 가미카쿠시를 당했다는 학생이 활용한 탈출 수단 같지 않으니 마찬가지다. 그리고 조금 전 '비밀 탈출구'의 존재가 증명됐지만 그곳으로 드나들 수 있는 것도 아니었다.

"결국 남은 건 역시 '창문 철창 분리' 뿐인가……."

"방금 떠올랐는데요."

린네는 완전히 평소의 얼굴로 돌아가 입을 열었다. 블라우스도 이미 마른 듯 보였다.

"흔적이 남는다는 이유로 '자물쇠 파괴' 가능성을 폐기한다면, 창문 철창을 떼어내는 것도 마찬가지 아닐까요? 억지로 떼어내면 원래대로 되돌릴 수 없을 테니까요."

"……."

나는 잠시 침묵을 지키며 반박할 거리를 찾았다.

"……그래. 그 말이 맞네."

린네의 말을 인정할 수밖에 없었다.

나는 결국 추리 노트를 덮고 한숨을 내쉬며 바닥에 등을 대고 누웠다.

철창이 달린 창문 너머로 별이 반짝이는 밤하늘만 보였다. 누가 연습이라도 하는지 어디선가 피아노 선율도 들렸다.

이제는 정말 밤늦은 시간이 되었다. 어머니도 집에 돌아오시지 않았을까. 린네 같은 온실 속 화초는 분명 부모님께서 걱정할 것이다. 최소한 연락이라도 할 수 있으면 좋을 텐데. 이곳을 무사히 빠져나가면 함께 가서 사죄하는 게 좋아 보인다. 먼저 후요 선생님께 상황을 설명하고. 후요 선생님은 길게 설명 안 해도 우리가 처한 상황을 이해해 주실 것이다.

"역시 가미카쿠시 같은 건 그냥 헛소문이었나. 이대로 도움을

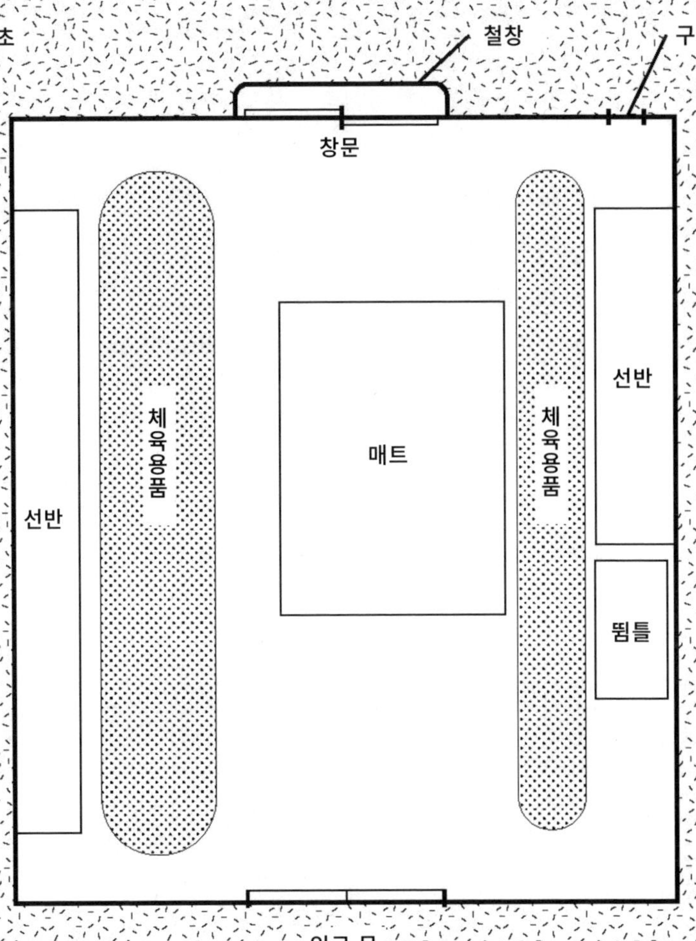

체 육 창 고 구 조

기다리는 게 가장 현명한 방법일 수도."

"포기하시는 거예요?"

"잠깐 쉬고 있어. 어차피 철창을 못 부수는 거면 무리해도 소용없잖아."

특히 린네가 도움이 될 것이라 기대해서는 안 된다. 원체 체력이 허약하고 수분 보충도 못 한 린네에게 몸 쓰는 일을 강요할 수 없다. 물론 나도 별반 다르지 않지만.

다시 몸을 일으켰다. 이대로 가만있는 것도 시간 낭비다.

"잠깐 공부라도 할까."

"네?"

나는 가방에서 교과서를 꺼냈다. 린네는 믿을 수 없다는 표정으로 날 봤다.

"이런 상황에서 공부요……? 새로운 종류의 정신 질환인가요?"

"시간이 아깝잖아. 휴식하든 도움을 기다리든 아무것도 안 하고 멍하니 있는 건 성미에 맞지 않아."

"정말 참치[4] 같은 분이시네요……. 워커홀릭의 일종인가요?"

"너도 집에서 자습은 하지 않아? 수업을 벌써 두 달이나 빼먹었으면서."

4 아가미 구조상 헤엄을 멈추면 질식해서 죽는 참치처럼 쉬지 않고 일하는 사람을 빗댄 말.

"……교과서는 읽고 있어요. 그걸로 충분해요."

"뭐 너 정도 실력이면 그 정도로도 시험을 치를 수 있겠지. 하지만 지식이란 건 원래 이해가 동반되지 않으면 의미가 없어."

"이해해요."

"정말? 그럼 이 문제를 풀어 볼래?"

교과서를 보여 주자 린네는 발끈한 얼굴로 교과서를 들여다봤다.

어두우니 가까이 다가와야 교과서가 보일 것이다. 내 어깨와 린네의 어깨가 맞닿았다. 따뜻하다기보다 뜨겁다. 기온이 높아서일까. 하지만 떨어지면 린네가 교과서를 못 보니 어깨를 뗄 수도 없었다.

교과서를 읽는 린네의 귀 옆으로 긴 머리카락이 내려왔다. 린네는 성가신 것처럼 머리카락을 다시 쓸어 올렸다.

"……머리카락."

"네?"

갑작스럽게 중얼거리는 소리를 듣고 린네가 고개를 돌렸다. 희미한 달빛에서도 수정처럼 빛나는 큰 눈동자가 선명히 보였다.

"덥지 않아? 묶어 줄까?"

"……그러고 보니 머리핀을 가지고 계시죠?"

"네 머리가 늘 엉망진창이니까."

나는 가방에서 늘 가지고 다니는 머리핀을 꺼냈다. 린네는 머리핀을 보며 비아냥 섞어 말했다.

"저희 어머니께서도 그렇게까지 준비하시지는 않아요."

"그럼 가지고 다니지 말까? 너희 집 교육 방침에도 어긋나는 것 같으니."

"……아뇨."

린네가 목 뒤쪽 머리카락을 매만졌다.

"부탁드릴게요. 덥기도 하고……."

"그래."

나는 교과서를 린네의 무릎에 올려놨다. 그렇다. 이렇게 하면 된다. 교과서를 보여 주기 위해 굳이 린네 옆에 바짝 붙어 있을 필요는 없다.

그러고 나서 린네 뒤쪽으로 돌아갔다.

길고 고운 머리카락에 살며시 손을 갖다 댔다. 윤기 나는 큐티클을 보며 상상했던 대로 린네의 머리카락은 비단결처럼 부드러웠다. 평소 손질에 얼마나 공을 들이고 있을까.

언뜻 보기에 린네의 얼굴에는 화장기가 없다. 그런 게 필요 없을 정도로 예쁜 외모다. 남자는 말할 것도 없고 여자들도 그렇게 느낄 것이다. 평범한 사람들이 외모를 꾸미려고 하는 노력이 아케가미 린네에게는 필요 없을 거라고. 그러나 가까운 곳에서 자세히 관찰하니 일반적인 노력의 흔적도 엿볼 수 있었다.

머리카락을 하나로 묶어서 들어 올리니 머릿밑과 목덜미가 보였다. 땀에 살짝 젖은 하얀 목덜미가 달빛을 받아 반짝거린다. 반 아이들은 린네가 땀을 흘린다는 사실조차 모를 것이다.

정말 아까운 일이라고 생각했다. 아케가미 린네도 평범한 여자아이라는 것을 알면 친하게 지내고 싶어 하는 사람이 많을 것이다. 쓸데없는 오지랖이지만.

"……저기요. 목 쪽에서 왠지 시선이 느껴지는데요."

린네가 어깨 너머에서 예리하게 나를 돌아봤다.

"아니, 그냥 더울 것 같아서."

"못 믿겠어요."

"왜?"

"전과가 있으니."

"전과라니."

"변태 전과요."

"……싫으면 그만할게."

"아뇨."

린네는 머리를 나에게 맡기고 다시 고개를 앞으로 돌렸다.

"잠깐이면 참을게요."

그 순간, 스스로도 설명할 수 없는 욕망이 내 안에 소용돌이쳤다.

이 어깨.

어둠 속에 어렴풋이 떠오른 이 가녀린 어깨를.

감싸안고 싶다, 라는 욕망이.

……징그럽다. 내가 생각해도 징그럽다. 진정하자. 린네는 지금 나를 믿고 있다. 눈엣가시 취급 수준에서 여기까지 오려고 얼마

나 노력했나. 그 모든 걸 물거품으로 만들 셈인가. 흔들다리 효과[5]에 휘둘리지 마.

린네의 머리를 손으로 쓸며 나는 욕망이 가라앉기만을 기다렸다. 어느새 숨소리마저 가늘어져 한동안 멀리서 들리는 피아노 소리만이 린네와 나 사이를 채웠다.

머리핀을 한 손에 들고 머리카락을 묶었다. '길어서 그런가 쉽지 않네……'라고 생각할 때.

"……왜 그렇게 공부를 열심히 해요?"

린네가 불쑥 중얼거렸다.

그리고 책장을 넘기는 소리가 들렸다. 린네는 무릎에 있는 내 교과서를 보면서 다시 입을 열었다.

"그렇게 열심히 하지 않아도 시험에서 좋은 점수를 받을 수 있지 않나요?"

"말도 안 돼. 난 머리가 별로 좋지 않아. 매일 열심히 교과서를 읽으면서 외우지 않으면 금세 잊어버린다고."

"추리는 그렇게 잘하시면서?"

"그것 역시 필사적으로 노트에 적고 또 적어서 간신히 답을 찾아내는 거야. 너도 알잖아."

지금 매트 위에 있는 추리 노트에는 내가 정리한 추리들이 빼

5 안정된 다리보다 흔들리는 다리에서 만난 이성에게 호감이 더 상승할 확률이 높다는 의미의 심리학 용어.

곡히 적혀 있다. 린네의 무의식 추리처럼 머리만으로 복잡한 논리를 오류 없이 구축하는 건 나에게 불가능하다.

"네 눈에는 비효율적으로 보일지 모르지만 나한테는 필요한 일이야."

"……변호사가 되기 위해서요?"

"그래."

"왜 그렇게 변호사가 되고 싶으신 건가요?"

나는 머리카락이 엉키지 않게 조심스럽게 핀을 넣으며 대답했다.

"정말 궁금해?"

"궁금하니까 묻죠."

"네가 싫어하는 사람의 이야긴데?"

"……그냥 시간 때우기예요. 여기에는 퍼즐도 없으니까요."

"학교에 수예 도구들을 가져오면 될 텐데."

린네가 팔꿈치로 내 가슴을 툭 쳤다. 부끄러워하지 않아도 될 실력인데.

분명 따로 할 일이 없으니 이러고 있는 건 맞다. 조금 전부터 집중이 안 돼서 핀도 제대로 못 꽂고 있고.

"미리 말해 두는데 들어봐야 기분만 나빠질 거야."

"당신과 이런 상황에 놓일 때 이미 기분은 바닥을 쳤으니 상관없어요."

"그것도 그러겠네. ……사실 말이지. 내가 초등학생일 때 우리 아버지가 살해당했어."

"네?"

순식간에 린네의 몸이 굳는 게 느껴졌다.

"사, 살해…… 요?"

"그래. 살해. 이건 과장이나 거짓말 같은 게 아니야. 명백한 타살이었지. 그리고 용의자로 붙잡힌 사람은 우리 어머니였고."

"네?"

장난치는 거면 얼른 취소하라고 다그치는 느낌이다. 그럴 만하다. 만약 내가 그 입장이었어도 비슷한 반응을 보였을 테니까.

그러나 사실은 사실이다.

내 아버지는 살해당했다. 그리고 경찰 수사를 통해 용의자는 어머니로 밝혀졌다. 초등학생인 나에게 들이닥친 엄연한 현실이었다.

"사실 그때 기억은 흐릿한 편이야. 하지만 그중에서도 뚜렷하게 기억나는 것도 있어. 정확히 뭔지는 모르겠지만…… 어떤 애플리케이션의 뉴스 코너에 아버지와 어머니의 이름이 적혀 있었어. 한 사람은 피해자, 한 사람은 용의자로."

"애플리케이션……? 스마트폰 말인가요?"

"아마도. 난 영문도 모른 채 그 기사를 눌렀어. 그리고 영문도 모른 채 기사 하단까지 화면을 내렸지. ……스마트폰이 없는 넌 모르겠지? 그곳에는 댓글 창이라는 게 있어."

"……아……."

린네가 놀란 것처럼 숨을 들이마셨다.

"그곳에서는 온갖 사람들이 모여 정말 내키는 대로 지껄여 대고 있었어. 얼굴도 이름도 모르는 사람들이 무섭다느니, 말도 안 되는 일이라느니, 아이가 불쌍하다느니, 살해된 걸 보니 아버지가 아이를 학대한 게 아니냐느니. 어린 내 눈에는 그것들이 꼭 이 세상의 생생한 목소리처럼 들렸지. 사실 그런 건 남아도는 시간을 주체할 수 없는 사람들이 쓰는, 정작 글쓴이도 작성 후 2초만 지나면 잊어버리는 낙서에 불과한데도 말이야. 우리 어머니는 실은 정말 악독한 사람이었고 아버지도 그야말로 나쁜 사람인데 지금껏 나만 그 사실을 몰랐다는 생각이 들어서…… 슬프고 화가 나고 감정이 뒤죽박죽돼서 그날 이후 며칠 동안은 아예 기억의 필름이 끊긴 것 같아."

이제는 내 안에 쐐기돌처럼 자리 잡은 그날의 기억은 아무런 색채를 띠지 않는다. 돌이켜봐도 슬프거나 화가 나지도 않는다.

하지만.

그 후 있었던 일들은 무지갯빛으로 빛나고 있다.

아무리 세월이 흘러도 퇴색하지 않는, 동경이라는 이름의 무지갯빛.

"정신을 차렸을 때 난 어딘지 알 수 없는 곳에 있었어. 사무실 같은 곳이었지. 눈앞에는 모르는 아저씨가 있었는데, 자기더러 변호사라고 했어. 그분은 어머니의 담당 변호사였는데 날 사무실에 데려와 보호해 주고 있었던 거야. 하지만 그때 난 변호사라는 게 뭔지 몰랐어. 그 기사에 댓글을 단 사람이 내 앞에 직접 나타난 게 아닌가 싶어 덜컥 겁부터 났지. 그런 나를 향해 그분은 이렇게 말씀하셨어. '난 너희 어머니의 편이다'라고."

"……편……."

"그분은 나에게 변호사란 직업에 대해서도 친절히 설명해 줬어. '무죄 추정'이라는 단어를 처음 알게 된 것도 바로 그때야. '네 어머니는 아직 범인이 아니란다', '나쁜 사람으로 확정된 게 아니란다'라고 아무것도 모르는 나에게 그분은 끈기 있게 가르쳐 주셨어."

그 말 한마디 한마디가 지금도 내 가슴에 보물처럼 간직돼 있다.

세상의 목소리에 상처 입은 내게는 오직 그 사람의 말만이 구원이었다. 모든 사람이 적이 된 듯한 세상에서 그 사람만이 무조건 나의, 우리의 편이 돼 주었다.

그리고.

"어머니의 재판이 있었고."

"……어떻게 됐나요?"

"무죄 선고."

나는 싱긋 웃었다,

"아니, 내가 어머니랑 함께 산다는 건 너도 알잖아. 나도 그 정도는 이야기했던 것 같은데."

"그러고 보니 그러네요."

"그분이 무죄 증거들을 확보해 줬어. 아버지를 살해한 사람은 …… 우연히 나타난 강도였다고 해."

"……그런가요."

린네는 그렇게만 반응했다. 이런저런 감정이 들 테지만 그 모든 것을 집어삼켰을 것이다. 나를 배려해.

"아무튼 그런 일을 겪으면서 난 뼈저리게 느꼈어. 대중의 의견이 정의라면 정의는 약자를 지켜 주지 않는다고. 이 사회는 늘 고독한 인간, 즉 아군이 없는 인간에게 잔인해. 그리고 그런 사람들의 편이 돼 주는 사람이 바로 변호사고."

그렇게 살 수만 있다면 얼마나 멋질까.

나는 린네의 머리를 보며 말했다.

"그래서 린네, 난 네 편이 되어 주기로 한 거야. 네게 변호사가 필요 없어지는 순간까지."

린네는 어깨 너머에서 고개를 돌리며 불만스러운 것처럼 입술을 내밀었다.

"전 약하지 않아요."

"그래. 교실에 올 수 있게 되면 더 강해지겠지."

머리카락은 다 묶었다.

내가 머리에서 손을 떼자 린네는 고개를 돌려 포니테일로 묶은 머리카락을 가볍게 매만졌다.

"어때요?"

"뭐가?"

"……당신한테 물어본 내가 바보예요."

린네는 들으라는 것처럼 한숨을 내쉬었다. 뭐야. 주어를 명확히 하라고, 주어를.

린네는 무릎 위 교과서를 내려놓더니 분위기를 바꿀 것처럼 가볍게 말했다.

"이럴 줄 알았으면 저도 스마트폰을 들고 다닐 걸 그랬어요."

"들고 다녀도 어차피 못 쓰잖아. 기계치라."

"당신이 충전만 확실히 해 뒀으면 좋았을 텐데."

"충전은 늘 확실히…… 응? 앗."

그때 불현듯 퍼즐 조각이 맞춰져 나는 탄식했다.

"왜 그래요?"

"배터리."

"네?"

"마쓰다 선배를 범인으로 지목한 이유. 그건 바로 배터리야. 난 항상 자기 전에 배터리를 최대로 충전해 놔. 적어도 하교 시간 전까지는 배터리가 다 닳지 않게. 어떤 원인으로 배터리가 과도하게 소모되지 않은 이상……."

"……앗."

린네도 입을 벌렸다.

그렇다. 그 자리에 린네도 있었다. 그러니 추리할 수 있다.

"당신의 스마트폰……. 그러고 보니 음악실에서……."

"그래. LINE 아이디를 교환할 때 선배한테 스마트폰을 건넸잖

아. 그때 애플리케이션 같은 걸 잔뜩 켜서 백그라운드에서 실행되게 하면 배터리가 빨리 줄겠지. 공들여서 체육 창고에 날 가뒀는데 스마트폰으로 외부에 도움을 요청하기라도 하면 모든 게 물거품이 되니까. 아무튼 그럴 수 있었던 사람은 마쓰다 선배뿐이었어."

"그런데 너무 불확실한 방법 아닌가요? 그사이 어떤 일로 당신이 우연히 충전을 할 수도 있잖아요."

"내 성격을 알면 학교 안에서는 스마트폰을 충전하지 않는다는 것도 예측할 수 있었을 거야. 작전은 성공할 가능성이 컸지. 그리고…… 이건 그냥 전적으로 내 상상이지만, 혹시 실패한다고 해도 별로 상관없었을지 몰라. 우리를 이곳에 가두는 것에 내심 죄책감이 들었을 테니."

"그건 사심이 담긴 망상이네요."

린네는 코웃음을 쳤다. 확실히 '추리의 추리'로는 어울리지 않는다. 린네가 마쓰다 선배처럼 소심하고도 섬세한 마음을 알 수는 없을 것이기에.

"어쨌든 그럴 수 있었던 사람은 마쓰다 선배뿐이었어. 정말 마쓰다 선배가 범인일까?"

"간단한 추리잖아요."

"넌 그런 간단한 추리도 제대로 설명 못 하면서."

"지금껏 제 속옷을 힐끔거리느라 깨닫지 못한 분에게 그런 말 듣고 싶지 않아요."

"그게 누군데!"

물론 조금 당황해서 머리가 잘 돌지 않았던 건 사실이지만, 결코 린네의 속옷 때문은 아니다.

나는 때 묻은 체육 창고 천장을 올려다봤다.

"어쨌든 범인을 알아내도 여기서 나갈 방법을 찾지 못하면 소용없겠지. 마쓰다 선배가 어떤 속셈인지도 모르겠고……."

LINE 아이디를 물은 것 자체가 내 스마트폰의 배터리를 소모시키기 위해서였을까. '선배 이미지와 별로 안 어울리는 아이디네'라고 생각하며 조금 흐뭇했던 그때 심정도 다시 돌이켜보니 허무하다. 'Matunder'였나. 이제 와서 뒤늦게 깨달은 거지만 'tsu'가 아니라 'tu'였다.

이제는 이 안에서 하룻밤을 지새울 상황도 염두에 두어야 한다. 그렇다면 이 매트를 침대 삼아서 자야 하는 걸까. 린네와 함께? 말도 안 된다. 이렇게 크지도 않은 매트에서 둘만 누워.

"……매트……?"

순간, 뭔가가 마음에 걸렸다.

뭘까. 뭐가 걸린 걸까. 사고를 거슬러 가야 한다. 빨리!

나는 초조감에 휩싸여 재빨리 추리 노트를 펼쳤다. 내가 떠올린 생각을 되짚으며 단어를 페이지에 적어 간다.

매트. 침대. 시야. 'tu', 'tsu', 'Matunder'.

앗!

"……아……."

"응? 갑자기 또 왜 그래요?"

조금 전에 린네가 넘어진 건.

매트 손잡이에, 다리가 걸려서.

매트 측면 윗부분에 튀어나온 손잡이다.

그리고.

매튼더.

Matunder.

Mat under.

"매트 아래!"

망치로 머리를 얻어맞은 듯한 충격에 나는 무심코 린네의 팔을 움켜쥐고 말았다.

"꺄앗! 뭐, 뭐에요? 무슨 일인데요?"

설명할 새도 없이 일단 린네의 어깨를 끌어안았다.

"후아앗! 저, 저, 잠깐만요. 전, 앗!"

뭔가 외쳐대는 린네를 무시하고 나는 린네와 함께 매트에서 내려갔다.

그리고 얼굴이 빨개진 린네에게 말했다.

"매트를 뒤집어."

"네……?"

"마쓰다 선배의 메시지야! 매트 아래에 뭔가 있어! 저 끝을 잡아 줘!"

그리고 나서 나도 매트 측면 윗부분에 튀어나온 손잡이를 잡았다.

그렇다. 윗부분.

보통 매트의 손잡이는 아래쪽으로 오게 둔다. 조금 전 린네처럼 다리가 걸리는 걸 방지하기 위해서다. 하지만 지금 이 매트의 손잡이는 윗부분에 있다. 뒤집혀 있는 것이다. 우리는 지금껏 매트 뒷면에 앉아 있었다. 바로 이것이 힌트였다!

린네는 의아해하면서도 반대편 손잡이를 잡았다.

우리는 하나, 둘 하고 두툼한 매트를 들어 올렸다. 그렇게 매트를 뒤집자 먼지가 엄청나게 피어올랐다. 나는 입을 가리고 마침내 드러난 매트 윗면을 보며 이맛살을 찌푸렸다.

"응……?"

매트 가운데 부분이 검게 그을려 있었다.

뭔가가 탄 자국? 꼭 숯을 문지른 듯한 흔적이다.

"앗! 이로하 씨! 이건 대체!"

린네가 이례적으로 큰 소리로 외쳤다.

나는 매트 표면에서 다시 매트가 놓여 있던 창고 바닥으로 시선을 옮겼다.

그곳에 있는 것은, 검정 직육면체에서 코드가 뻗어 나온 것.

휴대용 배터리였다.

"역시……."

마쓰다 선배의 목적은 우리를 창고에 가두는 것만이 아니었다.

오히려 그다음이 진짜다.

나는 배터리가 방전된 스마트폰을 꺼내서 코드를 연결한 후 전원을 켰다.

잠시 기다리자 스마트폰 홈 화면이 표시됐다.

이제는 도움을 요청할 수 있다.

그렇게 생각한 직후.

띠링.

화면 상단에 알림이 표시됐다.

LINE 메시지.

보낸 사람은 'Matunder'.

—다행이야. 눈치 못 챌 줄 알았는데.

마쓰다 모코 선배.

취주악부 3학년. 담당은 피아노. 선배를 처음 만난 건 내가 선생님의 심부름을 맡았을 때였다. 선배는 낯선 후배인 나를 잘 이끌며 도와줬다.

이 선배는 다른 사람과 허물없이 친해지는 타입은 아니다. 누군가는 음침한 성격이라고 평가할 수도 있겠지만, 나에게는 그것이 선배가 가진 친절함의 이면처럼 느껴졌다. 타인의 속을 누구보다 잘 알기에 섣불리 다가서지 않는 것이다. 린네는 그런 마쓰다 선배를 두고 '내숭쟁이'라고 표현했지만 나는 선배의 사려 깊은 면모가 같은 인간으로 존경스러웠다.

그러니 단언할 수 있다. 마쓰다 선배는 그저 장난삼아 누군가를 창고에 가두는 사람이 아니라고.

"여보세요."

―안녕, 이로하.

통화가 연결되자 선배는 평소와 같은 침착한 목소리로 말했다.

그 목소리를 듣자 나도 마음이 조금은 가라앉았다. 그래도 결국 궁금증을 억누르지 못해 질문을 던졌다.

"선배, 대체 뭘 계획하신 건가요? 저희를 이런 곳에 가둬 놓고 뭘 하시려고."

―미안……. 그래도 너희가 계속 배터리를 못 찾으면 가서 도와주려고 했어. 아니, 그런 문제가 아니지. 일단 미안해.

내가 아는 평소 마쓰다 선배와 다르지 않다.

선배는 역시 장난삼아 이곳에 우리를 가둔 게 아니다.

―뻔뻔하다고 생각할지도 모르지만, 일단 내 이야기를 들어줄래?

"무슨 이야기요?"

―상담. 언제든 들어줄 거라고 했지?

'선배님 상담은 언제든 들어드릴게요.'

물론 나는 그렇게 말했다. 하지만 이런 상황에서 상담이라니.

"그럼 상담실로 오시지 왜 이런 일을 하셨어요?"

―그건 안 돼. 이로하, 너만 들어줬으면 하는 이야기거든. 린

네를 끌어들인 것도 사실 큰 오산이었어. ……아니, 별로 상관없나. 미안. 그냥 지금처럼 전화로 이야기하면 됐을 텐데 내가 왜 그랬을까? 아마 다시 시작하고 싶었던 것 같아. 복수하고 싶었던 것 같아. 그래서 상황을 맞출 필요가 있었어. 응, 그랬던 것 같아.

"……무슨 말씀인지 잘 모르겠어요."

—그렇지? 미안. 싫으면 지금 당장 전화를 끊고 다른 사람한테 도움을 요청해도 돼. ……아, 열쇠를 내가 가지고 있기는 한데.

다른 사람, 예를 들어 코가미네에게 도움을 요청한다고 해도 탈출하려면 여러모로 수고가 들 것이다. 마쓰다 선배의 이야기를 들어주고 열쇠를 받는 방법이 가장 빠르다.

—……참. 이것도 사과해야지. 그게 말이지. 나, 봐 버렸어.

"네?"

—아까 린네랑 포옹한 거. 두 사람은 역시 사귀는 거야?

"네?"

포옹이라고? 언제였지?

"……아까 절 매트에서 끌어내렸을 때였겠죠."

통화를 엿들었는지 린네가 옆에서 새침하게 말했다.

으응?

뭐가 뭔지 잘 모르겠지만 곰곰이 생각하니 몹시 뒤숭숭한 이야기였다.

"선배. 방금 봐 버렸다고 하셨나요? 설마 지금 어딘가에서 저희를 보고 계시는 거예요?"

—응. 창문을 봐.

창문? 창문이라고 해 봐야 이곳에는 철창이 달린 작은 창밖에 없는데.

그러자 철창 너머로 보이는 주택 2층의 창문 커튼이 스르륵 걷히는 모습이 보였다.

그곳으로 얼굴을 내민 사람은 마쓰다 선배였다.

—실은 여기가 내 방이야. 창고 안이 보여.

"……혹시 조금 전에 들린 그 피아노 소리도……."

—응, 나였어. 힌트를 주려고.

저 주택의 창문은 계속 보였지만 설마 마쓰다 선배의 방 창문일 줄은 꿈에도 몰랐다. 저곳에서라면 체육 창고 안이 언제든 보일 것이다.

아니, 잠깐. 그렇다면.

"선배…… 전에 저한테 가미카쿠시 이야기를 하셨죠?"

—응.

"혹시 그것도."

—……응.

어딘지 모르게 자조 섞인 목소리로 마쓰다 선배는 선언했다.

—내가 보고 있었어. 그날, 이 방에서 체육 창고에 갇혀 있던 그 아이를…….

—아마 2년 전 이맘때였을 거야. 그때도 콩쿠르를 앞두고 있

었고 1학년인데 참가하게 돼서 얼마나 긴장했는지 몰라. 그래서 하교 시간 직전까지 음악실에 남아 연습을 했어……. 응. 하교를 재촉하는 방송이 나올 때쯤에서야 집에 가기로 했고, 그때 창문으로 육상부 선배들이 체육 창고를 점검하는 모습이 보였어. 이렇게 늦게까지 남아 참 대단하다고 생각했는데…….

아, 미안. 아무튼 그렇게 집에 가려고 했는데 문득 교실에 체육복을 두고 왔다는 걸 깨달았어. 그날 오후에 체육 수업이 있었거든. 이런, 얼른 가서 가져와야겠다. 그렇게 생각해 교실에 갔더니…… 교실 안에 그 아이들이 있었어.

그래. 가나미야의 친구들……. 그 아이를 함께 괴롭혔던 사람들 말이야.

처음에는 가나미야를 기다리는 건가 싶었어. 물론 난 그 아이들을 좋게 보지 않았으니 말을 붙이지 않고 서둘러 체육복만 챙겨서 집으로 돌아갔어. ……지금 생각하면 그때 뭐 하는 거냐고 물었으면 좋았겠지만, 어쨌든 당시 나는 그냥 집에 돌아가고 말았어.

—그러고 나서 한밤중에 내 방, 그러니까 이 방에서 창밖을 보니 창고 안에서 뭔가 반짝이더라고. 빛은 나타났다가 사라지기를 반복했는데 내 눈에는 꼭 도깨비불처럼 보였지. 너무 놀라 한동안 눈을 의심했지만 잘못 본 것도 아니어서 결국 난 겁에 질려 스마트폰 카메라의 줌 기능을 이용해 창고 안을 관찰했어.

그랬더니 그 안에 개가 있었던 거야.

미쓰미네. 나와 같은 반 남자아이. 사실 나, 미쓰미네와는 말이 꽤 잘 통하는 사이였어. 교실 안에서는 티를 안 냈지만 점심시간에 도서관이나 한적한 곳에 가서 서로 공부를 가르쳐 주거나 시시콜콜한 잡담을 나누기도 했지.

응. 좋아하는 책 이야기나 동네 이야기 같은 거 말이야. 미쓰미네가 "집에서 학교까지 전철로 30분 거리야"라고 하면 내가 "그렇구나, 힘들겠네"라고 위로해 주는, 그런 정말 시시콜콜한 잡담들이었어. 미쓰미네는 동아리 활동을 하지 않았고 나는 취주악부였으니 점심시간 정도밖에 만날 시간이 없었지만…… 그래도 우리 둘 사이의 접점은 확실히 있었던 거야.

그래서 난 궁금한 나머지 미쓰미네에게 창고에서 지금 뭐 하는 거냐고 물었어. 응. 그때는 한밤중이어서 큰 소리를 낼 수 없으니 손전등을 가져와 반짝거리며 신호를 보냈지. 미쓰미네는 내가 보내는 신호를 금세 알아차리고 엄청 놀라는 것 같더라. 난 노트에 매직펜으로 크게 "뭐 해?"라고 써서 걔한테 보여 줬어.

그랬더니 걔도 금방 노트를 펼쳐서 뭔가를 적고는 창문 철창에 갖다 붙였어. 카메라의 야간 모드로 읽어 보니 그곳에는 '갇혔다'라는 글자가……. 그렇게 난 걔한테 무슨 일이 일어났는지를 듣게 된 거야. 범인은 평소 걔를 괴롭히던 가나미야와 그 친구들이라고 했어. 창고 열쇠는 가나미야가 가지고 있다고 했고. 미쓰미네는 스마트폰도 빼앗기는 바람에 지금은 도움을 요청할 수 없지만, 그렇다고 일을 크게 만들고 싶지는 않다고도 했어.

당장 부모님이나 학교 측에 알리는 게 당연하지 않아? 하지만 미쓰미네는 그러기를 꺼렸어. 왜인지는 너도 짐작이 가지? 집단 괴롭힘이라는 건 정말 비참한 일이니까. 가급적 아무에게도 털어놓고 싶지 않은 거야. 특히 어른들한테 도움을 요청하는 것만큼 볼썽사나운 일이 없잖아.

……응? 그럴 사안이 아닌 것 같다고? 그래, 네 말이 맞을지도 몰라. 하지만 그때 난 미쓰미네가 하고 싶은 대로 하게 해야 한다고 생각했어.

미쓰미네를 구하려면 내가 직접 나서야 한다. 난 그렇게 마음을 굳히고 필사적으로 구출 방법을 궁리했어. 이런저런 방법이 떠올라 미쓰미네에게 창고 안을 뒤져 보라고 시키기도 했지. 응, 주제넘게도 말이야. 미쓰미네는 캄캄한 곳에 혼자 갇혀서 움직이고 있고 나는 밝은 방에서 그 모습을 지켜보고만 있었는데.

아무튼 그랬는데도 결국 뾰족한 수를 찾지 못해 시간만 정처 없이 흘렀고, 그러던 중에 미쓰미네에게서 갑자기 응답이 뚝 끊겼어. 이상하다 싶어 다시 창고 안을 유심히 관찰하니 다리가 눈에 들어왔어. 축 늘어진 채 움직이지 않는 다리가…….

그래. 그날은 오늘 같은 열대야였어. 순간 열사병에 걸려 쓰러진 게 아닐까 하는 걱정이 머리를 스쳤지. 구급차를 불러야겠다고도 생각했는데, 어쩌면 그냥 잠든 것일 수도 있어서……. 구급차를 부르면 그때는 정말 일이 커지니까.

응, 맞아……. 고민할 일이 아니었기는 해. 지금 생각하면 그때 난 아무것도 하고 싶지 않았던 것 같아. 생전 구급차 같은 건 불러 본 적이 없었고 학교에 연락하는 것도 망설여졌지. 그런 생소한 일을 하는 대신 모든 걸 그냥 내 힘으로 해결하고 싶었던 거야……. 그렇게 생각했으니 망설였고, 그렇게 결국 아무것도 하지 않는다는 선택을 하고 말았지.

그렇게 난 밤새도록 창고를 지켜보기만 했어.

의식이 계속 또렷했는지는 잘 모르겠지만……. 그때 기억이 어렴풋하거든. 정신을 차렸을 때는 이미 하늘이 밝아진 상태였어. 그걸 보고서야 퍼뜩 깨달았지. 이제는 내가 직접 도와주러 가면 되겠다고.

서둘러 준비하고 학교로 향했어. 열린 교문을 보니 어젯밤의 일이 마치 꿈만 같았고, 난 두 눈으로 직접 상황을 확인하기 위해 체육 창고로 달려갔어. 그랬는데…….

……응, 맞아. 그 안에 미쓰미네의 모습이 보이지 않았던 거야.

체육 창고는 텅 비어 있었어. 문도 자물쇠가 잠겨 있기는커녕 그대로 열린 채 아무도 없었지. 발 디딜 틈조차 없어 보이는 비좁은 창고 안에 커다란 매트 한 장만 덩그러니 있는 걸 보고 얼마나 놀랐는지 몰라. 역시 어젯밤 일은 꿈이었나 하는 생각이 들더라. 하지만 그럼 이상하지 않니? 아직 동아리 아침 연습이 시작된 것도 아닌데 체육 창고 문이 열려 있다니.

그렇게 한참을 멍하니 서 있었는데 선생님이 오셨어.

응, 너와 린네도 아는 사람이야. 그래서 이번에 난 이런 선택을 하게 된 거고. 내가 상담실에 갈 수 없었던 이유를 이제는 알겠지……?

그래. 내 눈앞에는 아케가미 후요 선생님이 서 계셨어.

그리고 선생님은 나에게…… "어젯밤 일은 잊어버리렴"이라고 하셨어.

예상치 못한 이름이 튀어나와서 나와 린네 모두 말문이 막혔다.

아케가미 후요 선생님?

상담실의 주인인 후요 선생님이 마쓰다 선배의 입을 막았다고?

"그게…… 무슨 말씀이시죠? 후요 선생님이 가미카쿠시와 관련이 있다는 말인가요?"

—나도 자세한 건 몰라. 그때는 선생님 말을 듣고 바로 창고를 떠났으니까. 하지만 이건 내 추측인데…… 나보다 먼저 창고에 온 누군가가 후요 선생님께 보고하지 않았을까 싶어. 그리고 선생님과 함께 창고에 쓰러져 있던 미쓰미네를 옮기고 뒷수습을 하지 않았을까…….

"그렇군요. 다친 사람을 태우려면 차도 필요할 테고요."

성인의 도움이 필수적이다. 그리고 만약 자가용이 아닌 구급차가 왔다면 집이 학교 바로 근처인 마쓰다 선배도 눈치챘을 것이다.

"그런데 입막음은 왜 한 거죠?"

—……사건 은폐겠지.

낮고 어두운 목소리를 듣고 나는 숨이 턱 막혔다.

—린네 앞에서는 이런 이야기를 하고 싶지 않지만…… 원래 학교란 곳은 교내 집단 괴롭힘이라는 걸 좀처럼 인정하려고 하지 않아. 하물며 학생이 왕따를 당해 창고에 갇힌 채 쓰러져 있었다는 사실은 절대 공개할 수 없었겠지. 그러니 후요 선생님이 입단속을 했던 것 같아.

"……후요 선생님이요? 선생님은 상담 교사시잖아요. 누구보다 학생들의 고민을 해결해 주기 위해 노력하시는 분인데……."

"할 수 있어요."

옆에서 린네가 확신에 찬 목소리로 선언했다.

"언니라면 충분히 그럴 수 있어요. 필요하다고만 판단했다면. 절대 놀랄 일이 아니에요."

"……그래?"

"언니가 어떻게 학교 선생님들 사이에서 발언권을 확보했는지 설명해 드릴까요? 이로하 씨. 말이 나온 김에 하자면, 언니는 당신과 다르게 진실 규명에 별로 연연하지 않아요. '해결'. 더 나아가자면 '사람을 구하는 것'을 그 무엇보다 우선시하는 사람이에요."

"……구한다니?"

순간 강렬한 위화감이 들어 등골이 오싹해졌다.

물론 백 퍼센트 나쁘다고 할 수만은 없다. 학교 평판이 떨어지면 가장 피해를 보는 건 재학생들이다. 사건을 은폐함으로써 다른 수백 명의 재학생들을 구한 거라고 할 수도 있다.

하지만 그걸 위해 미쓰미네 선배 한 명쯤은 희생해도 된다는 걸까. 이런 곳에 갇혀 죽을 뻔한 사람의 입을 틀어막아도 되는 걸까. 그 결과 전학을 가야 하는 처지가 됐는데, 그래도 '사람을 구했다'라고 말할 수 있을까.

나는 고개를 흔들었다. 아직 후요 선생님이 정말로 집단 괴롭힘을 은폐했다고 결론 난 것은 아니다. 추측에 불과하다. 더 고려해야 할 것들이 있다.

"그 뒤로는 어떻게 하셨어요? 선생님을 만난 이후로."

—교실에 가서…… 내내 멍하니 있었어. 머릿속이 텅 빈 것처럼 시간만 흘렀고…… 얼마 후 아이들이 하나둘 교실에 들어왔어. 가나미야와 그 친구들도. 그런데 미쓰미네만 오지 않아서…… 그걸 보니 나도 천천히 분노가 치밀더라. 내가 그때 어떡해야 했을까. 미쓰미네는 왜 창고에 갇혀야 했을까. 그런 짓을 한 사람들은 아무렇지 않게 학교에 오는데, 어째서 미쓰미네는 오지 못하는 걸까. 그런 생각이 자꾸 머리를 맴돌아서…….

"좋아하셨나요?"

옆에서 대뜸 린네가 스마트폰에 얼굴을 가까이하고 물었다.

"좋아하셨어요? 그분을."

—……아마 그럴지도.

후후 하는 자조 섞인 웃음소리가 들렸다.

—그리고 그때가 돼서야 비로소 깨달았어. 이제 두 번 다시 미쓰미네를 만날 수 없다는 걸…….

그날을 기점으로 미쓰미네 선배는 전학을 간 것으로 보인다.

늦었다. 마쓰다 선배만이 미쓰미네 선배를 구할 수 있었을지 모르는데 이미 너무 늦은 것이다.

—하나부터 열까지 늦어 버렸다는 걸 깨달았지만, 그날 이후로도 난 움직여야 했어. 그날 밤에 있었던 일을 혼자 몰래 조사하기 시작했지. 혹시 휴대용 배터리를 숨겨 둔 매트에 남아 있던 그을음 자국 봤니?

"네. 숯을 문지른 듯한 자국 말이죠?"

—그래. 그것도 나중에 내가 그 창고를 다시 조사했을 때 떠올린 거야. 그날 아침 아무도 없는 체육 창고를 찾았을 때 매트에 그런 검은 얼룩이 남아 있었다는 걸. 그리고 곧장 깨달았지. 가나미야와 그 친구들이 담배를 피운다는 소문이 돌았다는 걸.

그런가. 그렇다면 이 검은 얼룩은.

"담뱃재가…… 떨어진 흔적이겠네요."

—그래. 분명 그거였겠지. 지금 남아 있는 그 자국은 내가 아빠 담배로 재현한 자국이긴 하지만……. 아무튼 가나미야와 그 친구들은 그때 체육 창고에 숨어서 담배를 피웠고, 실수로 담뱃재를 매트에 떨어뜨린 걸 미쓰미네에게 치우라고 했을 거야. 곰곰이 생각하니 내가 창고에서 미쓰미네를 처음 발견했을 때도 미쓰미네는 매트 위에 엎드려서 뭔가를 하고 있었어.

그제야 모든 게 이해가 됐다. 그날 그들이 미쓰미네를 창고에 가둔 것은 단순한 폭력이 아니었다. 자신들이 저지른 잘못을 하수

인을 시켜서 처리하게 한 것이다. 그것이 진실이었다.

—그걸 알고 나니 생각이 더 많아지더라. 어떡해야 걔를 도울 수 있었을까. 그날 밤 내가 뭘 해야 했을까. 그런 생각이 지난 2년간 줄곧 머리를 떠나지 않았어. 계속 계속…….

마쓰다 선배는 악몽을 꾸는 사람처럼 중얼거렸다. 영원히 깨어날 수 없는 악몽.

—무리한 부탁이라는 건 나도 알아. 하지만 너 말고는 의지할 사람이 없었어. 그래서…….

그렇게 마쓰다 선배는 마침내 나에게 상담 내용을 털어놓았다.

—……이로하. 그 창고에서 탈출하는 방법을 나한테 가르쳐 줄래?

선배의 하소연을 다 듣고 통화를 끊고 나서야 문득 깨달았다.

그러고 보니 린네의 범인 선언이 아직 없다.

보통 이야기를 듣는 도중에 끼어들어서 범인 선언을 하곤 했는데.

린네를 보니 뭔가 답답한 표정으로 고개만 갸웃거리고 있었다.

"왜 그래?"

"아니, 그게…… 뭐라고 해야 할지……. 이번에는 범인이 누군지 너무 뻔하지 않나요?"

"그래. 미쓰미네 선배를 창고에 가둔 건 가나미야 선배와 그 친구들이야. 그야말로 자명한 이치지. ……아, 그래서 이번에는 범인이 그 녀석들이라고 말하지 않는 거야?"

"아뇨. 범인이 뻔한 경우에도 그들이 범인이라는 게 머리에 떠오를 텐데…… 이번에는 어째서인지 아무것도 떠오르지 않아요."

"떠오르지 않는다?"

"네……. 이런 경우는 처음이네요."

나에게는 범인의 이름이 자동으로 떠오르는 현상 쪽이 더 섬뜩하지만, 날 때부터 그것이 당연했던 린네에게는 그러지 않은 게 이상한 듯했다.

왜일까. 린네의 능력은 이번 사건을 '수수께끼'로 인정하지 않는 걸까. 아니면 단서가 아직 부족한 걸까.

"어쨌든 핵심은 이 창고에서 탈출하는 방법이야. 시연은 불가능해도 방법만 설명할 수 있다면 선배가 문을 열어 줄 거야."

"굳이 그 선배 말을 들어야 하나요? 안 해도 된다고 했잖아요."

"어라? '내숭쟁이 선배'라고 안 부르네. 갑자기 왜?"

"……무슨 상관이에요. 그보다 얼른 그냥 안 하겠다고 하고 문을 열어 달라고 해요."

"그 온순한 마쓰다 선배가 이런 엄청난 일을 저질렀어. 난 그 각오에 보답하고 싶어. 내가 할 수 있는 최선을 다할 거야."

"……거의 질환 수준이네요."

"죽지 않는 질환이면 상관없어. 넌 돌아가도 돼. 가족들도 걱정하고 있을 테니."

"안 가요."

린네는 딱 잘라 말했다.

"여기까지 왔으니 제힘으로 탈출하는 게 속도 후련하겠죠. 퍼즐이랑 같아요."

"너 혼자 퍼즐을 완성하는 걸 본 기억이 없는데?"

"시끄러워요."

그렇게 마음을 정했다면 우선 환경을 조성해야 할 것이다.

"매트를 돌려놓을게. 반대편을 들어 줘."

"싫어요. 더러워요."

"어차피 휴식 시간에 계속 앉아 있었잖아."

그러자 린네는 진심으로 싫은 것처럼 고개를 홱 돌렸다. 매트를 뒤집을 때 불결함을 인지한 걸까. 어쩔 수 없이 나는 혼자 매트를 원래 자리에 돌려놓았다.

그리고 그 위에 앉아 추리 노트를 펼쳤다.

"자, 그럼 우선 조건들을 정리해 볼까. 탈출 방법이 있다고 해도 당시 마쓰다 선배가 실천할 만한 게 아니면 의미도 없으니."

"가뜩이나 좋은 방법이 떠오르지 않는데 다른 조건까지……."

서서 노트를 들여다보던 린네가 지긋지긋한 것처럼 말했다.

나는 샤프를 움직였다.

"첫째, '열쇠는 가나미야 선배가 가지고 있었다'. 물론 범인인 가나미야 선배에게 의지할 수는 없으니 사실상 열쇠를 쓸 수 없었다는 말이 되겠지.”

“문을 통해 창고 밖으로 나가려면 자물쇠를 부술 수밖에 없었다는 뜻이네요.”

“그래. 둘째, ‘미쓰미네 선배는 일을 크게 만들고 싶어 하지 않았다’. 즉, 경찰이나 학교에 도움을 청하는 건 안 된다. 탈출 방법은 마쓰다 선배나 미쓰미네 선배가 직접 실천할 수 있었던 방법으로 한정돼.”

“그냥 외부에 도움을 요청하면 고생하지도 않았을 텐데…….”

“낯가림이 심한 넌 그 마음을 이해하지 않아?”

“전 낯을 가리지 않아요. 단지 인간을 싫어할 뿐이죠.”

그쪽이 더 문제 같은데.

“셋째, ‘미쓰미네 선배는 스마트폰을 가지고 있지 않았다’. 일단 이 정도인가?”

“……정말 찾을 수 있을까요?”

“흐음…….”

나는 노트를 보며 고개를 갸웃거렸다. 마쓰다 선배는 절대 머리가 나쁜 사람이 아니다. 그런 선배도 밤새도록 고민해도 뾰족한 수가 떠오르지 않았다고 하니 지금 여기서 우리가 당장 답을 내놓을 수 있을 리도 만무하다. 그걸 넘어 우리는 이미 한 차례 포기하기도 했다.

“뭔가 새로운 단서가 필요할 것 같아. 그것도 당시 마쓰다 선배가 미처 깨닫지 못한 단서가.”

나는 다시 한번 체육 창고를 둘러봤다.

그날 마쓰다 선배는 철창이 달린 창문으로 창고 안을 관찰했다. 물론 어깨가 겨우 들어갈 정도의 넓이이니 창고 안의 모든 풍경을 조망할 수는 없었을 것이다.

창문 때문에 사각형으로 깎인 달빛이 제자리에 있는 매트를 비추고 있다. 이 달빛이 닿는 범위가 곧 마쓰다 선배의 당시 시야라고 생각하면 벽 쪽은 그 안에 전혀 들어가지 않는다.

"마쓰다 선배의 방에서 보이지 않을 만한 곳들을 중점적으로 살펴볼까?"

"어디를 더 살핀다는 건가요. 이 쓰레기 같은 창고를."

"어차피 넌 아무것도 안 하잖아."

린네의 말마따나 샅샅이 뒤지기에는 창고가 너무 어수선하기는 하다. 그래도 조금이나마 확인하고 싶었다.

나는 몸을 일으켜 도깨비불처럼 보이던 손전등을 켜고 체육용품 더미를 비췄다.

"2년 전이라……. 지금도 뭔가 흔적이 남아 있으면 좋을 텐데."

"운동장에 선을 긋는 라인기나 허들 같은 건 동아리 활동 때도 자주 쓸 테니 단서가 없을 것 같아요."

"그렇겠지. 비품 점검도 매일 하고 있을 테고. 마찬가지로 저 줄다리기용 밧줄 같은 것도 작년과 재작년 체육 대회 때 썼을 테니. ……어지간히 눈에 들어오지 않는 흔적이 아니라면 그냥 방치해 두지 않았을 거야."

"그럼 2년간 그 누구도 손대지 않았을 만한 부분부터 찾아보는 게 어떨까요?"

"흐음……. 뭔가 조금은 생각하고 말하기 시작했네, 너."

"고마운 칭찬이네요."

"다음에 과자 사 줄게."

"저를 몇 살로 보시는 거예요?"

그러더니 린네는 "하겐다즈가 좋아요"라고 했다. 골라도 그 비싼 아이스크림을.

2년간 그 누구도 손대지 않았을 만한 것이라면 단숨에 선택의 폭이 좁아진다. 이곳은 학교 운동장에 있는 창고다. 운동장에서 쓰지 않는 물건. 쓰지 않은 채 안쪽 구석에 밀려나 있을 만한 물건.

"……역시 저것 정도인가."

내가 주목한 것은 오래된 뜀틀이었다.

누군가 먹다 남긴 음식물 찌꺼기가 안에 버려져 있었던 뜀틀. 혹시 마쓰다 선배도 이 뜀틀의 존재를 알고 있을까. 조금 전에 묻는 걸 깜빡했다.

어쨌든 이 안에서는 눈에 띄는 물건임이 틀림없다. 다시 한번 확인해 보는 게 좋을 것이다.

나는 뜀틀의 맨 윗단을 떼어낸 후 손전등으로 안을 비췄다. 불빛이 없었던 조금 전과 달리 이번에는 조금 더 또렷하게 관찰할 수 있었다.

"이제 와서 그런 쓰레기를 보면서 뭘 알 수 있죠?"

"마음에 걸려 다시 한번 확인했을 때 뭔가가 더 밝혀지는 경우도 많아."

"예를 들면?"

"식기가 두 개 있군. 젓가락과 숟가락."

"그게 무슨 문제예요?"

"편의점 도시락만 먹을 거면 젓가락만 있어도 되잖아. 게다가 숟가락 쪽에는 밥알 같은 게 붙어 있지도 않아. 깨끗해."

또 페트병은 왜 두 병일까. 둘이 마셨을까. 아니, 한쪽은 내용물이 그대로 남아 있다. 설마 혼자 두 병을 다 마시려고 한 걸까. 이런 곳에서?

500밀리리터 페트병 두 병이면 양이 꽤 된다. 아무리 목이 말랐다고 해도 점심 식사 때 곁들여서 마실 양은 아니다. 유추해 볼 가능성은.

"이곳에 오래 머무를 계획이었을지도……."

나의 그 중얼거림이.

순간 진실로 향하는 길을 언뜻 보여 준 것 같았다.

"……설마……."

대번에 온몸에 소름이 돋았다.

지금 내 머릿속에 떠오른 이 생각. 만약 이게 정답이라면…….

"이로하 씨?"

린네의 말을 무시하고 나는 뜀틀 안으로 손을 뻗었다.

도시락과 과자를 차례로 집어 손전등을 비춘다.

그렇다. 보고 있었다.

린네는 보고 있었다.

편의점 도시락의 뚜껑을. 아니.

뚜껑에 부착된 라벨을, 신기한 것처럼.

라벨에는 상품명, 가격과 함께 유통 기한이 표시돼 있다. 도시락과 빵은 유통 기한이 길지 않다. 언제 샀는지 날짜를 보면 쉽게 역산할 수 있다.

"……2년 전 7월……."

즉 '2년 전 이맘때'다.

나는 다시 매트 위로 뛰어갔다. 그곳에 둔 추리 노트. 그것을 펼쳐 마쓰다 선배의 이야기를 들으며 메모한 내용을 다시 훑었다.

"……그래, 맞아. 바로 이거야!"

모순이 있다.

그리고 이 가설이면 모든 모순을 설명할 수 있다.

린네가 범인을 떠올리지 못한 이유도 명백하다.

"뭔가 알아내셨어요?"

뒤에서 묻는 린네에게 나는 돌아서서 말했다.

"린네, 넌 역시 알고 있었어."

"네?"

"넌 범인을 정확히 추리했어."

하지만 내가 이 이야기를 해도 될까.

그리고 마쓰다 선배는, 이 진실을 알게 돼도 괜찮을까.

"……선배, 각오는 되셨나요?"

다시 전화를 받은 마쓰다 선배에게 그렇게 묻자 깜짝 놀라 숨을 들이마시는 기색이 전해졌다.

"2년 전 미쓰미네 선배가 실천했을 만한 탈출 방법을 알아낸 것 같아요. 하지만 지금 전 고민 중이에요. 이걸 정말 선배한테 알려 줘도 될지. 그 이유를 밝히기도 망설여지고요."

—역시 우리 이로하는 자상하네.

마쓰다 선배는 미소를 머금은 목소리로 말했다.

—그건 내가 뭔가를 잘못 알고 있다는 뜻이겠지?

"……네."

—설명하지 않고서는 탈출 방법을 시연할 수도 없지 않니?

"맞아요."

그렇다.

그날 미쓰미네 선배가 창고에서 탈출하지 못한 건 마쓰다 선배가 모르고 있었던 어떤 진실과 관련이 깊다. 그것을 숨기면 마쓰다 선배가 원하는 답은 나오지 않을 것이다.

—괜찮아.

잠시 고민한 후 마쓰다 선배는 그렇게 말했다.

—전부 말해 줘. 그날 미쓰미네에게 무슨 일이 있었는지.

"네. 그럼…… 제가 떠올린 순서대로 말씀드릴게요."

나는 호흡을 가다듬었다.

스마트폰 너머에 있는 선배를 위해. 그리고 옆에서 듣고 있는 린네를 위해 나는 2년 전 이곳에서 일어난 일을 재구성하기 시작했다.

"선배의 이야기에는 명확한 모순이 있었어요."

—모순?

"빛."

나는 도깨비불로 위장돼 있던 손전등의 스위치를 눌렀다.

"2년 전 창고에서 미쓰미네 선배를 처음 발견했을 때 도깨비불 같은 빛을 봤다고 하셨죠?"

—응.

"그게 무슨 빛이었다고 생각하시나요?"

—손전등 불빛 같은 거라고……. 담뱃재를 치울 때 캄캄하면 어려울 테니까.

"그렇겠죠. 그렇게 생각하실 만해요. 하지만 그건 조금 이상하기도 해요."

—뭐가?

"선배는 이렇게 말씀하셨어요. 미쓰미네 선배와 노트로 필담을 나눌 때 스마트폰 카메라의 야간 모드를 활용했다고."

—응. 왜냐하면 그때 창고 안이 어두웠으니까……. 어라?

"미쓰미네 선배는 왜 손전등을 활용하지 않았을까요?"

마쓰다 선배는 말문이 막힌 듯했다. 숨소리도 들리지 않는다.

대신 옆에 있는 린네가 입을 열었다.

"휴대폰 배터리를 아끼려고 한 거 아니에요?"

"마쓰다 선배는 이런 말도 했어. '미쓰미네는 캄캄한 곳에 혼자 갇혀서 움직이고 있었다'라고. 그렇게 어둡고 힘든 상황에서 과연 배터리를 아껴야겠다는 생각이 들까? 그리고 무엇보다 부자연스러운 건 그다음 이어진 마쓰다 선배의 이야기에서는 '도깨비불 같은 빛'이라는 말이 깨끗이 사라졌다는 점이야. 어쩌면 마쓰다 선배와 미쓰미네 선배의 필담이 시작된 후 미쓰미네 선배는 한 번도 그 빛을 발산하지 않은 게 아닐까? 어떤가요, 선배?"

—듣고 보니 그러네……. 왜 그랬을까……?

"답은 하나예요. 그 빛의 정체를 선배에게 알려 주고 싶지 않았기 때문이죠."

—빛의…… 정체……?

"미쓰미네 선배가 '가지고 있지 않다'라고 명확하게 선언한 상황에서도 빛을 발하는 게 있었겠죠. 그 존재를 비밀로 하고 싶었던 거예요."

"……아!"

마쓰다 선배가 반응하기도 전에 린네가 손뼉을 짝 쳤다.

"스마트폰!"

"그래. 스마트폰이라면 '나타났다가 사라지기를 반복했다'라는 이야기와도 들어맞지. 미쓰미네 선배는 그날 스마트폰을 빼앗겼다고 했지만 실제로는 가지고 있었어요. 그것도 전원이 확실히 켜진 스마트폰을……. 그리고 이렇게 되면 이야기가 사뭇 달라지게 돼요."

"언제든 도움을 요청할 수 있는 상태였다는 말이네요……. 그럼에도 불구하고 그분은 굳이 도움을 요청하지 않았다……."

—……그, 그건!

마쓰다 선배가 뭔가를 지키려는 것처럼 다급하게 끼어들어 외쳤다.

—일을 크게 만들고 싶지 않았으니까……! 미쓰미네는 창고에 갇혔다는 걸 그 누구에게도 알리고 싶어 하지 않았어! 그런 비참한 상황을 나에게도 알리고 싶지 않아서 분명 나에게까지 스마트폰을 숨기고…….

"네. 그 말씀은 맞는 것 같아요. 하지만 선배, 문제는 거기 있지 않아요."

—어……?

"선배 말씀대로 사람을 어딘가에 정말 가둔다면 보통은 스마트폰을 빼앗아서 못 쓰게 하겠죠. 그렇지만 미쓰미네 선배는 그런 상태가 아니었다. 이러면 다른 가능성도 검토해야 하지 않을까요?"

—……다른 가능성…….

"미쓰미네 선배가 자기 의지로 창고에 있었을 가능성이요."

다른 사람 때문에 갇힌 게 아니라.

자신의 의지로, 그곳에 있었다.

—그건…… 그럼…….

마쓰다 선배의 목소리가 혼란의 색채를 머금었다.

—미쓰미네가 나한테 거짓말을 했다는 거야……?

"안타깝게도 그렇게 되겠네요."

—왜…… 어째서 그런 짓을……!

"미쓰미네 선배는 제법 치밀하게 준비한 것 같아요. 창고를 살펴보니 오래된 뜀틀 안에서 먹다 남긴 도시락과 빵이 발견됐죠. 유통 기한으로 미뤄 볼 때 아마 2년 전 미쓰미네 선배가 직접 가져온 것으로 추정돼요. 미쓰미네 선배는 장기전이 될 것을 그때부터 이미 알고 있었던 거예요. 상당한 각오와 노력……. 마쓰다 선배가 추측한 대로 오로지 매트에 남은 담뱃재 자국의 뒤처리를 위해서만 이런 걸 준비했다면, 거기에서는 강력한 어떤 의지가 느껴지죠."

—강력한 의지라니……?

"선배는 이런 말씀도 하셨어요."

—응?

"왕따 그룹의 리더, 즉 가나미야 선배가 창고 사건 이후 **남자 친구에게 차였다며 우울해했다고.**"

—…….

마치 수화기 너머의 풍경이 새하얗게 변한 듯했다.

그것 말고는 달리 표현할 도리가 없는 침묵이었다.

옆에서는 린네가 눈을 동그랗게 뜨고 있다.

나 역시 처음에는 믿지 못했다.

하지만 이것이라면 설명할 수 있다.

미쓰미네 선배가 한밤중에 스스로 창고에 틀어박혀 있었던 이유.

가나미야 선배가 상담실을 찾아온 이유.

모든 것을 설명할 수 있다.

만약 예전 남자 친구의 원한이 도깨비불이 되어 나타났다는 이야기를 들으면 겁이 날 테니까.

—……거짓말.

"거짓말이 아니에요."

—거짓말이야!

"그럼 그날 누가 창고 문을 연 건가요? 학교 바로 근처에 사는 선배가 아침에 해가 뜨자마자 창고에 달려갔는데도 창고 문이 열려 있었다면서요. 그럼 열쇠를 가지고 있었던 사람이 누구보다 빠르게, 아침이 밝아 오기도 전에 미쓰미네 선배에게 달려갔다는 말 아닐까요?"

—…….

그저 왕따를 당하던 사람이 그런 헌신적인 행동을 할까.

그러니 이것이 진실이다. 단순한 추측이 아니다. 타당성 있는 추론이다.

"……일단 잠깐 마음을 정리하세요, 선배. 탈출 방법에 대한 설명은 지금부터예요."

—……탈출 방법 같은 게 필요해……? 창고 열쇠를 가지고 있던 가나미야가 협조했다면 어차피 그런 건…….

“미쓰미네 선배가 작업 시간으로 완전 하교 시간 이후를 택한 건 아마 그때가 가장 인적이 드문 시간대여서였을 거예요. 숙직 선생님이나 청소하는 분들도 운동장에 있는 체육 창고 안까지 둘러보지는 않을 것이고, 문을 잠그면 만일의 사태도 피할 수 있겠다고 판단했겠죠. 하지만 이 경우 열쇠를 가지고 있는 가나미야 선배를 창고로 부르는 건 위험 부담이 따라요. 닫혀 있는 교문을 넘어야 하니 자칫하다가 보안에 걸릴 수 있으니까요. 그러니 가장 안전한 방법은 창고에서 그대로 하룻밤을 보내고 이른 아침에 가나미야 선배의 도움을 받는 거예요. 하지만 그래도 예상 못 할 긴급 사태는 일어날 수 있죠. 실제로 미쓰미네 선배는 창고에서 열사병으로 그만 쓰러지고 말았어요. 그런 경우를 대비해 미쓰미네 선배는 비상용 탈출 수단을 미리 준비했을 거고요.”

—……하지만 준비해 놓고도 못 썼잖아? 그건 왜……?

“그건…… 지금부터 제가 시연하는 모습을 보면 아실 수 있을 거예요.”

당시 준비해 놓은 장치가 지금도 남아 있을지는 미지수다.

그리고 내가 추리한 대로 미쓰미네 선배가 정말 그런 행동을 했을지도 사실 확증할 수 없다. 하지만 틀려도 상관없다. 그렇다면.

나는 스마트폰을 영상 통화 모드로 바꿔서 오래된 뜀틀 안으로 카메라를 비췄다.

"보이시죠, 선배? 조금 전 저희가 찾아낸 거예요."

—응……. 도시락과 빵, 페트병 그리고…… 식기?

"젓가락과 숟가락이고 젓가락에는 밥알이 붙어 있죠."

—아, 그래. 네가 무슨 말을 하려는지 이제 알겠어. 미쓰미네는…… 그때 내가 보고 있어서 물을 못 마셨던 거구나. 내가 보고 있었기 때문에…….

"네, 그랬겠죠. 하지만 그보다 더 주목해 주셨으면 하는 건 식기 쪽이에요."

—식기?

"네. 미쓰미네 선배가 이 숟가락을 어떤 용도로 썼을 거라고 보시나요?"

—용도……?

당황한 것처럼 머뭇거리는 마쓰다 선배 대신 린네가 입을 열었다.

"도시락을 먹을 용도로 썼겠죠. 무슨 말씀을 하시려는 거예요?"

"너도 본 적은 있다고 했지? 린네."

"네?"

"편의점 도시락 말이야. 보통 편의점 도시락에는 숟가락이 딸려 있지 않아. 굳이 **숟가락을 쓸 필요가 없으니까.**"

"……응? 하, 하지만…… 아, 그러니까 밥을 먹을 때 쓴 거 아닌가요? 밥알에 찰기가 없으면 젓가락으로 뜨기 힘들잖아요."

"그건 도시락 뚜껑을 열어 밥에 젓가락을 넣어 보기 전까지는 알 수 없는 일이지. 젓가락에 밥알이 붙어 있는 걸 보면 미쓰미네 선배는 적어도 한 번은 젓가락으로 밥을 먹으려고 했어. 즉, 최소한 도시락 뚜껑을 열기 전까지는 젓가락으로 밥을 먹을 생각이었다는 뜻이니 숟가락을 따로 준비할 이유가 없다는 말이야. 설령 숟가락이 더 편하다는 걸 깨달았다고 해도 그때는 이미 이 창고가 밀실이었을 거야. 가지러 갈 수 없었어."

"음…… 그건 확실히 그렇네요……."

—이로하…… 무슨 말을 하려는 거니……?

"그러니까 이 숟가락은 식사를 위해 준비된 게 아니라는 뜻이에요."

나는 손을 뻗어서 스테인리스 숟가락을 집어 들었다. 카레라이스 같은 걸 먹을 때 쓰는 약간 큰 숟가락이지만 교복 주머니에는 들어갈 크기다.

"자, 그럼 이곳에서 2년 전 일어난 일을 다시 순서대로 정리해 볼게요. 가나미야 선배와 그 친구들을 점심시간 같은 때 이 창고에서 담배를 피우다가 담뱃재를 매트에 떨어뜨렸어요. 손으로 치우는 등 나름대로 노력을 했겠지만 그래도 자국이 남아서 당황하고 말았죠. 사람들에게 들키지 않을 시간대에 확실히 자국을 없애야겠다고 생각한 가나미야 선배는 순간 좋은 생각을 떠올렸어요. 그런 일을 시키기 딱 좋은 사람이 있다는 걸."

침묵하는 마쓰다 선배에게 나는 감정을 죽인 채 말을 이어 갔다.

"하지만 가나미야 선배는 당시 어울리는 친구들에게도 말하지 않은 비밀이 있었어요. 바로 미쓰미네 선배와 가나미야 선배가 실제로는 사귀는 사이였다는 사실이죠. 그룹 리더의 남자 친구인 걸 알면서도 따돌릴 수는 없을 테니 아마 가나미야 선배의 친구들은 그 사실을 몰랐던 것 같아요. 아무튼 가나미야 선배는 미쓰미네 선배에게 부탁해 담뱃재 자국을 없애 달라고 했어요. 다만 그룹 리더로서 체면을 지키려고 외부에는 미쓰미네 선배를 그곳에 하룻밤 동안 가둬 놓겠다는 식으로 말한 것 같아요."

—……응.

"부탁을 받은 미쓰미네 선배는 방과 후 가나미야 선배가 동아리 활동을 하는 동안 편의점 도시락, 빵, 음료수 등 하룻밤을 지새울 준비물들을 사서 학교 안 어딘가에 뒀을 거예요. 그리고 이런저런 준비를 마친 후 하교 시간 직전에 가나미야 선배와 그 친구들에 의해 창고에 갇혔어요. 이때 그들은 미쓰미네 선배의 스마트폰을 빼앗았을 거예요. 하지만 그건 그룹 리더인 가나미야 선배가 보관해 뒀다가 나중에 다시 창문 철창 사이로 주거나 그냥 평범하게 창고 문을 열어서 미쓰미네 선배에게 전달할 수 있었어요. 음식 같은 것도 마찬가지고, 이 숟가락도요."

—……설마 그 숟가락이 열쇠였다는 거야? 미쓰미네가 떠올린 탈출 방법에서 사용할 열쇠……?

"네, 맞아요."

그렇게 말하고 나는 숟가락을 들고 곧장 그곳으로 향했다.

창고 구석 쪽 벽에 있는 작은 구멍.

"이 구멍을 선배도 아시나요?"

—아니, 몰랐어. 내 방에서는 잡초와 그림자 사이에 가려져서…….

"그럼 이렇게 하면?"

나는 숟가락을 든 손을 구멍에 넣어 밖으로 내밀었다.

—수풀 사이에서 뭔가 움직이는 게 보이는 것 같기도…….

"그렇겠죠."

마쓰다 선배의 목소리는 조금씩 떨리면서 당장에라도 사라질 것 같았다.

린네 역시 얼굴이 하얗게 질린 채 입을 다물고 있다.

두 사람 다 눈치챘을 것이다. 지금부터 내가 무슨 말을 하려는지.

"이 구멍은 팔 하나가 겨우 들어갈 크기라서 사람이 드나들 수는 없는 구멍이에요. 그리고 창고 뒤편에는 잡초가 30센티미터 넘게 무성히 자라서 외부에서 이 구멍을 발견하는 건 거의 불가능하죠. 하지만."

나는 영상 통화 화면을 비추는 카메라를 벽에 있는 구멍에서 그 바로 앞에 있는 바닥으로 옮겼다.

정확히 말하면 5센티미터 정도 되는 길이에 흙이 뿌리에 붙은 채로 말라 있는 잡초로.

"선배, 보이세요? 이 잡초는 벽의 구멍을 가리고 있던 도약판 바로 옆에 떨어져 있었어요."

—그렇구나……. 그럼 벽의 구멍으로 들어왔나 보네.

"네, 맞아요. 그런데 어떻게 들어왔다고 생각하세요?"

—응?

나는 잡초를 주워서 카메라에 가까이 가져갔다.

"이 잡초의 뿌리는 끊어지지 않았고 흙도 단단히 엉겨 붙어 있어요. 자연적으로 뽑았을 경우에는 이렇게 되지 않겠죠. 아마도 뭔가를 써서 파낸 것으로 추측돼요."

—…….

"조금 전 미쓰미네 선배가 창고에 갇히기 전에 '이런저런 준비를 했다'라고 말씀드렸는데, 그중 하나가 바로 이거였어요. 창고 뒤쪽이면 동아리 활동 중인 학생들의 눈에도 띄지 않을 테고요."

나는 벽에 난 구멍에 손을 다시 집어넣어 잡초가 무성한 땅바닥에 숟가락을 꽂았다.

음식을 떠먹는 것. 그런 용도가 아닌 숟가락의 또 다른 용도.

그것은 즉, 삽의 대용이다.

어째서 삽을 준비하지 않았는지는 알 수 없다. 땅만 팔 수 있다면 뭐든 괜찮다고 생각했을지도 모른다. 숟가락이면 굳이 사지 않아도 학교에 있는 가정과 교실 등에서 빌릴 수 있고, 가나미야 선배가 가져다주지 않아도 주머니에 넣어 창고에 가져갈 수도 있었다. 현실에서 이곳에 있었던 것은 숟가락이었다.

잡초를 뿌리째 뽑기 위해 땅을 파낸다.

미쓰미네 선배가 했을 때도 지금처럼 잡초가 무성히 자라 있었을 것이다. 하지만 지면과 가까운 벽 구멍으로 작업하는 나와 달리 미쓰미네 선배는 창고 밖에서 땅을 내려다보는 자세로 작업했다. 이때 길게 자란 잡초가 시야를 가려 작업에 일정 부분 지장을 주었을 것이다.

그러니 미쓰미네 선배는 작업을 원활히 하려고 잡초들을 어느 정도 뽑거나 잘랐다. 그 결과 **30센티미터가 넘는 잡초가 5센티미터 정도로 줄어드는 건** 충분히 예상할 수 있다.

작업은 십여 초 만에 끝났다.

땅에 꽂은 숟가락 끝에 단단한 뭔가가 닿았다.

"있다……."

나왔다. 이로써 내 추리는, 린네의 추리는 옳았다.

나는 땅에 묻힌 그것을 파서 꺼냈다.

그것은 비닐봉지에 싸여 있었다.

그래서인지 2년이 지난 지금도 별로 녹슬지 않았고 충분히 쓸 만해 보였다.

"……렌치……."

린네가 중얼거렸다.

그렇다. 땅에 묻혀 있었던 것은 렌치.

창문 철창의 볼트를 풀 수 있는 도구다.

더 이상의 설명은 필요 없다.

나는 숟가락에서 렌치로 바꿔 들고 창문 철창 틈새로 팔을 넣어 볼트를 풀었다.

약간 애를 먹기는 했지만 볼트 네 개가 전부 풀렸다. 그러자 고정 장치를 잃은 철창이 바깥쪽으로 떨어졌다. 무성히 자란 잡초가 받쳐 준 덕에 소리는 거의 나지 않았다.

짐을 싸서 창밖에 던진 후 나도 창밖으로 빠져나갔다.

내가 먼저 잡초 위에 내려서자 뒤이어 린네가 창문을 빠져나오려고 상반신을 내민 채 바동거리기 시작했다. 겨드랑이에 팔을 집어넣어서 끌어내려 줬다.

무사히 둘 다 땅에 발을 디딘 후 떨어진 볼트와 창살을 주워서 원위치에 고정했다.

이로써 탈출 완료.

마지막으로 렌치를 파낸 구멍만 막으면 아무 흔적이 남지 않는다.

하지만 미쓰미네 선배는 당시 이 방법을 쓸 수 없었다.

왜냐하면.

"마쓰다 선배……."

나는 조금 망설였지만 선배가 진실을 받아들이리라 믿고 입을 열었다.

"당시 미쓰미네 선배는…… 마쓰다 선배가 창문과 벽에 있는 구멍 쪽을 계속 보고 있었기 때문에 이 방법을 쓸 수 없었던 거예요."

즉.

"그날 미쓰미네 선배를 창고에 가둔 사람은 가나미야 선배가 아닌 마쓰다 선배였어요."

그러니 린네는 범인의 이름을 떠올리지 못했다.

정확히 말하면, 떠올리기는 했어도 깨닫지 못했다.

똑같았기 때문이다.

직전에 추리한 우리를 가둔 범인과 새로운 수수께끼의 범인이 똑같았으니 두 가지를 혼동해 린네는 하늘의 계시를 받지 못한 것처럼 느꼈다.

―……하하.

마쓰다 선배의 웃음소리에서 묘한 기운이 느껴졌다.

―하하. 아하핫. 훗…… 하핫. 하하하하. 그래, 그렇구나…….

괴로웠다. 마쓰다 선배만큼은 아니겠지만 나도 후회가 차올랐다.

전달하는 것이 과연 옳은 선택이었을까.

진실을 밝히는 것이 과연 옳은 선택이었을까.

―미안…… 이로하. 너한테 이상한 일을 시켜서.

"아뇨……. 전 전혀."

―……부끄러운 짓을 해 버렸네. 그렇구나. 내 탓이었구나.

그날 나 때문에 미쓰미네가…….

“마쓰다 선배 잘못이 아니에요! 상황이 하필 이상하게 맞물렸을 뿐이고…….”

―……이상하게 맞물렸다, 라…….

선배는 비아냥거리듯 웃었다.

―그런 걸 두고 ‘인연이 아니었다’라고 할 수도 있겠지…….

나는 더 할 말이 없었다.

마쓰다 선배는 결말을 원했다. 지금도 질질 끌려다니고 있는 괴로운 기억의 결말을.

그리고 그것은 현실로 다가왔다. 하지만 그것은 어쩌면 트라우마 같은 것보다 더 쓰라린 진실이었다.

나는 어떻게 해야 했을까.

어떻게 하면 마쓰다 선배를 구할 수 있었을까.

―……고마워, 이로하.

마쓰다 선배는 언제나 그렇듯 온화한 목소리로 속삭였다.

―솔직히 지금 감정이 뒤죽박죽이고 울고 싶지만…… 지금까지는 그럴 수도 없었어. 계속 멈춰 있었거든. 그러니 이것만 극복하면, 반드시…….

“마쓰다 선배!”

나는 최대한 힘을 실어 스마트폰 너머에 있는 선배를 향해 외쳤다.

“또다시 저에게 상담해 주세요. 꼭 상담실에 오지 않으셔도 돼요. 전화만 주시면 언제든, 얼마든, 무엇이든 들어 드릴 테니……!"

—……괜찮아.

눈물에 젖어 흔들리는 목소리로 마쓰다 선배는 웃었다.

—그렇게 자상하게 대해 주면…… 난 금세 착각해서 또 좋아하게 될지 모르니까…….

그 뒤로 한동안 스마트폰 너머에서 전해지는 선배의 오열을 가만히 들었다.

생전처음으로 누군가가 진심으로 슬퍼하며 눈물을 흘리는 자리에 함께하고 있었다.

멀리서 피아노 선율이 울려 퍼진다.

어딘지 모르게 쓸쓸하고 가냘프지만 천천히, 조금이라도 앞으로 나아가고자 하는 열정이 느껴지는 음색이다.

린네는 퍼즐 조각을 만지작거리던 손을 멈추고 물었다.

"……그 뒤로 그분을 또 만났나요?"

누군지는 굳이 묻지 않아도 알 수 있다.

나는 필기하던 손을 멈추고 창문 너머 운동장을 바라봤다. 그 모퉁이에 있는 체육 창고를.

"아니, 안 만났어. 연락도 안 왔어."

"후회하세요?"

"……글쎄. 어쩌면 더 좋은 방법이 있었을 수 있고, 그게 최선의 판단이었을지도 모르지. 넌 답을 알겠지?"

"……."

논할 필요도 없이.

논할 시간도 없이.

모든 수수께끼를 단숨에 풀 수 있다.

모든 진실에 낭비 없이 도달할 수 있다.

그러나 아케가미 린네는 내 말에 고개를 가로저었다.

"그걸 안다면…… 고생하지도 않겠죠."

그렇다.

그러니 지금 여기 내가 있다. 린네가 제시해야 할 답을 대신 답해 주기 위해.

그렇다. 린네는 답안 맞추기용 기계 장치가 아니다. 추리소설 속 명탐정과는 다르다. 난 대체 무슨 소리를 한 걸까.

그때 상담실 문이 열리는 소리가 들렸다.

손님?

린네와 함께 창가 쪽 의자에 앉아 있던 나는 마음을 가다듬고 일어서서 흰색 칸막이 너머로 얼굴을 내밀었다.

그곳에 있는 사람은.

"……후요 선생님……."

이 상담실의 주인인 아케가미 후요 선생님.

2년 전 마쓰다 선배의 입을 틀어막은 장본인.

후요 선생님은 내게 인사 한마디 하지 않고 말없이 선반에 있는 커피 서버로 향했다.

그리고 고개를 돌린 채.

"린네, 잠깐만 자리를 비워 줄래?"

자신의 여동생에게 지시했다.

"너도 그러는 게 편하겠지? 이로하."

이 사람은 모든 걸 꿰뚫어 보고 있는 걸까.

어렸을 때 읽은 서유기 그림책이 생각났다. 아무리 재빨리 도망쳐도 그 끝에 있는 건 부처님의 손가락.

나는 창가에 있는 린네를 봤다.

린네도 내 의사를 묻는 것처럼 나를 보고 있었다.

"……부탁할게."

나는 지시 같은 건 할 수 없었다.

하지만 린네는 순순히 고개를 끄덕이고 직소 퍼즐에 덮개를 씌우고 자리에서 일어섰다.

그대로 말없이 린네가 상담실을 나가자 후요 선생님은 커피잔을 들고 소파에 앉았다.

"앉으렴. 서서 할 이야기도 아니잖니."

그제야 선생님의 맞은편 자리에 앉자 선생님은 주머니에서 작은 종이 상자에 든 과자를 꺼냈다.

"상담실을 통해서 들어온 상담이 아니면 너한테 개인적으로 들어온 상담이라고 할 수 있어. 나한테 보고할 의무는 없단다."

긴장감 없이 바스락바스락 과자 봉지를 뜯으면서 후요 선생님이 말했다.

"하지만 그걸 알아도 어차피 넌 내게 말했겠지."

"……왜죠?"

"넌 그런 아이니까."

단호하게.

린네보다 훨씬 더 신의 계시를 받은 사람처럼.

선생님은 그렇게 선언하고 봉지에서 길쭉한 초콜릿 과자를 꺼냈다.

"아니면 네가 악을 간과할 수 있겠니?"

……악? 악이라고?

"악은 아니에요."

결심했다.

나는 이 사람과 마주할 각오가 섰다.

"선생님은 아직 그저 용의자일 뿐이죠."

"흐음."

선생님은 초콜릿 과자 끝부분을 담배처럼 입에 물고 담담히 말했다.

"먼저 하나 알려 주자면, 이 세상에서는 그런 걸 악이라고 부른단다."

그렇다고 해도 나는 인정하지 못한다.

"……바로 여기까지가 마쓰다 선배의 상담 내용이에요."

그날 밤에 있었던 일을 처음부터 끝까지 들려주자 맞은편에 앉은 후요 선생님은 입에 문 초콜릿 과자를 딱 하고 부러뜨렸다.

남은 부분을 맛있게 먹고 나서 다시 입을 연다.

"그렇구나. 생각보다 더 훌륭하네, 우리 이로하."

"……네?"

훌륭하다고?

"뭐가 훌륭하다는 말씀이시죠? 제가 진실을 전하자 마쓰다 선배는 꼭 세상이 무너진 것처럼 오열을……."

"하지만 **그 정도로 그쳤잖니**. 그럼 훌륭하지 않을까?"

"그 정도라뇨……!"

아니, 나는 지금 이런 이야기를 하고 싶은 게 아니다.

진정하자. 흥분하지 말자.

내가 추구하는 것은 오직 진실, 그뿐이다.

"후요 선생님. 전 선생님이 어떤 분인지 잘 모르겠어요. 지금까지는 적어도 학생들에게만큼은 진심으로 대해 주신다고 믿었어요. 그러지 않았다면 그 많은 사람들이 이 상담실을 찾아올 리도 없으니까요. 그런데 그런 선생님께서 앞장서서 마쓰다 선배의 입을 틀어막다니요. 대체 왜 그러셨죠? 그 일 때문에 선배는 2년이 넘는 시간 동안 고통받아 왔어요. 뭔가 사정이 있었다면 알려 주세요."

"흐음……."

후요 선생님은 긴 다리를 포개고 편하게 턱을 괸 자세로 입을 뗐다.

"이로하."

"네."

"그렇게 모든 걸 다 드러내면 누구에게 도움 될 것 같니?"

"……네?"

의욕이 별로 느껴지지 않는 평소와 비슷한 목소리로 선생님은 나를 신랄하게 비판했다.

그 간극이 잘 이해되지 않아 나는 잠시 멍하니 있었다.

"린네가 악영향을 끼친 걸까? 타인을 그렇게 쉽게 범죄자 취급하지 말라며 그 아이에게 맞선 사람은 다른 누구도 아닌 바로 너였어. 하지만 지금 넌 마치 경찰 같네. 네 어머니에게 억울한 죄를 뒤집어씌우고 체포했던 경찰과 똑같은 것 같아."

"……그…… 그게 무슨……!"

나는 말을 잇지 못했다.

어머니에 대해 아는 걸까. 학교 관계자이니 그럴 수도 있다. 하지만 내가, 다른 사람도 아닌 내가 어머니를 오인 체포했던 경찰과 똑같다고?

"그때 그 일이 억울한 누명이었다는 말인가요……? 왕따 은폐 같은 게 없었다는 말씀이세요?"

"없었다고는 하지 않았어. 그래, 솔직하게 말해 줄게. 맞아. 은폐했지. 왜냐면 그게 모두가 구원받을 수 있는 유일한 길이었으니까."

"모두가 구원받는다……?"

후요 선생님은 봉지에서 초콜릿 과자를 하나 더 꺼냈다.

"그게 네가 바라는 바로 그 '사정'이야. 사실 미쓰미네는 말이지. 정말 공부를 잘하는 모범생이었단다. 우리 학교 수준에서는 감당하기 조금 벅찰 만큼. 그래서 선생님은 걔가 조금 더 능력을 발휘할 수 있는 학교로 옮기는 게 좋겠다는 생각을 오래전부터 하고 있었어."

"네……?"

"하지만 장애물이 있었지. 바로 여자 친구. 가나미야와 사귄다는 이유로 미쓰미네는 내 말을 듣지 않았어. 어리석지 않니?"

후요 선생님은 안색 하나 바뀌지 않고 나에게 물었다.

TV 드라마 이야기를 하며 수다라도 떨듯 태연하게 다시 초콜릿 과자를 입에 넣는다.

"10대를 적절한 환경에서 보내는 건 그 이후 평생을 좌우할 수도 있는 중대한 사안이야. 한때의 감정 같은 것에 휘말려서는 결코 안 될 문제지. 그럼 어떡해야 할까? 논리적으로 생각하면 답은 하나 아니겠어?"

"……설마……."

"오해하지 말렴. 그렇다고 그 체육 창고 사건 자체를 선생님이 꾸민 건 아니야. 그건 엄연한 사고였고, 난 단지 병원에 실려 간 미쓰미네에게 이렇게 말했을 뿐이지. 네 여자 친구인 가나미야는 쓰러진 너보다 매트에 남은 흔적을 더 신경 쓰고 있다고."

"……!"

이 사람은.

이 사람은……!

“속이신 건가요? 거짓말로! 일부러 두 사람을 헤어지게 하려고!”

“그렇게 소리치지 않아도 된단다. 선생님도 다른 사람을 속이는 게 좋다고는 생각하지 않아. 하지만 옛말에 ‘거짓말도 방편’이라는 말도 있잖니. 그 결과 미쓰미네는 상위권 고등학교로 전학을 갔고 지금은 도쿄대도 바라볼 수 있을 만큼 성적이 올랐다고 해. 요새도 가끔 선생님한테 고맙다며 전화를 걸어 오지.”

“네……? 그럼 남은 가나미야 선배는…….”

“실연의 아픔을 딛고 동아리 활동에 매진해 단 1년 만에 인터하이에 진출했어. 이건 결과론 같은 게 아니야. 선생님은 여러 번의 상담 끝에 가나미야라면 극복할 수 있겠다고 판단한 거야.”

“그…… 그럼 마쓰다 선배는요? 선배는 지난 2년간 계속 미쓰미네 선배를 걱정하면서……!”

“그 점에 대해서는 네게 감사하고 싶단다, 이로하. 그때는 아무 말 하지 않는 게 최선이라고 생각했거든. 너도 알다시피 마쓰다는 멘털이 강한 아이가 아니니까. 충격적인 실연을 견디지 못할 거라고 판단한 거야. 하지만 설마 **그 정도 상처로 끝낼 수 있는 방편이 있었을 줄이야**. 선생님이 현명하지 못했어.”

“네……?”

그 정도 상처? 방편?

이건 마치 내가 마쓰다 선배에게 했던 설명을 거짓말로 치부하는 듯한…….

"응……? 그렇구나. 이로하는 몰랐구나."

"뭘 말이죠……? 제가 대체 뭘 모른다는……."

"마쓰다를 배려해서 마쓰다가 받아들일 수 있을 정도의 방편을 만든 줄 알았는데, 그저 추리를 잘못했을 뿐이었던 거니? 그래. 생각해 보니 이로하는 그걸 보지 못했네. 린네는 그렇다 쳐도 너라면 그거 없이는 **진정한 진실**에 다다르기 힘들겠지."

추리를 잘못했다?

말도 안 된다. 그것 외에 무슨 다른 진실이…….

"어디다 넣어 뒀더라."

후요 선생님은 그렇게 중얼거리면서 자리에서 일어나 벽가의 선반에서 뭔가를 찾기 시작했다. 세 번째 서랍을 열더니 "있다, 있어" 하고 작은 상자 같은 것을 꺼냈다.

"이거야. 2년 전 저 체육 창고에서 압수한 물건. 게을러서 여태껏 버리지 않은 게 다행이었네."

나는 선생님이 던진 상자를 받아 들었다. 이게 뭐지. 두툼한 상자다. 뭘까?

"써 본 적이 없는 건가. 그래, 그렇겠지."

순간 등골이 오싹해졌다.

…….

말도 안 된다.

이게 체육 창고에서 나왔다고?

후요 선생님은 초콜릿 과자를 먹으며 담담하게 말했다.

"고등학생에게 호텔비는 비싸."

피임 기구.

상자의 입구가 뜯겨 있다.

'3개 들이'라고 적혀 있는데 안에는 두 개만 남아 있었다.

"……거짓말……."

"이런 선정적인 스토리를 그 순진한 마쓰다는 절대 받아들일 수 없었을 거야."

"말도 안 돼요."

"그럼 반박해 보렴. 변호사 지망생."

냉정한 목소리.

감정이 담기지 않는 기계 같은 눈빛으로 후요 선생님은 나를 봤다.

"거짓말 같으면 증거를 제시해서 반박하는 거야. 근거 없는 결론에는 힘도 없으니까."

나는 이를 악물고 가방에서 추리 노트를 꺼냈다.

후요 선생님이 제시하려는 가설이 무엇인지는 대략 상상이 된다. 허튼 망상이다. 악취미스러운 요설이다. 그렇게 단정 짓기 위해 나는 반론 무기를 찾았다.

"……당시 창고 안은 마쓰다 선배가 계속 지켜보고 있었어요. 그런 상황에서 그런 행위를 하고 있었다는 말인가요?"

"그러니 더욱 **받아들일 수 없는 충격적인 일이라는 거지**. 이로하. 너도 그 창고에서 매트에 누워 봤다고 했지? 그때 창문을 봤니?"

"봤지만, 그게 왜……."

"뭐가 보였니?"

"……별이 빛나는 밤하늘이."

"그게 다였지? 근처에 있는 집 창문, 그러니까 마쓰다의 방 창문은 보이지 않았겠지."

—추리 노트를 덮고 한숨을 내쉬며 바닥에 등을 대고 누웠다.

—철창이 달린 창문 너머로 별이 반짝이는 밤하늘만 보였다.

"네. 보이지 않았어요……. 앗."

그렇구나. 그럼.

"그럼 그 반대의 경우도 마찬가지겠지. 마쓰다의 방 창문에서는 매트에 누워 있는 사람이 보이지 않아."

"……아, 아아……!"

"그때 마쓰다도 말하지 않았니? 미쓰미네가 '매트 위에 엎드려서 뭔가를 하고 있었다'라고. **그 아래에 있는 사람**이 보이지 않았어도 이상하지 않다는 말이야."

"하…… 하지만! 그렇게 단언할 수는!"

"……이로하."

선생님은 입에 문 초콜릿 과자를 담배처럼 흔들었다.

"니코틴 때문에 망가진 폐로도 활약할 수 있을 만큼 육상은 만만한 종목이 아니란다."

"네……?"

"매트에 남아 있던 그 검은 자국은 담뱃재가 아니었다는 말이야."

……담뱃재가 아니다?

물론 담뱃재 자국이란 것은 추측에 불과했다. 그렇게 보였을 뿐이다. 성분을 세밀하게 분석하지도 않았고, 그걸 떠나 우리가 본 것은 마쓰다 선배가 자신의 기억을 바탕으로 재현한 자국이었다.

"그렇게 밀폐된 공간에서 담배를 피우면 순식간에 연기가 자욱해지겠지. 너도 보지 않았니? 창고 안에서 피어오른 먼지가 창문으로는 잘 빠져나가지 않는다는 걸. 창고 안에서 담배를 피웠다면 당연히 창고 안에 냄새가 밸 테고, 평소 학생들이 자주 드나드는 곳인 만큼 그런 냄새가 배었다면 금세 문제시됐을 거야. 비록 가나미야와 친구들이 담배를 피운다는 소문은 있었지만, 그건 소문에 불과했어."

"부…… 분명 그럴 가능성도 있지만…… 그럼 그건 대체 무슨 흔적이었던 거죠?"

"가나미야가 왔었지? 이 상담실에. 너도 눈치채지 않았니?"

"……뭘……."

"머리."

후요 선생님이 자신의 정수리 부분을 가리키며 말했다.

"오늘도 가나미야를 봤는데, 색이 많이 **빠지기는 했더라**. 그럼 자연스럽게 눈에도 띄게 돼."

"……빠지다니……"

가나미야 선배의 머리카락 뿌리 부분에는 밝은 머리카락이 조금 보였다.

"마쓰다는 다른 여고생들에 비하면 평소에 화장 같은 걸 거의 하지 않는 아이야. 머리도 아주 새까마니 머리를 검게 염색한다는 발상도 해 본 적이 없겠지. 그러니 떠올리지 못한 거야. 게다가 평소 가나미야에게 가지고 있던 선입견이 더해져 그날 눈에 들어온 검은 자국을 순간적으로 담뱃재 자국이라고 믿고 말았어. 너도 지금껏 그 말에 휘둘려 왔던 거고."

"……머리를 ……검게 염색한다고요……?"

"직접 해 보지는 않았어도 상상할 수는 있겠지? 검은색으로 염색한 머리카락이 뭔가에 마찰하면 어떤 흔적이 남을지."

숯을…….

여러 번 문지른 듯한…….

"가나미야가 매트에 누운 채로 반복해서 머리를 움직이지 않았다면 그런 흔적도 남지 않았겠지."

"하…… 하지만…… 그건 꼭 가나미야 선배가 아니어도…… 다른 사람이 남겼을 가능성도……."

"그래, 맞아. 그건 높이뛰기용 매트였어. 높이뛰기를 하는 누군가가 매트에 떨어졌을 때 머리색이 묻었을 수도 있겠지."

"네, 맞아요. 그래요! 그 가능성이 있는 한……."

"하지만 그렇다고 해도."

후요 선생님은 손가락으로 테이블을 톡톡 두드렸다.

"그 흔적이 담뱃재가 아니라는 사실은 변함이 없으니 네 추론은 무너지지 않니?"

"……아……."

"아니면 헤어컬러 자국과 담뱃재 자국, 그 두 가지가 전부 남아 있었다고 주장하려는 거니? 마쓰다가 조금이라도 그런 가능성을 암시했어?"

그저 놓쳤을 뿐일 수 있다고 반사적으로 외치려 했지만, 내 머리에 들어 있는 지식이 그것을 가로막았다.

악마의 증명.

전 세계를 샅샅이 뒤지는 게 물리적으로 불가능한 이상 세상 어디에도 악마가 없다고 단언할 수는 없다. 따라서 입증 책임은 '있다'라고 주장하는 쪽에 있다.

이 경우 '두 가지 자국이 있었다'라고 주장하는 내가 그 근거를 제시해야 한다. 하지만 그런 건 없고, 무엇보다 후요 선생님은 흔적이 확실히 하나뿐인 것을 알고 있다. 아무리 내가 간과했을 가능성을 부르짖어도 당시 현장을 아는 선생님과 모르는 나 사이에는 증언 능력이 하늘과 땅만큼 차이가 난다.

안 된다. 이런 접근법으로는 안 된다.

다른 반론을 찾아야 한다. 그토록 힘들게, 심지어 선배를 울리면서까지 다다른 진실이 잘못된 것이었다니. 그런 말을 어떻게 선배에게…….

"……그 검은 자국이 헤어컬러 자국일 수 있다. 하지만 담뱃재 자국일 수도 있다."

나는 목소리를 쥐어 짜냈다.

"양쪽의 가능성은 동등해야 해요. 가나미야 선배가 그날 창고에서 처음 담배를 피웠다면 냄새가 배지 않았을 테고, 이 피임 기구도 미쓰미네 선배가 가져왔다고 단언할 수는 없겠죠. 담뱃재 자국일 가능성이 완전히 부정되지 않는 한, 아직은……!"

"그럼."

후요 선생님은 긴 다리를 포갰다.

허벅지에 살며시 손을 얹고 소파에 등을 기대어 편안하게 앉는다.

"**완벽하게 부정해 줄까**? 아무래도 이로하한테는 그게 도움이 될 것 같네."

"……네……?"

후요 선생님은 얇은 입술을 열더니 봇물 터뜨리듯 추리를 시작했다.

"자, 가나미야와 친구들이 그곳에서 담배를 피워서 담뱃재가 매트에 떨어진 게 진실이었다고 가정해 보자. 이 경우 가장 먼저 확인해야 할 사실은 뭘까? '언제 담배를 피웠는가'겠지. 이로하. 넌 추리할 때 그 시점을 그날 점심시간으로 가정했지? 그래. 방과 후에는 가나미야가 동아리 활동을 하고, 전날이나 그 이전이면 증거 인멸을 하기에 너무 늦지. 일반적으로 생각하면 당일 점심시간으로 추측하는 것도 무리는 아니야."

"그…… 그런데 그게 아니라는 말씀인가요?"

"응. 그러기는 어려워."

선생님은 천천히 고개를 가로저었다.

"동아리 활동에서 쓰는 비품들을 매일 3학년 학생들이 점검하니까."

"……아."

―마쓰다 선배는 상냥하게 미소 지으며 그런 우리를 바라보다가 잠시 후 내가 바닥에 둔 상자를 열었다.

―내용물을 확인하는 것이다. 어떤 동아리건 비품 점검은 원칙상 3학년이 한다. 매일 점검하면서 손상이나 오염 등이 발견되면 빠짐없이 기록해 학생회에 제출해야 한다.

"그때 발견한 손상과 오염 같은 건 빠짐없이 기록으로 남기게 돼 있어. 그러니 담뱃재 자국이 점심시간에 생겼다면 동아리 활동 점검 때 발견되어 공식 기록으로 남았을 거야. 그걸 은폐하고 싶어도 당시 가나미야는 1학년이었으니 같은 반 학생을 괴롭힐 수는 있어도 3학년 선배에게 압력을 행사할 수는 없었겠지. 그래서 비품 점검을 3학년이 맡는 것이기도 하고."

"그렇다면 가나미야 선배가 정말 담배를 피웠다면 비품 점검 이후에……?"

"그 비품 점검은 언제 했는가. 이건 마쓰다의 증언에 포함돼 있는 것 같은데."

"네?"

"'하교를 재촉하는 방송이 나올 때쯤에서야 집에 가기로 했고, 그때 창문으로 육상부 선배들이 체육 창고를 점검하는 모습이 보였어'라고 했다지? 바로 그때가 비품을 점검한 시간이겠지. 가나미야가 담배를 피웠다면 그 시점은 비품 점검 이후부터 완전 하교 시간까지의 극히 짧은 시간이었다는 말이 돼."

"완전히 불가능한 이야기는 아니지 않나요? 동아리 활동을 마치고 피웠을 수도……."

"뭐 그럴 수도 있겠지. 하지만 이로하. 비품을 점검한 건 하교를 재촉하는 방송이 흐를 때쯤이었어. 방송이 언제 나오는지는 린네와 함께 자주 학교에 남는 넌 알고 있겠지?"

"그건…… 완전 하교 시간 15분 전인데, 무슨 문제라도……?"

"그럼 그 시간에 가나미야가 담뱃재를 떨어뜨렸다고 가정해 보자. 그럼 **미쓰미네는 그 이후에 불려 갔다는 말이 되겠지?**"

"……아."

"담뱃재가 떨어진 시점은 아무리 일러도 하교 시간 15분 전. 하지만 **미쓰미네의 집은 학교에서 전철을 타고 30분 거리에 있지.**"

―미쓰미네가 "집에서 학교까지 전철로 30분 거리야"라고 하면 내가 "그렇구나, 힘들겠네"라고 위로해 주는…….

"불려 간 미쓰미네가 학교에 도착했을 때는 이미 교문이 닫혀 있었을 거야. 물론 편의점 도시락이나 숟가락, 렌치 같은 걸 준비할 시간도 없었을 테고."

나는 어느새 고개를 푹 숙이고 상담실 바닥을 응시하고 있었다.

내 추리는 미쓰미네 선배가 '방과 후 이런저런 준비를 했다'라는 걸 전제하고 있는데, 실제 그 준비는 확실히 이뤄졌다. 땅속에 묻힌 렌치라는 핵심 물증을 내가 직접 찾기도 했다.

하지만.

미쓰미네 선배가 방과 후부터 준비를 시작했다는 사실.

그 자체가 미쓰미네 선배가 창고에 갇힌 이유가 담뱃재 자국 때문이 아니라는 것을 증명하고 있다.

담뱃재 자국이 남을 수 있는 건 완전 하교 시간 직전의 단 15분으로 한정되기 때문이다.

"……잠깐만요……."

나는 머리를 쥐어짰다.

아직. 아직이다. 결론을 내리기 아직 이르다.

"하교 시간 15분 전 비품 점검에서 담뱃재 자국이 발견됐다……. 선생님 말씀은 그걸 전제로 한 이야기죠?"

"응. 그런데?"

"비품 점검에서 담뱃재 자국이 발견되지 않을 방법이 있었다면 어떨까요?"

나는 고개를 들어 여동생보다 더 로봇 같은 무표정한 얼굴을 똑바로 마주했다.

"예를 들어 담뱃재 자국이 남은 매트를 여분의 다른 매트로 교체했다면……."

"여분의 다른 매트?"

선생님은 긴 다리를 다시 포갰다.

"그런 게 어딨니?"

"어딨냐뇨……. 있잖아요. 체육 창고에. 바닥에 깔린 것 말고도 두 개가 더. 저도 확실히 봤어요."

—허들, 공 던지기용 콩주머니, 줄다리기용 줄, 오래된 뜀틀, 그리고 높이뛰기용 매트가 두 장 정도 더 벽 쪽에 세워져 있다. 지금 린네가 앉은 매트보다 새것처럼 보였다.

그렇다. 있었다. 있었을 것이다. 나는 봤다. 그 창고에는 높이뛰기용 매트가 총 세 장 있었다.

"그건 2년 전 사고 이후에 구입한 거야."

선생님은 냉정하게 내 반론을 일축했다.

"구매 기록을 보여 주면 손쉽게 증명할 수 있겠지만, 그래도 네 관점에 맞춰서 대답해 줄게. 이로하, 넌 마쓰다의 증언을 통해서 당시 매트가 하나뿐이었다는 걸 짐작할 수 있었어."

"네……?"

"마쓰다는 텅 빈 체육 창고로 달려간 상황을 이렇게 묘사했다지. '체육 창고는 텅 비어 있었어. 문도 자물쇠가 잠겨 있기는커녕 그대로 열린 채 아무도 없었지. 발 디딜 틈조차 없어 보이는 비좁은 창고 안에 커다란 매트 한 장만 덩그러니……'."

“커다란 매트가 한 장……. 그래요. 마쓰다 선배는 부, 분명 그렇게 말했지만 그전에 가나미야 선배나 선생님이 그곳에 가셨던 거 아닌가요? 그때 다른 매트들을 가져갔을 가능성도…….”

“있지. 아니, 있을 것 같지만 없어.”

“어, 어째서죠……?”

“‘발 디딜 틈조차 없어 보이는 비좁은 창고’의 어디에 여분의 높이뛰기용 매트 여러 장을 둘 공간이 있었을까?”

“…….”

아아.

납득하고 말았다.

달칵, 하고.

모든 퍼즐이 군더더기 없이, 깔끔하게 맞춰지는 소리가 마음 속 깊은 곳에서 들렸다.

그것은 동시에.

내 마음이 꺾이는 소리이기도 했다.

패배를.

실패를.

실수를.

이 순간 나는 인정하고 말았다.

“이로써 모든 반증이 끝난 것 같네.”

후요 선생님이 선언했다.

“그러니 그날 학교에서는 대략 이런 일들이 일어났을 거야.”

조심스럽게 도피로를 막는 것처럼.

“우선 미쓰미네와 가나미야는 사전에 약속을 한 상태였어. 미쓰미네가 다음 날 아침, 가나미야가 밤까지 창고에 머물러도 문제가 되지 않았던 건 두 사람 다 부모님께 어떤 식으로든 미리 설명해 놓았기 때문이겠지. 그걸 위해 미쓰미네는 방과 후 식료품과 렌치 등을 준비해 교내에 가져다 놓기도 했어.

그때였을까. 미쓰미네가 가나미야 그룹에 있는 다른 여자애에게 시비를 잡힌 게. 미쓰미네가 당하고 있을 때 가나미야는 뒤늦게 합류했을 거야. 미쓰미네를 구해 주고 싶었겠지만 다른 아이 앞에서 체면 때문에 그러지도 못하는 상황. 거기서 가나미야는 아이디어를 떠올렸겠지. 원래부터 들어가 있으려고 한 체육 창고에 미쓰미네를 가둔다는 아이디어를.

그렇게 미쓰미네는 창고에 갇혔고, 가나미야는 일단 열쇠를 들고 같은 그룹 여자아이와 함께 집에 돌아갔어. 아니, 시간이 촉박하니 중간에 할 일이 있다며 헤어졌을지도 모르겠네. 아무튼 금세 다시 학교로 돌아가 창고 안에 있던 미쓰미네와 합류했을 거야.

그 식료품이 등장하는 순서가 바로 이때쯤이었겠지. 동아리 활동이 끝나 배가 고팠던 가나미야는 곧장 편의점 도시락을 먹고 음료수에도 입을 댔어. 하지만 미쓰미네는 배가 고프지 않았으니 자기 몫의 빵과 페트병에는 손대지 않은 거고.

넌 한 병만 내용물이 줄어든 두 병의 페트병을 전부 미쓰미네가 장기전에 대비해 가져왔다고 해석한 것 같은데, 이런 식의 설명도 가능해. 추측이기는 해도 뭐 크게 틀리지는 않겠지.

그다음부터는 자세한 설명을 생략하겠지만, 아무튼 두 사람은 원래 계획했던 일을 시작했어. 그렇게 일을 끝마치고 한숨을 돌릴 때였을까. 시간이라도 확인하려는지 미쓰미네가 스마트폰을 봤어. 그리고 그 빛을 마쓰다가 창문 너머에서 발견한 거고.

그때 미쓰미네가 상반신에 옷을 걸치고 있었던 게 그나마 다행이었다고 할 수 있을까. 덕분에 두 사람이 무슨 짓을 했는지 마쓰다는 눈치채지 못했으니까. 하지만 미쓰미네와 가나미야는 크게 당황했을 거야. 그래서 어떻게든 마쓰다의 눈을 속이려고 미쓰미네는 노트를 이용해 필담을 나눴고, 그동안 가나미야를 창고 밖으로 내보냈어.

그때 미쓰미네는 마쓰다에게 노트를 보여주려고 노트를 창문 철창에 최대한 가까이 갖다 붙였을 거야. 물론 그렇게 해야 읽기 쉽기도 하지만, 사실 미쓰미네에게는 다른 의도도 있었어. 그래, 노트로 창문을 가리면 가나미야를 내보낼 때 들킬 위험이 줄고, 또 노트에 시선을 빼앗긴 마쓰다는 어둠 속에서 도망치는 가나미야의 모습을 발견할 수도 없게 될 테니까.

자, 그 후 혼자 남은 미쓰미네에게 탈출 수단은 하나뿐이었어. 네가 추리한 대로 땅속에 묻어 둔 렌치로 창문 철창을 풀어서 창문을 통해 탈출하는 방법이야. 창고 문은 만에 하나 다른 사람들이 들어올 수도 있으니 가나미야가 나가면서 잠가 놓고 갔을 테니까.

그런 판단은, 결론부터 말하자면 실수였어. 가나미야를 도망치게 할 때만 해도 미쓰미네는 마쓰다가 밤새도록 창문으로 지켜볼 거라고는 예상 못 했을 거야. 얼마 안 돼 지쳐서 잠들 것이고, 그때 창밖으로 탈출하면 되겠다고 판단했겠지.

하지만 현실에서 체력이 먼저 소진된 사람은 미쓰미네였어. 통풍이 잘되지 않는 창고, 열대야, 그리고 가나미야와 나눈 행위로 인한 체력 소모. 그것들을 극복하기 위해서는 수분과 음식물 섭취가 필수적이었지만 마쓰다에게 감시당하는 상황에서는 손을 댈 수도 없었지.

한마디로 그날 마쓰다의 시선 때문에 체육 창고라는 이름의 밀실이 만들어졌던 거야.

이다음은 네가 마쓰다에게 들은 그대로야. 다음 날 아침 가나미야가 가장 먼저 창고에 가서 쓰러져 있는 미쓰미네를 발견했어. 그리고 그때 마침 내가 그곳에 나타났지. 난 가나미야에게 사정을 전해 듣고 일단 집에 돌려보낸 후 미쓰미네를 차에 태워 병원으로 향했어.

마쓰다를 만난 건 아마 체육 창고에서 미쓰미네를 옮긴 직후였던 것 같아. 마쓰다의 표정을 보며 대략 상황을 눈치챈 나는 이번 일은 발설하지 않는 게 좋겠다고 마쓰다한테 조언했던 거고."

후요 선생님은 머그잔을 들어 커피를 한 모금 마셨다.

"자, 여기까지가 바로 2년 전에 일어난 가미카쿠시 사건의 진실인데, 혹시 뭐 이상하거나 마음에 걸리는 부분이라도 있니?"

후요 선생님의 질문에 나는 고개를 흔들 수도 없었다.

진실은 너무나 명백했다.

선생님은 포갠 다리를 풀고 봉지에서 새 과자를 꺼냈다.

"이로하. 너무 기죽지 말렴."

선생님은 초콜릿 과자를 먹으면서 아무 감정 없는 목소리로 말했다.

"원래 슬슬 익숙해질 무렵이 가장 실수를 저지르기 쉬운 타이밍이기도 해. 또 이번에는 소 뒷걸음질 치다가 쥐 잡은 것처럼 예상 못 한 행운도 있었잖니. 실패라고 잘라 말하기에는 괜찮은 축에 속하는 거야. 오히려 지금껏 아무 실수 없이 린네의 '하늘의 계시'를 따라온 게 대단하지."

"……린네는…… 이것도 다 알고 있었다는 말인가요……?"

"그래. 아무래도 너답지 않게 놓친 것 같네, 이로하. 혹시 **너무 자만했던 걸까**? 권태기인 커플이 서로 칭찬하는 걸 잊는 것처럼 말이야. 아니면 린네를 **평범한 여자아이**라고 생각해 버린 거니? 아무튼 이해한 것 같으면서도 중요한 메시지를 놓친 걸 보면 앞으로도 긴장의 끈을 놓으면 안 될 것 같구나."

중요한 메시지?

린네가 알려 줬다는 걸까. 진실로 연결되는 이런 단서를.

"선생님은 그 자리에 함께 있었던 게 아니니까 그저 추측할 수밖에 없어. 그러니 네게 묻고 싶어. 혹시 린네는 그때 매트에 남은 자국을 발견하고 마쓰다의 이야기를 들은 후에…… **매트 쪽으로 가까이 안 가지 않았니?**"

"……아."

—매트를 돌려놓을게. 반대편을 들어 줘.

"린네가 순진한 아이라는 건 나보다 네가 더 잘 알 텐데 말이야. 이로하."

—싫어요. 더러워요.

"그러니 만약 린네가 그곳에서 벌어진 일을 깨달았다면 어떤 반응을 보일지도 누구보다 잘 알겠지."

—어차피 휴식 시간에 계속 앉아 있었잖아.

—그러자 린네는 진심으로 싫은 것처럼 고개를 홱 돌렸다.

"……아 ……아아, 아아아앗……!"

놓쳐 버린 걸까. 나는.

그토록, 그토록 가까운 곳에 함께 있었는데……!

"다시 한번 강조하지만 너무 기죽지는 말렴."

마지막 과자를 다 먹고 선생님이 자리에서 일어섰다.

"선생님은 단 한 번의 실패 때문에 네가 린네 곁을 떠나지 않았으면 좋겠고 내신 점수 약속도 그대로 지키고 싶어. 그러니 이번

일의 교훈을 잘 살려서 앞으로도 고민하는 아이들을 위해 노력해 줄래? ……다만."

후요 선생님은 그야말로 교육자다운 모습으로 나를 내려다보며 말했다.

"선생님은 이번에 네가 만약 진짜 진실에 도달했다면 마쓰다에게 네가 어떻게 했을지, 그걸 조금만 더 생각해 봤으면 좋겠어."

가슴에 꽂혔다.

깊이. 선생님의 말이. 영혼 안쪽까지.

"진실이 반드시 사람을 구하는 건 아니란다. 이로하."

다시 뽑을 수도 없다.

후요 선생님의 충고는 내 영혼 깊숙한 곳에 박혔다.

지금까지 나는 얼마나 어리석었나.

무작정 진실을 드러내 당사자의 눈앞에 들이미는 것이 이토록 무시무시한 일이었다니.

깨닫고 말았다.

어느새 눈앞에 후요 선생님의 모습은 보이지 않았다.

시곗바늘 소리만 들렸다.

오직 그것만이 나의 시간이 앞으로 나아가고 있다는 증거였다.

잠시 후.

"……."

문이 열렸다.

아케가미 린네가 소파에 앉은 나를 봤다.

린네는 아무 말 하지 않았다.

그저 평소와 다름없이 흰색 칸막이 너머로.

"……?"

"……."

가지 않았다.

린네는 말없이 내 옆에 털썩 앉았다.

당황한 상태에서 시간이 흐른다.

시곗바늘 소리가 60번쯤 더 들린 후에야 마침내 린네가 입을 열었다.

"아무래도 된통 당하신 것 같네요."

나는 무릎에 시선을 떨구고 자조 섞인 웃음을 터뜨렸다.

"그래, 맞아. 왠지 나 자신을 통째로 부정당한 기분이야."

나는 두 손을 힘없이 엉덩이 옆에 붙인 채 들어 올릴 기운도 없었다.

그중 오른쪽 손에.

갑자기 부드럽고 따스한 뭔가가 겹쳤다.

"……어……?"

린네는 나를 보지 않는다.

그저 앞을 보며 내 손 위에 자기 손을 가만히 얹고 있었다.

"그분의 정론에 얻어맞아서 쓰러지는 고통은…… 누구보다 제가 가장 잘 알고 있으니까요."

……하하.

위로를 받다니. 다른 사람도 아닌 린네에게.

나도 볼 장 다 봤네.

"……어이, 린네."

"네?"

"우리가, 내가 지금껏 해 온 일이 쓸데없는 짓이었을까?"

진실이라는 미명하에 누구에게도 도움 되지 않을 것들을 파헤친 후 정중하게 증명서까지 첨부해 당사자에게 들이밀며 기뻐하는, 그런 단순한 악취미였던 걸까.

어머니를 오인 체포한 경찰이나 인터넷에서 다른 사람을 장난감 삼아 가지고 노는 녀석들과 별다를 게 없었을까.

그러다가 소중한 의뢰인의 중요한 메시지까지 놓쳐 버린 나는 그 사람처럼 약자의 편에 설 수 없는 걸까.

"전 그런 거 몰라요."

린네의 쌀쌀맞은 대답에 나는 이맛살을 살짝 찌푸렸다. 그야 그럴지도.

"본인만 알겠죠. 아마 언니도 모를걸요."

뒤이어진 말에 무심코 고개를 들었다.

린네는 뭔가를 노려보듯이 퉁명스러운 표정이었다.

"사실 전 오래전부터 마음에 들지 않았어요. 다른 사람의 정답을 내키는 대로 판가름하는 언니의 그런 태도가요. 저도 틀릴 수 있고, 당신도 틀릴 수 있고, 마찬가지로 언니도 틀릴 수 있는 거 아닌가요? 그렇지 않나요?"

린네는 울음을 터뜨리기 직전의 어린아이처럼 얼굴을 붉히며 나를 직시했다.

"이로하 씨도 그래요. 이로하 씨는 내 변호사가 맞죠? 내 대리인이죠? 내가 하고 싶은 말을 대신해 주는 거죠? 그럼 왜 당신이 잘못한 것처럼 말하는 건가요! 당신이 대답했잖아요! 제 추리로! 그 과정에서 누군가를 상처 입혔다면 그 책임은 저한테 있는 거 아닌가요? 왜 자책하시죠?"

"어…… 어떻게 그러겠어!"

인정사정없이 몰아붙이는 린네에게 나도 모르게 발끈해서 되받아쳤다.

"비록 네 추리일지라도 그걸 전달하기로 한 사람은 나야! 게다가 난 틀렸잖아. 네 생각을 완벽하게 알아차리지 못한 거야. 그럼 내 책임이지. 말하지 않고 생각만 한 너에게 무슨 책임이 있다는 거야?"

"그건…… **자명한 이치** 아닌가요?"

린네는 그렇게 선언하고 내 손에 올린 자기 손에 힘을 주었다.

"전 그때 그 자리에 있었어요. 당신과 똑같은 걸 보고 들었죠. 그것이 바로 제 책임이에요."

……뭐야, 그게.

육법전서 어디에도 그런 내용은 없다. 그 자리에 함께 있었다는 것만으로 책임이 발생한다는 건 가당치도 않은 이야기다.

린네, 넌 정말 설명이 서툴구나.

그런 수준으로는 아무것도 전달되지 않는다. 무슨 말을 하고 싶은지도 알 수 없다. 네 안에 있는 진실이 단 한 치도 전달되지 않고 그저 시시한 생트집으로 전락해 버린다.

그래도 알 수 있다.

네 얼굴을 보면 알 수 있다.

눈을 보면 알 수 있다.

붉어진 두 뺨을, 흔들리는 입술을, 꼭 쥔 손을 보면 알 수 있다.

이번에는 비록 조금 틀리기는 했지만. 그래도 린네 나름대로의 언어로 표현해 줬다.

그걸 모를 만큼 지난 한 달이라는 시간은 짧지 않았다.

지난 한 달 동안 나도, 린네도 조금은 성장했다.

그렇다. 그것만 안다면.

나는 린네의 손을 맞잡았다.

너도 알고, 나도 알고, 그리고 누구에게도 그걸 전달할 필요가 없다면 추리를 설명할 이유도 없다.

논할 가치조차 없는 자명한 이치다.

"언젠가 그 정론의 괴물에게 같이 한 방 먹여 주기로 해요."

린네의 결의에 찬 말에 무심코 웃음이 터졌다.

"그 목적이야 어쨌든…… 미안해. 변호사가 주제넘은 짓을 해

서.”

“알면 됐어요.”

그렇게 말하고 린네는 만족스럽게 미소 지었다.

그리고.

……그리고?

“…….”

“…….”

무슨 말을 해야 할지 알 수 없었다.

이렇게 지근거리에서 손을 맞잡고 있는데도 할 말이 전혀 떠오르지 않았다.

린네도 마찬가지인지 우리는 그저 가만히 손을 맞잡고 서로를 마주 보는 남녀가 되었다.

잠시 후 린네가 조심스레 다시 몸을 뒤로 젖히고 시선을 피했다.

“……손에서 왜 이리 땀이 많이 나요? 기분 나쁘게.”

그 한마디를 듣고 나도 머릿속이 재부팅됐다.

“땀은 네가 더 많이 난 것 같은데.”

“됐어요. 그런 비겁한 이미지 조작은 사절할게요. 그게 사실이라면 제가 당신을 의식했다는 뜻이 되니까요.”

“너야말로 됐어. 기분 나쁘다고 하면 내가 겁먹을 줄 알았지? 사실무근의 억울한 혐의는 단호하게 대법원까지 갈 거야.”

“억울하긴 뭐가 억울해요. 땀을 줄줄 흘렸으면서.”

"여름이니 땀 좀 흘리는 건 당연하잖아!"

"인정하셨죠? 인정하셨죠?"

지금 나는 아직 린네의 어깨를 감싸안아 줄 자신이 없다.

하지만 적어도 어깨를 나란히 할 수는 있다.

나나 린네 모두 실수할 때가 있고, 풀 죽을 때도 있는 평범한 인간이니까.

이로하의 뒷모습을 본 순간 가장 먼저 든 감정은 놀라움이었다.

얘는 지금 뭐 하는 거지?

만화 같은 데서는 여주인공이 자신을 보호해 준 주인공과 사랑에 빠지곤 하는데 현실은 달랐다. 도통 무슨 말을 하는지 알 수 없었고, 이런 상황에서 내 편을 들어 준다는 것도 말이 안 됐다. 지금 돌이켜보면 린네가 불쌍할 정도이니 호감은커녕 당혹스럽기만 했다.

그래서 이로하와 처음 알고 지내게 된 이후부터 주변에서 이런 말을 들을 때마다 나는 진심을 담아 대답하고 있다.

"이로하를 좋아해?"

"그럴 리 없잖아!"

나도 지금까지는 주로 이런 걸 묻는 쪽이었지만, 왜 남자와 여자는 이렇게 조금 어울려 다니기만 해도 이런 오해를 받는 걸까.

그저 놀랍고 신기하기만 했다.

이로하 토야가 도대체 무슨 생각을 가지고 살아가는지 궁금할

뿐이었다.

물론 그때 이로하가 끼어든 덕분에 조금 냉정해질 수 있었던 것도 사실이다. 사실 그때 나는 완전히 착각하고 있었다. 린네가 이 정도 벌을 받는 건 당연하고 나는 전혀 잘못이 없다고 생각했다. 거기에 주먹질까지 당한 탓에 더 화나고 흥분해 있었다.

그런데 이로하가 중간에 끼어들어 도통 무슨 뜻인지 모를 말을 늘어놓자 느닷없이 린네가 교실을 나가 버렸다.

그리고 그제야 깨달았다.

내가 엄청나게 꼴사나운 짓을 했다는 걸.

나에 비하면 이 분위기 파악도 못 하고 의미 불명의 말을 늘어놓는 범생이 자식이 조금은 낫다는 걸.

딱히 이로하처럼 되고 싶은 건 아니다. 그렇다. 그건 확실하다.

그래도 이로하의 올곧은 모습을 보고 있으면 나도 언젠가 린네에게 솔직히 사과할 수도 있겠다는, 그런 생각이 가끔 고개를 들었다.

아직 모를 일이지만.

“이로하, 혹시 오늘 한가해?”

방과 후에 내가 말을 걸자 이로하는 바쁜 듯이 교과서를 가방에 집어넣으며 대답했다.

“나한테 한가한 시간 같은 건 없어.”

“어차피 집에서 공부만 할 거잖아. 그게 한가한 거 아니야?”

"공부도 어엿한 일과야. 그리고 방과 후에는 상담실에도 가야 해. 말했던 것 같은데."

"가서 후요 선생님을 돕는 거지? 그건 쉬는 날 없어?"

"있으면 나도 좋겠지만."

"그렇게 재밌어? 다른 사람의 상담 들어주는 게."

"별로 재밌거나 한 건 아니지만 매일 숙제 깜빡하는 사람의 뒤를 봐주는 것보다는 의미 있는 듯해."

"윽."

숙제를 깜빡해서 이로하에게 매달린 게 이제는 몇 번째인지 셀 수도 없을 정도다.

"대신 맛있는 디저트들을 알려 주고 있잖아."

"그게 없었다면 지금 이렇게 우리가 마주 보고 대화할 일도 없겠지. 태도든 성적이든 낙제 직전이지만 의외로 약속만큼은 잘 지키는 그 성격을 호평해 줄게."

"와. 위에서 내려다보듯이 말하는 거 봐."

"내려다보이는 게 싫으면 노력해야지."

정말 괜찮은 건지 아닌지 구분이 안 되는 녀석이다. 다른 반 친구들에게는 조금 더 친절하면서.

"그럼 시간 괜찮을 때 LINE으로 메시지 보내 줘. 같이 가고 싶은 가게가 있어."

"휴일이면 괜찮을지도."

"휴일이라……."

그럼 본격적인 데이트가 되잖아.

……뭐 상관은 없지만.

"알겠어. 잊지 마. 잊어버리면 내가 연락할 거야."

"그건 생각만 해도 지긋지긋하네. 알겠어."

꼭 쓸데없는 한마디를 이렇게 덧붙인다니까.

교실 문을 나서는 이로하를 배웅하고 나도 돌아갈 준비를 했다.

나도 동아리 활동이나 할 걸 그랬나. 이렇게 방과 후 한가해지면 종종 머리를 스치는 생각이지만, 그렇다고 딱히 들어가고 싶은 동아리가 있는 건 아니다. 키가 작아서 운동은 잘 못 하고 그렇다고 문화 관련 동아리도 뭐랄까, 왠지 촌스러워서 별로 끌리지 않는다. 끝나자마자 집에 가는 귀가부가 가장 마음 편하기는 하다.

이로하도 동아리 활동을 하고 있지는 않다. ……그나저나 상담 보조라니. 구체적으로 무슨 일을 하는 걸까.

이로하가 방과 후 나와 놀아 주지 않게 된 게 6월 초쯤부터였을까. 그렇다. 아케가미 후요 선생님의 부름을 받아서 간 이후 그날의 사건에 대해 꼬치꼬치 캐물었던 그 무렵부터다.

떠올리기만 해도 기분이 상했다. 이로하가 말하기로 린네는 나에 대해 별생각이 없다고 했다. 말도 안 돼. 그런 짓을 당했으면서. 정작 나는 어떻게 사과해야 할지 몇 달을 고민하고 있는데!

막상 얼굴을 마주쳤을 때 린네가 '이 사람은 누구지?' 같은 표정이라도 지으면 나는 참지 못할 것이다. 이번에는 내가 먼저 주먹을 날릴지 모른다. 아니, 그럴 자격이 없다는 건 안다. 알지만, 그래도!

그날의 사건은 아직 내 가슴에 뿌리 깊게 박혀 있다. 그런데도 정작 피해를 본 사람이 별생각 없다는 말을 들으니 뭐랄까. 정말 이해가 안 된다고 할까.

이해가 안 되는 것으로 따지면 이로하도 마찬가지다.

그때는 차마 묻지 못했지만, 이로하는 어떤 계기로 린네를 만나게 된 걸까.

언니인 후요 선생님께 불려 간 직후쯤 날 찾아와 그날의 일을 물었으니 뭔가 관련이 있을 것이다. 그리고 린네는 지금 대체 뭘 하면서 지내는 걸까. 무단결석이라고 하니 집에만 틀어박혀 있을 줄 알았는데. 아무리 이로하가 순진하고 착하다고 해도 선생님이 여동생 집에 남자를 보냈을 리는 없을 테고.

정말 갈수록 수수께끼투성이라니까.

주변에서 얼핏 듣기로 이로하의 상담은 평판이 꽤 좋다고 한다. 희한한 일이다. 이로하는 분명 자상한 아이지만 솔직히 말해서 타인을 대하는 태도가 절대 좋은 편은 아니다. 아니, 내 앞에서는 늘 화를 돋우는 말만 한다. 상담실 안에서는 얌전한 가면을 쓰고 있는 걸까. 그럼 조금 구경해 보고 싶기도 한데.

그렇게 합리화하고 있지만.

한마디로 한가하니까 상담실에 살짝 놀러 가 보고 싶다는 말이다.

아르바이트하는 친구를 구경 가는 기분으로.

"가 볼까."

분명 엄청나게 귀찮아하겠지만 이로하의 짜증 섞인 표정을 보는 것도 재미있으니까.

처음 걷는 복도를 걸어서 상담실로 향했다.

이 일대는 유독 사람이 없다. 내 발소리만 울려서 그런지 왠지 모르게 초조했다. 운동장이 가까우니 이런저런 소리는 들리는데 정작 주변에 사람이 한 명도 없는 게 오히려 적적하다고 할까, 왠지 소외된 기분이 들었다.

그런 기이한 기분에 사로잡힌 채 복도를 걷다 보니 상담실을 금세 찾을 수 있었다.

여기였구나.

이야, 왠지 긴장되네.

상담받으러 오는 사람들은 다들 이런 기분일까. 나는 딱히 고민이 있는 것도 아니지만 정말 심각한 고민이 있는 사람은 어떤 심정으로 이 문을 두드릴까. 전혀 상상도 못 하겠어.

……어쩌지. 다시 돌아갈까.

아니야. 여기까지 왔는데 갈 수는 없지. 쫄지 말자, 코가미네 아이!

하지만 들어가기 전에 적어도 조금은 상황을 살필 시간이 있으면 좋을 텐데.

"……실례합니다……."

나는 잠자는 사람을 깨우는 몰래카메라를 찍는 사람처럼 나직이 중얼거리며 상담실 문을 살며시 열었다.

가장 먼저 소파가 눈에 들어왔다. 위에는 낯익은 가방이 놓여 있다. 이로하의 가방이다.

그 풍경을 보며 조금 더 안심하고 문을 활짝 열었다.

상담실은 예상보다 더 쾌적한 공간이었다. 커피 내리는 기계와 과자, 만화 같은 것도 있고 무엇보다 냉방이 잘 돼 있다.

우와, 이런 곳이었구나. 이런 환경이면 하루 종일 이 안에 머무를 수도 있을 것 같은데.

그런데 이로하는 어디 갔을까. 가방은 있는데……. 화장실인가?

"……앗……."

"……소리 내지 마……."

응?

안쪽에 있는 흰색 칸막이 너머에서 ……왠지 수상한 소리가.

귀에 익은 목소리다.

"앗…… 이로하 씨. 조…… 조금만 더, 부드럽게……."

"불가능해 ……네가, 이렇게 돼 버려서……!"

"아앗! 으으읏……!"

……아니, 잠깐. ……말도 안 돼. 그럴 리 없잖아. 다른 사람도 아닌 이로하가…… 그 공부만 아는 범생이가…… 환한 대낮에 이렇게…… 인기척이 없는 곳에서…….

심장이 쿵쾅거렸다. 뭐지, 이게. 초조한 거야? 두려운 거야?

내가? 왜?

도망치고 싶다.

그런 한편으로 ……확인해 보고 싶다.

요즘 나와 잘 놀아 주지 않는 게 이런 이유 때문이었던 건지 내 눈으로 직접 답을 확인하고 싶다.

나는 천천히 상담실 안쪽에 있는 흰색 칸막이로 다가갔다.

한 걸음 내디딜 때마다 그 너머에서 들리는 목소리가, 기운이 짙어진다.

"이제는 아…… 안 돼요……! 전 이제……!"

"어이, 조용히 해……! 허둥대지 마! 이번에는 놓치지 않아. 절대로……!"

순간 콰당! 하고 요란한 소리가 났다.

그리고 그 직후 나는 흰색 칸막이 너머를 들여다봤다.

그곳에는.

"아야야야. 네가 너무 날뛰는 바람에 넘어졌잖아. 정말, 위험하게."

"당신이 힘을 너무 세게 줘서 그렇죠! 제 어깨를 망가뜨릴 작정인가요!"

"내가 망가뜨리기 전에 네 몸은 이미 이코노미 클래스 증후군[1]

1 정확히는 '심부정맥 혈전증'을 뜻하며 비행기의 비좁은 이코노미석에서 장시간 고정된 자세로 앉아 있는 승객에게 많이 발생한다고 해서 붙은 별칭.

으로 망가질 거야."

바닥에 납죽 엎드린 이로하와.

이로하에게 떠밀려 쓰러진 린네가.

있었다.

"……응?"

"……어?"

두 사람의 눈이 나에게 향한다.

나는 묻지 않을 수 없었다.

이 의문을, 이 수수께끼를, 제시하지 않을 수 없었다.

나에게 지금 이 광경은 **자명한 이치**가 아니다.

"……너희, 지금 뭐 해……?"

〈계속〉

당신을 위해, 진실을 위해, 당신의 추리를 추리합니다.

1980년『점성술 살인 사건』으로 일본에서 '신본격 미스터리'의 흐름을 창시한 미스터리계의 대부 시마다 소지는 본격 미스터리의 개념을 '기상천외한 수수께끼를 제시한 후 그것을 논리적으로 해결하는 작품'이라고 정의 내린 바 있습니다. 이후 기존의 틀을 깨뜨리는 융합적이고도 변칙적인 작품들의 등장으로 자연히 미스터리 소설의 스펙트럼이 넓어지면서 지금은 엄격하게 규정되지 않는 편이지만, '기상(奇想)' 즉 기발한 발상(아이디어)과 '논리'만큼은 여전히 본격 미스터리를 구성하는 두 가지 중요한 요소로 평가받고 있습니다. 이 두 가지는 언뜻 잘 배합될 것 같으면서도 작품 속에 균형 있게 담아내기가 쉽지 않은데, 전자를 추구하다 보면 '기발'이 자칫 '황당무계'가 될 수 있기 때문이고 후자를 추구하다 보면 자칫 작품이 교조적으로 읽히거나 고루한 느낌을 줄 수 있기 때문입니다. 그렇지만 도전 정신이 투철한 일본 미스터리계의 후배 작가들은 이후 수많은 시도를 통해 둘 중 하나를 극한까지 추구하면서도 독자에게 설득력과 재미를 부여하는 작품들을 내놓았습니다. 전자의 대표적인 사례는 '하느님 게임', '메르카토르 시리즈' 등에서 '탐정=신' 같은 미스터리의 틀을 깨는 파격적인 설정으로 이른바 '안티 미스터리'라고까지 불리며 컬트적인 인기를 끄는 마야 유타카 작가의 작품들을 꼽을 수 있을 것이며, 후자로는 『체육관의 살인』 시리즈 등 학교를 배경으로 한 학원물 청춘 소설의 외피를 두른 작품 속에서 혀를 내두를 수준의 논리적인 추리를 선보이며 '헤이세이(1989년부터 2019년까지의 일본 연호)의 엘러리 퀸'이라는 별명까지 붙은 아오사키 유고 작가의 작품을 꼽을 수 있겠습니다. 그리고 일본에서 2021년 출간된 본 작품 『내가 대답하는 너의 수수께끼 - 아케가미 린네는 틀리지 않아』(이하 내가 대답하는 너의 수수께끼)는 라이트노벨로 데뷔한 젊은 작가가 그 두 가지 작풍에 모두 도전해 훌륭한 성과를 거두며 미스터리 소설계의 신성 작가로서 하나의 족적을 남긴 의미 있는 작품입니다.

『내가 대답하는 너의 수수께끼』는 라이트노벨풍 본격 미스터리 소설입니다. 라이트노벨은 이름 그대로 '가볍게 읽을 수 있는 소설'을 뜻하지만 주로 일본 만화 및 애니메이션의 장면을 떠올리게 하는 서술 방식 및 삽화가 특징인 소설을 가리킵니다. 일본에서는 2000년대 중후반부터 다양한 서브컬처를 자양분 삼아 성장한 젊은 미스터리 작가들의 등장과 성공으로 미스터리와 라이트노벨의 경계가 허물어지면서 소위 '라노베 미스터리'들이 지금까지도 꾸준히 출간되고 있습니다. 라이트노벨은 수요와 공급이 풍부하고 만화와 같이 시리즈로 연재되는 작품이 많아 출간 작품 수와 출간 속도가 빠른 것이 특징인데, 그래서 냉정하게 말하면 장르는 미스터리에 속하지만 캐릭터성 등 다른 요소에 집중한 나머지 미스터리 소설로서는 함량 미달의 작품이 많은 것 또한 사실입니다. 그런 와중에도 위에서 언급한 『체육관의 살인』 시리즈처럼 정통과 신감각이 절묘하게 조화를 이루며 정통 추리 소설 독자층과 라이트노벨 독자층까지 아우르는 보석 같은 미스터리가 종종 등장한다는 것이 일본 미스터리의 저력이라고 할까요. 『내가 대답하는 너의 수수께끼』도 바로 그 전형적인 사례입니다. 이 작품은 라이트노벨로 데뷔했지만 작품 속에서 꾸준히 미스터리를 추구했던 작가가 작심하고 내놓은 듯한 엘러리 퀸풍의 로직파 본격 미스터리입니다. 화려하고 기발한 트릭을 중시하는 트릭파 미스터리와 달리 로직파 미스터리는 논리적인 추리의 과정 묘사를 중시합니다. 그야말로 작은 단서와 사소한 가능성 하나에서 논리를 치밀하게 쌓고 쌓아서 모든 진실을 밝혀내는 형태죠. 거기에 진실을 단번에 알아맞히지만 무의식중에 이뤄지는 고속의 추리 과정을 스스로 깨닫지 못하는 명탐정과 그의 '추리를 추리하는' 조수 캐릭터 같은 기발한 설정도 눈에 띕니다. 외피는 언뜻 경쾌한 러브 코미디 학원물 소설처럼 보이지만 속은 그야말로 새로운 감각의 정통 본격 미스터리. 바로 이 간극이 『내가 대답하는 너의 수수께끼』의 가장 큰 장점이자 매력이라고 할 수 있습니다.

작품 속에서 '진실 외에 뭐가 더 필요하냐'라고 따져 묻는 린네에게 이로하 토야는 말합니다. 자기만족이 아닌 진실을 진실로써 인정받기 위해서는 결론에 도달하기까지의 과정을 다른 사람에게 논리적으로 설명할 줄 알아야 한다고요. 또 다른 작중 인물은 '사람들은 높은 정확성보다 알기 쉬운 이야기를 더 좋아한다'라며 그러한 태도의 한계를 지적하기도 합니다. 이는 그 어느 때보다 소위 '팩트'를 추구하면서도 골치 아픈 과정보다는 자극적인 결과에만 주목이 쏠리는 작금의 시대 상황과 맞물리며 조금 씁쓸하기도 한 것도 사실입니다. 하지만 적어도 우리가 즐기는 미스터리 소설 속 세계는 애당초 논리 없이는 성립될 수가 없습니다. 그리고 궁금증을 부르는 결말로 끝나는 본 작품 『내가 대답하는 너의 수수께끼』는 그대로 속편 『내가 대답하는 너의 수수께끼 2 -그 어깨를 감싸안을 각오』로 이어지며 캐릭터들의 성장과 더불어 한 단계 더 치밀하고도 촘촘해진 논리의 향연을 여러분께 선보일 예정입니다. 진실을 위해, 그리고 논리와 재미를 바라는 당신을 위해 미스터리 소설 속 캐릭터들은 오늘도 추리하고, 심지어 추리의 추리도 합니다. 그것은 팩트로 포장된 자극만이 난무하는 이 미스터리한 세상에서 우리가 계속 미스터리 소설을 손에서 놓지 못하는 이유일 것입니다.

2024년

이연승

I’ll answer

your mystery.

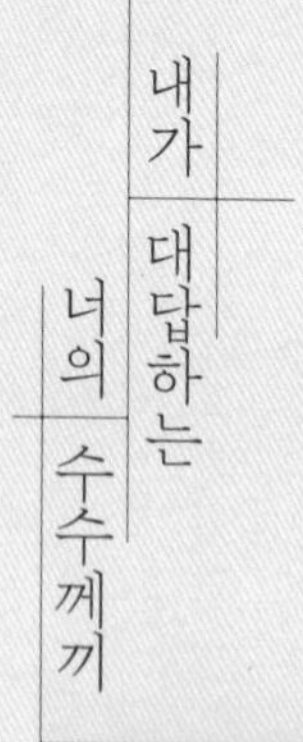

아케가미 린네는 틀리지 않아

1판 1쇄 인쇄 2024년 8월 8일
1판 1쇄 발행 2024년 8월 16일

지은이 가미시로 교스케 옮긴이 이연승

발행인 송호준 편집장 민현주 총괄이사 황인용
디자인 알음알음 일러스트 하오리 이오 羽織イオ 제작 송승욱 마케팅 송재원

발행처 블루홀식스 출판등록 2016년 4월 5일 제 2016-000100호
주소 경기도 파주시 회동길 483-1 전화 031-955-9777 팩스 031-955-9779
이메일 blueholesix@naver.com

ISBN 979-11-93149-25-6 03830 값 17,800원